시
인
의
　말
　법

조영복 지음

시
인
의

말
법

전설의
사랑시에서
건져낸
울림과 리듬

이앤우

연애시 읽으며
사는 삶

'사랑에 빠지면 시인이 된다. 그것도 연애시인이 된다'는 말이 있습니다. 움베르토 에코는 열여섯 살에 시를 쓰기 시작했는데 그것은 첫사랑 때문이었다고 고백하더군요.(움베르토 에코, 『젊은 소설가의 고백』, 박혜원 옮김, 레드박스, 2011) 열여섯 살 무렵, 저는 수학문제집을 푸는 것이 중요하다 생각했는데 에코는 멋지게도 연애시를 썼더군요. 부럽고 또 부끄럽습니다. 더 재미있는 것은 시와 연애, 둘 중 무엇이 먼저였는지 모르겠다는 것이죠. 시를 쓰려는 욕구 때문에 첫사랑에 빠져든 것인지 첫사랑 때문에 시심이 솟구쳤던 것인지 기억이 나지 않는다고 에코는 유쾌한 농담을 던지더군요. 사랑에 빠지면 누구나 시인이 될 수 있다는 뜻인지, 연애의 서정이 살아 있는 한 누구나 다 가슴 깊숙한 곳에 시의 언어를 감추고 있다는 뜻인지, 어쨌든 우선순위를 매긴다는 것이 별 의미가 없다는 뜻이겠지요. 김수영도, 황동규도, 생애 첫 시는 '연애시'였습니다. 김수영은 '마누라가 보면 질투할 그런 연애시 한 편 쓰고 가리라'며 연애시의 욕망을 버리기도 했지요. '살아생전 훌륭한 연애시 한 편은 쓰고 간다'고 일급 시인들이 다짐할 정도라면, '연애시'에는 '시다운' 이른바 시성詩性, poésie의 순금 부분이 살아 있을 것 같기는 하지요. 이쯤 되면 '진짜 시'는 '연애시'가 아닐까 생각됩니다.

　'연애시'를 영어로 번역하면 'love poem'이 되는데, 저는 이 책에서는 주로 '연애시'라는 명칭을 쓸 것입니다. 어감상 '연애시'가 '사랑시'보다 더 익숙하고 편해서이지, '사랑시'와 '연애시'의 차이를 의식한 선택은 아닙니다. '사랑'이라 부르든, '연애'라 부르든, 그것이 무엇이든 간에, 여기서 다루는 연애시는 '그대'를 향한 사랑의 감정이 불같이 타오르는, 꼭 이십 대의 사랑을 가리키지 않습니다. 사랑의 주체가 군이 이십 대의 청춘일 필요는 없고 나아가 '청춘'이 곧 '사랑의 자격'은 아닐 테니까요. 100세까지 사는 시대이니 더욱 그러하겠지요.

　'사랑'의 여러 형태에 대해 말하고자 하지도 않습니다. 저 같은 '연애의 루저'로서는 언급할 수 없는 경지니까요. 연애시는 사랑의 감정이 꼭짓점에 이르렀을 때 쓰여지는 것은 아닙니다. 시는 감정의 직설적 토로가 아니라 지적인 통제력에 의해 걸러지고 언어에 의해 연마돼 궁극적으로 눈부시게 황홀한 보석 같은 말의 결정체입니다. 감정이 풍부한 사람이 꼭 일급 시인이 될 수 없듯, 순수한 감정이 봇물처럼 넘쳐나는 문학소년(녀) 시절이나 문청 시절에 가장 멋진 시를 쓰는 것도 아니지요. '사랑'에는 기쁨만 존재하는 것이 아니고 좌절과 고통과 번민도 함께하지요. 그 과정들이 다 '사랑'에 포함되겠지요. 김수영은 '사랑 반 죽음 반'이라는 명제를 떡하니 내세웠고, 기형도는 '사랑을 잃은 후에나 (연애)시를 쓴다'고 했고, 만해는 '사랑은 거리가 멀수록 커진다'고 조언하지요. 연애시 읽는 시간은 인생을 배우는 과정이기도 하겠군요.

그러니 사랑의 황홀한 감정을 담은 시를 이 책에서 읽게 될 것이라 생각하신다면 좀 실망할 수도 있겠습니다. 이 책에서 읽게 될 '연애시'는 연애의 낭만적 정열이나 황홀한 몽상만을 전하지는 않지요. 사랑하는 이에게 전하는 즐겁고 행복한 마음만을 담고 있지도 않지요. 무엇인가 숭고한 사상이나 심오한 철학이 있을 것 같기도 하고, 인간이라 헤어나지 못하는 고독과 슬픔이 잠재해 있을 것 같기도 하지요. 그러니까 '연애시'에는 인생이 있고 철학이 있고 인간이 있다고 오히려 말하는 편이 나을지 모르겠습니다. 이것이 바로 '인문학적 사업' 아닌가요? 가장 집약된 언어로, 가장 작은 '책'으로, 인생을 말하는 것이 '연애시'의 일일 것 같은 생각이 들지요? 처음부터 너무 어렵다고요? 미리 서둘러 포기하지 마시고 천천히 다시 '연애시'라는 물건에 다가가 보기로 하지요.

연애가 '그대'에게 내 마음을 전하는 것이 핵심이듯, '그대'에게 향하는 나의 사랑을 전달하기 위한 말의 수사가 '연애시'에는 있겠지요. 연애시를 읽는다는 것은, 타인에게 말을 건네는 방식을 배우는 것이고 그것을 통해 자신의 내면을 들여다보는 것이며 혹 고통과 좌절과 아픔이 있다면 말을 통해 아픔을 치유하는 것이기도 합니다. 이른바 공감과 소통의 방식을 잘 보여주는 것이 '연애시'인 것이지요. 이기적인 마음도, 이타적인 마음도, '연애시'에는 다 녹아들어 있지요.

'연애시 읽는 시간'이라 했지만 사실 한국 현대시 가운데 우리말이 잘 살아 있고 아름다운 서정이 녹아 있는 대표작들을 읽어보는 시간이라 말하는 편이 더 적절할 것 같습니다. 연애시는 아름답습니다. 아름다움은 말의 울림과 서정성에서 오는데, 그것은 한국어의 특성과도 깊은 관련이 있습니다. 아름다운 말이 아름다운 서정을 만들기 때문인데, 한국의 좋은 연애시는 우리말의 울림과 리듬과 말의 서정이 잘 살아 있습니다. 잠깐 일을 손에서 놓고 우리말의 속삭임에 귀를 기울여도 좋겠습니다. 이 땅에서 태어나 '엄마'라는 말을 뱉는 순간 이미 우리말을 직관적으로 감지할 수 있는데, 새삼 우리말의 아름다움에 대해 느껴보고 또 같이 공감해보자니 '어이없다, 시시한데…' 하시는 분들도 있으시겠지요? 그런데 가만 생각해보면, 막상, 또, 어쩌면, 우리 스스로 우리말의 맛과 멋을 제대로 즐겨본 적이 없는 것 같기도 하지요.

'말의 속삭임'이라… '시 읽자' 하면 손사래부터 치시는 분들이 있지요. 시가 너무 어렵고 또 재미없었던 청소년기의 시 공부 방법 때문이 아닐까요? 한국시를 현실과 역사의 문제로 환원해서 읽었던, 그래서 시에는 늘 '의미'가 있어야 하고 그래서 그 '의미'가 무엇인지를 무겁고 진지하게 읽어내야 했던 청소년기의 '교과서적 시 읽기'의 경험 때문이라 저는 생각하지요. 시가 그다지도 무거운 물건이라니, 그러니 '시'를 생각하면 마음이 불편해지는 거지요. 저는 이 책을 쓰면서 독자들에게 내내 "의미는 몰라도 된다, 아름다우면 그만이지, 시 읽기에서 가장 중요한 것은 자기 목소리로 시를 '소리 내서 읽어보는 목소리 체험'"이라 강조합니다.

'극장'에는 '눈으로 보는 시네마 극장'도 있고 '귀로 듣는 귀의 극장'도 있습니다. '시네마 극장'에 한 번도 가보지 않은 분은 없을 테니 일단 두고, '귀의 극장' 이야기 좀 하겠습니다. "한국말은 듣기가 참 아름답다, 표현력이 세다" 등 한국 말에 대한 인상을 이야기하는 해외 유튜버들이 많습니다. 한 글은 표음문자이니 '문자성'보다 '음성성(음악성)'에 더 가까 이 있습니다. 음악 같고 노래 같은 한국어의 미감을 가장 잘 살려낸 장르는 당연히 '시'가 되겠지요? '시'라는 장르는 본 질적으로 '리듬'에 깃들어 있지요. 거기다 우리말 시는 전통 적으로 '음악'에 그 기원이 있습니다. 시가 음악에 가까이 있 다는 말은 시에서 '의미'를 찾는 것 못지않게 혹은 그것보다 는 시에서 음악을 즐기는 행위가 더 중요하다는 뜻이기도 합 니다. '의미'를 강조하고 그것을 파악하는 데 골몰하다 보니 시가 어렵고 골치 아파집니다.

시를 읽는 가장 좋은 방법은 그래서 낭송하는 것이라 하겠 습니다. 니체가 이렇게 말했다고 하지요.

소리는 귀 뒤에 다른 귀를 갖고 있는 자를 어찌나 황홀하게 하는지, 내 앞에서는 계속해서 조용히 있고 싶어 하는 것도 소 리를 내지 않고는 못 배긴다.
— 프리드리히 니체, 「우상의 황혼」, 『니체 전집 15』, 백승영 옮김, 책세상, 2002

'문자시'의 의미를 이해하는 것도 좋지만 시를 낭송하면서 귀로 듣는 것이 시를 향유하는 더 좋은 방식이지요. '노래 같고 음악 같은' 한국어의 특성을 고려하면, 특히 여성들이 쓰는 말에 음악적인 말의 울림이 두드러집니다. 김영랑이나 백석이 남도 여성들의 수선거리는 말에서 찾아냈던 그 아름다운 말의 음향도 아마 대기 중에 흩어지는 음악 같은 말의 아우라로부터 온 것이었겠지요. 시를 낭송하면, 소리가 저 대기를 넘어 우주 한가운데로 파동처럼 퍼져 나가듯, 말의 음악이 저 대기 중으로 흩어지겠지요. 시각은 공간적으로 한정되지만 청각은 시각에 비해 더 넓고 깊게 확장될 수 있습니다. 감각의 깊이와 밀도가 생기는 것이지요.

언어가 없으면 표현도 없고 감각도 없습니다. 우리말은 의성어와 의태어가 다양하게 발달돼 있다고 하는데, 비가 오는 소리 혹은 모양조차 '주르륵', '줄줄', '졸졸', '조르르', '부슬부슬' 등 다양하면서도 밀도 있게 표현됩니다. 그 유명한 김소월의 「진달래꽃」에서 보듯, 꽃을 밟는다는 표현에도 '즈려 (밟다)'를 비롯해 '짓 (밟다)', '살포시 (밟다)', '꽉 (밟다)', '팍 (밟다)' 등의 말이 붙어 각각 의미의 미묘한 차이를 발생시킵니다. 어떻게 다르게 혹은 미세하게 표현하는가에 따라 감각이 다르게 작동합니다. 그것을 우리는 시적 감수성, 언어적 감각이라 말하지요. 이 감수성과 감각은 '문자시'의 '의미'에 있기보다는 말의 '발성(목소리)'에 있습니다.

시 읽기? 시를 낭송할 때 자기 목소리의 울림 그 자체, 시의 이미지나 분위기 그 자체 그러니까 어떤 말의 모호한 실루엣이 주는 감흥, 우리 마음을 당겨주고 조여오는 그런 아우라를 느끼는 것만으로도 충분합니다. 순결한 청년, '연애 한번 못하고' 이 세상을 떠난 청년 윤동주를 사랑하는 분들이 많습니다. 「별 헤는 밤」을 두고, "어머님, / 그리고 당신은 멀리 북간도에 계십니다"라고 낭송하는 그 순간, 입을 떼자마자 시적 정취부터 강하게 우리 몸을 조여옵니다. 하지만, 일반 대화에서 "내 어머니는 북간도에 계신다"라고 말하면 일종의 '정보'로만 들리지요. 시를 읽을 때 우리는 시를 느끼기 위해 먼저 자세를 고쳐 앉지요. '정보'를 확인할 때와는 다른 자세가 된다는 뜻입니다. 그러고는 북간도의 찬 하늘과 황량한 사막 가운데 선 인간을 떠올립니다. 고향으로부터 떠나온 자의 고독을 생각하고 북간도에 두고 온 어머니에 대한 그리움을 품은 시인의 심정에 다가가려 애쓰지요. 그 공감의 자세 하나로도 우리는 충분히 우리의 영혼을 강하게 뚫고 들어오는 말의 힘을 느낄 수 있습니다.

시를 낭송하는 순간, 우리는 윤동주의 목소리뿐 아니라 심연에서 울려 나오는 내 영혼의 소리도 같이 듣게 됩니다. 이

것이 시를 낭송해야 하는 이유입니다. 묵독하는 '문자시'는 '의미' 찾기에 바쁘다 보니 시 읽기가 지루하고 어려워집니다. 의미를 찾는 것, 중요하지요. 하지만 시인의 서정에 깃들어 '나'의 심혼의 목소리를 직접 듣는 것이 더 중요합니다. 그토록 작고 작은 시편 하나에 마음은 이미 웅얼거리며 다가오는 위안의 신호를 포착하지요. 현실에서는 차마, 일상에서는 미처 깨닫지 못하던 심연에 잠긴 자신의 마음에 다가가지요. 무엇인지 몰라도 목울대를 타고 넘는 서정에 공감하고 그 순간 위안을 얻지요. 이것이 '시'가 '산문'과 차이 나는 것이지요.

골방에서 혼자 묵독하는 시는 그 감동이 아무리 크다 해도 홀로 고독 속에서 적막 속에서 서서히 사라질 것입니다. 시를 낭송하면 그 소리는 낭송하는 인간의 몸에서 빠져나와 타인에게로 향합니다. 인간의 감각 중 가장 소통적이고 타인을 향해 열려 있는 것이 청각이라고 합니다. 소리가 인간을 황홀하게 하는 것은 단독으로 소유하지 않기 때문이지요. 그러니 시를 크게 소리 내서 읽어보고 자신의 몸에서 빠져나가는 물리적 소리도 들어보고 또 자신의 내면에서 들리는 숨겨진 목소리에 귀를 기울여보는 것이 필요하지요. 저절로 시의 리듬에 몸을 맡기고 하염없이 그 시의 말에 빠져드는 자신을 발견하고 황홀해지겠지요. 그때 위로가 찾아옵니다. 이때 비로소 세상이 자신에게 말을 건네 오지 않을까요. 시를 읽는 우리는 단 한순간도 혼자 있는 법이 없지요.

저는 "연애시를 읽고 가장 핵심적인 문장, 에피그램처럼 느껴지는 문장을 찾아보라" 말합니다. 시인들은 연애시에서 사랑에 관한 철학뿐 아니라 우리의 삶에 대해, 인생에 대해, 인간과 역사에 대해 경구처럼 한마디 툭 던져두곤 한답니다. 그 에피그램 같은 한마디 문장이 새삼 우리를 위로하지요. 보잘것없는 문장 하나 되뇌는 데도 무엇인가 힐링이 되는 기분을 건질 수 있습니다. 아무리 깊은 상처라도 치유의 강을 건너오는 듯한 기분 좋은 느낌을 갖게 되지요. 대체로 시 마지막 행쯤에 좋은 문장이 있을 확률이 높지요. 좋은 시는 마지막 한 행을 향해 달려간다고 에드가 알랜 포는 말했지요. 각각의 시편에서 가장 아름답고 멋진 문장 하나 뽑아 외우거나 마음속에 간직하는 것은 어떨지요? 손수 그 문장을 손글씨로 써두면 캘리그래피 작품도 될 수 있지 않을까요?

저는 이 책에서 열한 분의 시인과 그들의 시에 대해 말할 것입니다. 백석, 황지우, 기형도, 황동규, 김수영, 문정희, 윤동주, 김춘수, 서정주, 한용운, 김소월 등이죠. 출생 시기나 활동 시기 순이 아니라 그냥 제가 하고 싶은 대로, 쓰고 싶은 대로 우연적으로 순서를 나열한 것이니, 편집 순서에 그다지 신경 쓰지 않아도 됩니다. 앞에서 뒤로, 뒤에서 앞으로, 각자 자신이 좋아하는 시인 혹은 읽고 싶은 시를 먼저 보는 것도 좋겠지요. 순서는 뒤죽박죽이지만 이 잡식성, 좋은 말로 우연성이라고 합니다만, 그럼에도 그 '우연한 흐름' 가운데 한국시의 계보를 이해할 수 있습니다. 열한 편 연애시만 봐도 한국 현대시사를 거의 꿰뚫게 된다는 뜻입니다. '선택과 집중' 이런 말 있지요? 열한 편을 통해 한국 현대시사 전체는 아니더라도 대체적인 계보를 확인할 수 있을 것 같습니다. 경제적이죠?

　문자보다 이미지가, 책보다 영화나 유튜브가 더 편하고 더 재밌는 세대에게 이 재미없는 문자로 시 공부를 하자고 하면 참 엉뚱하고 어리숙한 일인 것, 저는 알지요. 묘안이라 생각해낸 것이 '연애시 읽기'입니다. 준비물 필요하냐구요? '관심'과 '애정'만 있으면 충분하지요. 수능 공부할 때나 필요한 '교과서적'인 시 독법, 공부법은 내려놓고 시작하면 좋겠습니다. '공부'라면 시험 보고 평가받고 하는 좀 피로하고 따분한 것이라 생각하실 분들이 있을 텐데, 걱정 안 하셔도 됩니다. 대학 강의를 처음 시작하던 시절, 시를 어떻게 설명할지 몰라 학생들에게 '그냥 느껴봐' 이렇게 강요할 때도 있었습니다. 선생 자격이 없었지요. 아무튼 '그냥!' 이 단어 참 멋지지 않습니까? 어떤 설명도 아무런 이유를 붙이지 않아도 좋을 때 쓰는 말이지요. '그냥' 이 단어 하나에 이런 심오한 뜻이 생략되어 있다니! 여기에 핵심이 있는 듯합니다. 단지 '그냥'인데 '그냥'이 아닌 것, '말'인데 '말'에 그치지 않은 것. 그렇다면, '시'인데 '시'에 그치지 않은 것이 가능하겠지요.

한편, K-pop을 통해 한국어를 이미 접하신 분들이 다소 심도 있는 한국말을 공부하고 싶다면 "연애시를 읽어보라" 권하고 싶은 심정입니다. 저의 과욕일까요? 품격 있고 숭고하고 아름다운 한국어와 한국의 서정이 연애시에 있습니다. K-pop이 차마 다 말하지 못한 한국의 말과 문화와 마음을 한국의 연애시가 증거해줄 것이라 일단 우겨보기로 합니다.

사랑의 말은 나긋나긋하고 부드럽습니다. 괴테는 여성적인 것들이 우리를 이끌어 올린다고 했습니다. 어떤 무엇도 '나'를 위무하지 않고 그 누구도 나를 위로하지 못한다면 오직 연애의 달콤한 몽상만이 잠깐 마음의 휴식을 가져다줄지도 모릅니다. 모태 솔로라도 상관없습니다. '연애시'로부터 아름다운 서정을 얻고 마음이 치유된다면 그것만으로도 충분하지 않을지요. 우리말은 노래하듯이 말해지고 또 그렇게 들립니다. 한 편의 아리아같이 읊어지는 연애시에 우리말의 아름다움이 살아 있습니다. 멋진 연애시를 즐기면서 우리말의 아름다움과 연애의 정취에 동시에 취해보시기 바랍니다.

차 례 ─────────────────────────

1.

백석

×

나와 나타샤와 흰 당나귀

○

가난한

연인들을 위한

사랑의 말

●

　시로 이름을 남기는 것과 외모로 이름을 남기는 것, 시인에게는 어느 쪽이 더 찬란한 일일까요? 당연히 시로 이름을 남기는 것이라 하겠지만 요즘처럼 외모가 각광을 받는 시대에는 꼭 그런 것 같지도 않습니다. 그럼 둘 다 가능하다면 어떨까요? 축복이겠죠? 그런 시인이 우리 문학사에 있습니다. 단연 백석입니다.

　제가 첫 시인으로 백석을 택한 데는 세 가지 중요한 이유가 있습니다. 일단 시가 좋죠. 약 80년 전의 말이고 문장인데도 전혀 낯설거나 어색하지 않습니다. 최근 한국인이 제일 좋아하는 시인으로 백석이 '당첨'되었다고 하는데, 그의 시에는 우리의 심장을 뜨겁게 훑고 가는 듯한 경구epigram가 적어도 하나 정도는 있습니다. 밑줄 쫙쫙 처가며 외워두고 싶은 그런 말이지요.

　두 번째는 그의 외모와 패셔니스타 같은 그의 입성입니다. '연애시인' 하면 어쩐지 '로맨틱 가이' 유의 눈부신 외모와 달콤한 목소리가 상상되지 않으신가요? 백석의 시에 버금가는 것은, 멋진 연애 상대로서의 자격을 충분히 가질 법한 그의 외모와 패션이지요. 그것이 더욱 우리를 낭만적 연애의 세계로 이끌지요. '연애시인의 초상'에 백석이 딱 들어맞는 이유입니다. 그런데 백석의 외모를 지나치게 강조하면 스캔들 차원이 됩니다. 어쨌든 '연애시인' 할 때 떠오르는 이미지에 멋지게 들어맞는 시인이 백석입니다.

세 번째는 저의 사심私心이 좀 개입된 부분인데, 백석의 시를 공부하다 보면 백석과 연애하는 기분이 든답니다. 미남에다 지적이고 철학적인 교양까지 갖춘 시인이니 그 누군들 그와 연애하고 싶지 않을까요. 참 무엇이라 할 말을 잃게 되지요. '세상 참 불공평하다' 한탄하면서 '아!' 한숨을 쉴 남성 독자 분들도 계실 듯합니다만. 백석과 한때 연인이었던 김영한은 백석을 가리켜 '연애철학자'란 말을 쓰고 있더군요. 연애시를 정말 멋지게 쓴다는 뜻일 것 같기도 하고 연애를 정말 멋지게 하는 인간이라는 뜻일 것 같기도 하고 거기다 무엇인가 철학자 같은 풍모가 있다는 뜻도 포함되겠지요. 그의 시에 연애와 사랑과 인생과 삶에 대한 철학적 사유가 깃들어 있다는 뜻이기도 하겠네요.

그러니까 이 책의 주제에 꼭 맞는 시인이 백석이라고 생각해도 좋을 것 같긴 합니다만, '연애시'를 재미있게 소개한다고 시작한 이 책이 꼭 달콤하고 부드럽고 낭만적인 연애시에 관한 내용을 서술할 것 같지는 않지요? 어쨌든 맨 앞에 백석을 배치해둔 저의 의도가 잠깐 드러났지요?

백석에게는 그야말로 연애시인다운 풍모가 있습니다. 시뿐 아니라 그가 남겨둔 사진만으로도 그를 사랑하지 않을 수 없지요. 시인, 예술가 들이 가리키는 말은 당대의 것이기보다는 미래의 것입니다. 당대보다 후대에 예술가의 명성이 빛나는 이유지요. 백석, 고흐, 이중섭, 이상 같은 인물들을 생각해봐도, 살아생전 그들은 대체로 불행했습니다. '시든 사진이든 그림이든 상관없이 예술이 가리키는 시제는 미래다'라는 말의 뜻이 얼른 이해됩니다.

백석의 외모를 묘사한 기록들은 더러 있습니다. 백석의 코스튬은 두 가지로 집약됩니다. 바람머리와 완두빛 더블브레스트. 요즘 사람들도 연출하기 쉽지 않은 패션 아이템입니다. 백석의 외모가 여성들의 흠모를 충분이 자아내게 했을 법했다는 추측이 가능하지요. 외모도 수려하거니와 함흥 영생고보 시절, 그 바람머리 같은 장발을 휘날리며 영어 강의하고 있는 백석의 모습은 눈부시지요.

1930년대 '조선 문단의 3대 미남'이 폐병 환자인 시인 임화, 장신에 호남자형인 평론가 김남천, '당대의 명기가 빠져들 만한 백석'이었다는 음악평론가 박용구의 언급이 재미있습니다. 이들이 다 서양물 먹고 문학했던 모던 보이, 문청文靑들이었던 것이죠. 1930년대 문학평론가 김문집은 백석을 '서양 귀족의 집에서 기른 사슴 한 마리'로 비유합니다. 김남천은 귀부인 상대의 호텔 보이요, 이헌구는 인텔리 마담을 노리는 파리의 이달伊達 청년 예술가인데 비해 백석은 문학소녀와 동무하는 '은좌銀座의 모던 보이'라는 것이지요. 이 평에 걸맞게 백석에 대한 회고담은 연애와 실연에 관련된 내용들로 채워지곤 합니다.

백석의 외모에 대한 가장 세세한 인상을 남긴 인물은 조선일보 기자 시절 친구였던 신현중입니다. 대체로 삼사십 원 정도의 양복을 입고 다닐 때 백석은 이백 원짜리 '연둣빛 더블 버튼' 슈트를 입고 다녔고, 보통 한 켤레 이삼십 전 하는 양말을 신고 다닐 때 백석은 일 원, 이 원짜리 양말을 신고 다닐 정도였다는 것입니다. 이토록 '사치한 입성'으로 세종로를 걸어갈라치면 참 멋이 줄줄 흐를 정도였다고 회고하네요. 가늘고 부드러운 머리카락이 구불구불하게 내려와 멋진 장발을 이룬 헤어스타일과 기운차게 그어져 내린 속눈썹과 이글거리며 타는 큰 눈의 아름다움이 함께 조화를 이룬 것이 사슴 같던 백석의 외모였던 것이지요.

일반인들은 물론이고 같은 조선일보에서 한솥밥을 먹던 최정희, 노천명 같은 여성시인들조차 백석을 좋아하고 그와 가까이하려 애썼다고 합니다. 실제 스캔들 차원의 에피소드가 무지 많다고 하면서도, 신현중은 친구와의 의리를 지킬 요량인지, 끝내 자신의 동업자들인 문인들, 기자들과 백석과의 스캔들은 '폭로'하지 않더군요. 대신, 지저분하고 궂은 것을 싫어했던 백석의 다소 강박증적일 정도의 '정결성'에 대한 일화는 남겨두고 있습니다. 깨끗하지 않은 음식점에는 들어가기를 싫어했다거나, 여러 사람들과 함께 쓰는 물건에 손대기 싫어했다든가, 전화를 받을 때 전화기를 손수건으로 감싸 쥐고는 귀와 입으로부터 조금 뗀다든가 하는 식이죠. 괴벽스럽고 신경질적인 성격 나온다 생각하는 분들도 있으시겠지만, 백석이야 천하의 귀족이고 호사스런 '사슴'이니 그 정도의 괴팍스런 호사가 기질이야 좀 용서해도 되겠지요.

백석과 조선일보 기자 생활을 같이했던 이른바 '문인기자'였고 1930년대 유명한 시인이자 시론가였던 김기림이 남긴 '파리의 예술가 같은 백석'에 대한 인상도 재미있습니다. '완두빛 더블브레스트'를 젖히고 한대寒帶 바다의 물결을 연상시키는 검은 머리의 웨이브를 휘날리면서 광화문통 네거리를 건너가는 백석의 풍채는 프랑스의 몽파르나스 언덕에 온 듯

착각하게 만들 정도로 이채로운 것이었다고 회고했습니다. 백석은 파리의 예술가 못지않은 모던 보이 스타일의 외모를 뽐내며 경성(서울) 시가지를 활보했던 것이지요. 너무 시대를 앞서간 인물이었던 것일까요?

　신현중의 기록에서든, 김기림의 회고에서든, 백석이 얼마나 유난을 떠는 인간이었는지 추측됩니다. 이런 '인성'을 '왕재수'라 젊은 세대들은 말하더군요. 백석이 좋아한 것들은 백석의 성격과 기질을 투영합니다. 당나귀를 좋아했고, 흰색을 좋아했지요. 흰쌀밥, 감주, 국수, 가자미식해 등의 반찬을 '반찬친구(선우膳友)'라 칭하기도 했는데, 초생달, 당나귀, 지빠귀 같은 사물들, 동물들, 식물들, 그러니까 가녀리고 부드럽고 착하고 온순하고 아름다운 그런 것들이 백석에게는 '선우'였던 것이죠. 백석은 그런 착하고 온순하나 강한 생명력을 가진 것들을 사랑합니다. 착하고 온순하고 정결한 것들에 대한 결벽증과 그것들에 대한 강박증으로 보일 만한 집착이 그에게는 있습니다. 백석의 음식에 대한 취미, 패션에 대한 기호, 일상생활의 습관 등 이런 것들은 삶을 미학화하려는 미학주의자들이 가진 습성이라 할 수도 있습니다. 일상은 비루하기 그지없으나, 문득 순결하고 정결한 것들이 그 비루한 삶을 정화하는 격이지요.

정작 백석을 유명하게 한 것은 그가 자비로 펴낸 시집 『사슴』(1936)입니다. 백석은 『사슴』을 100부 한정판으로 자비 출간했는데, 여담이지만 그 시집이 요즘 경매가로 1억 원이 넘는답니다. 한지로 된 하드커버와 고급한 품격의 시집 케이스 때문에 장서가들이 『사슴』을 갖기 위해 열을 올린다고도 하지요. 시집 『사슴』 앞에서 오장환은 '모자를 벗는다'란 표현으로 이 시집을 극칭송하기도 합니다. 김기림은 『사슴』을 '동화와 전설'의 나라에 속한 것이라 쓰고 백석의 순결한 자세와 비타협적 성격이 이 시집에 그대로 투영되어 있다고 평했습니다. 이국적이면서 미남형인 백석의 외모와, 그의 시의 '유니크한 특징'과, 정결하기 그지없는 성격, 그러니까 '아부와는 거리가 먼' 그의 기질적 성격이 한 덩어리로 묶여진 것이 이 시집인 것입니다. '사슴'이라는 시집의 제목이 이 셋을 다 투영하고 있지요?

다음에 볼 백석의 시 「나와 나타샤와 흰 당나귀」에도 그의 성격과 기질이 투영돼 있고, 그 시 하나에 그의 연애의 시작과 끝이 다 들어 있습니다. 심지어 그의 삶의 운명까지도 말이지요.

●

　「나와 나타샤와 흰 당나귀」를 읽어보겠습니다. 천천히 소리 내서 읽어보세요. 묵독하지 마시고 입술 밖으로 소리를 불러내서 읽는 방식, 그러니까 낭송 한번 해보세요. 자신의 목소리로 듣는 시는, 지면에 인쇄된 시에서 '의미'를 중점적으로 읽어내고자 하는 것보다 더 많은 이야기를 들려준답니다. 시 읽기의 진짜 방법은 소리 내서 읽는 것입니다. 시 읽기, 참 쉽지요?

　　가난한 내가
　　아름다운 나타샤를 사랑해서
　　오늘 밤은 푹푹 눈이 나린다

　　나타샤를 사랑은 하고
　　눈은 푹푹 날리고
　　나는 혼자 쓸쓸히 앉아 소주를 마신다
　　소주를 마시며 생각한다
　　나타샤와 나는
　　눈이 푹푹 쌓이는 밤 흰 당나귀 타고

산골로 가자 출출이 우는 깊은 산골로 가 마가리에 살자

눈은 푹푹 나리고
나는 나타샤를 생각하고
나타샤가 아니 올 리 없다
언제 벌써 내 속에 고조곤히 와 이야기한다
산골로 가는 것은 세상한테 지는 것이 아니다
세상 같은 건 더러워 버리는 것이다

눈은 푹푹 나리고
아름다운 나타샤는 나를 사랑하고
어데서 흰 당나귀도 오늘 밤이 좋아서 응앙응앙 울을 것이다
— 백석, 「나와 나타샤와 흰 당나귀」 전문, 『여성』, 1938.3

이 시는 처음에는 정현웅의 그림과 함께 '화문畫文'으로 발표되었습니다. 우선 눈에 확 띄는 것이 '사랑하는 나타샤'가 시인의 곁에 없다는 것이죠? 그렇습니다. 시인은 소주를 마시며 나타샤를 그리워하고 있습니다. 혼술하는 시인의 모습은 무엇인가 익숙한 장면 아닌가요? 다들 '어? 이거 내 모습인데!' 하며 무릎을 탁 치실 것 같기도 합니다. 짝사랑의 경험

이든, 실연의 경험이든, 우리 모두 사랑하는 대상을 그리워하며 홀로 소주 마셔본 경험이 있지요? '나타냐와 산골 가서 살고 싶다'는 어쩌면 가장 소박하지만 실현되기 어려운, 그래서 더 간절한 소망을 가슴에 안고 시인은 '혼술'하고 있습니다. '소망한다'는 것은 가능성을 희망하는 게 아니라 그 불가능성을 미리 예정하는 것이니, 이 시는 실연의 상황을 이미 서두에서 예견해두고 있구나 짐작할 수 있지요.

시를 전체적으로 보아야 할 듯한데, 그 전에 일단 제목 한번 보세요. 1930년대 시의 제목으로는 좀 특이하게 세 대상이 등장합니다. '나'와 '나타샤', 그리고 '흰 당나귀'가 그것입니다. 보통 시는 하나 또는 둘 정도의 대상을 내세우거나, 하나의 중심되는 핵심적인 사항, 테마를 내세우고 그것에 대해 진술 또는 묘사하거나, 그 대상과의 관계를 진술하는 것이 일반적입니다. 김소월의 「진달래꽃」, 이육사의 「광야」, 윤동주의 「병원」, 김기림의 「바다와 나비」, 서정주의 「국화 옆에서」 등과 같은 시의 제목들을 생각하면 금세 고개가 끄덕여지지요. 무엇을 중심으로 이 시가 서술되고 있나, 우리는 제목에서 이미 짐작하게 됩니다. 문장 하나를 제목으로 삼은 시도 있지요? 신석정의 「그 먼 나라를 알으십니까」, 「아직 촛불을 켤 때가 아닙니다」 같은 경우인데, 제목은 길어도 시의 테마는 통일되었음이 확인되지요. 시 장르 자체가 짧으니 시의 중심 소재로 삼는 대상 또한 하나 혹은 둘인 것이지요. 현재도 이런 사정은 별로 다르지 않습니다.

그런데 백석은 세 대상을 내세웠습니다. 그것도 '나타샤'라는 이국적인 이름의 여성을 중심에 내세웠습니다. 제목 자체가 이미 이 시의 특이성, 독창성, 고유성 같은 것들, 그러니까 백석의 남다른 시적 감각을 보여줍니다. 백석의 이 독특한 명명법은 다른 시들에서도 확인됩니다. 「남신의주 유동 박시봉방南新義州柳洞朴時逢方」, 「오금덩이라는 곳」, 「흰 바람벽이 있어」 같은 시 제목들은 특이하게 느껴집니다.

'남신의주 유동 박시봉방'은 '남신의주 유동의 박시봉 집에 세 든 사람이 부친 편지'라는 뜻인데, 편지 겉봉투에 쓰는 주소 양식을 시 제목으로 삼다니 지독하게 특이하고 창의적인 발상 아닌지요? '○○라는 곳'은 나의 '확정'이 아니라 '그렇게 불려지는', '미지칭'의, '불확실한' 등의 맥락이 숨겨진 제목입니다. 우연성과 불확실성의 공간, '오금덩이'라는 곳의 태곳적 전설을 시의 내용으로 할 것임을 제목이 알려주지요. 특정 장소를 둘러싼 소문이나 전언이 주는 신비스런 공포와 호기심이 제목 자체에 암시되어 있습니다. 마을의 전설들과 옛이야기들은 다 그런 방식, 다소 공포스럽고 비밀스런 방식으로 입에서 입으로, 소문에서 소문으로 전승되지요? 소문을 통해 전승되는 마을 이야기들의 그 불확실하지만 신비하고 정감 어린 분위기가 '○○라는 곳'이라는 제목에 투영되어 있습니다. 내가 확정한 것이 아니라 누군가로부터 들었다는 그 '풍문'이라는 맥락과 '○○라는 곳'이라는 제목은 얼마나 잘 맞아떨어지는지요? 뒤에 서술하겠지만, 「흰 바람벽이 있어」는 제목도 특이하고 신선하지만 내용 자체도 아주 아름답습니다.

이제 「나와 나타샤와 흰 당나귀」로 돌아와서, 이 시의 제목 역시 만만찮습니다. '나타샤'란 이름은 러시아에서 많이 쓰이는 이름이라는군요. 톨스토이의 『전쟁과 평화』에 나오는 주인공 이름으로 널리 알려져 있는데, 백석과 한때 연인이었던 김영한 여사가 후일 이 「나와 나타샤와 흰 당나귀」는 자신을 위해 백석이 써준 것이라 주장하기도 했습니다. 함흥 영생고보에서 영어교사이자 축구부 감독도 했던 백석이 잠깐 서울로 상경해 김영한에게 이 시가 든 편지봉투를 건네주고 떠났다는군요. '이 시를 읽을 때면 순간적으로 대기를 뚫고 백석에게 날아가, 함께 흰 당나귀를 타고 둘만의 세계로 떠나가고 싶었다'고 김영한은 후일 회고했습니다. 출출이 우는 깊은 산골에 가서 백석과 같이 살고 싶은 충동이 생긴다는 것입니다.

이루지 못한 사랑에 대한 회한이 깊이 남겨진 회고입니다.

군이 김영한 여사의 회고가 아니더라도 1930년대 잡지에서 자주 보이는 러시아 여성을 가리키는 이름이 '나타샤'이고 백석이 러시아어도 잘했으니 이 이국적인 이름을 시 제목으로 쓴 것도 이해되지요. 어쨌든 독특한 제목의 이 시에는 '여기'보다는 '먼 곳(마가리)'에 대한 동경이 깔려 있는데, 그것은 비루한 이 세상에 대한 염오를 나타내면서도 또 한편으로는 세상으로부터 소외된 자의 자의식을 드러내지요.

시는 어렵지 않습니다. 시어가 좀 어려운 것이 있군요. '마가리'는 '작은 오두막'을 말합니다. 물질적으로 궁핍하면 궁핍할수록, 공간적으로 더욱 협소하면 협소할수록 '둘만의 세계'는 보다 온전하고 완전해지겠지요. 그러니 가수 '남진'의 노래에서처럼 "저 푸른 초원 위에 그림 같은 집을 짓"는 식의 전원생활의 꿈은 이들에게는 존재하지 않습니다. 소외된 자들이 품은 작고 작은 '마가리', 이 이미지를 상상하고 시어에 다가가면 왜 시인이 나타샤와 거기에서 살고 싶은지 더 실감이 나지요?

'고조곤히'는 '아주 작고 부드럽고 고요한 속삭임으로'라는 뜻입니다. 한국어에는 의성어, 의태어가 발달했다고 하는데, 의성어는 소리를, 의태어는 모양이나 형상을 흉내낸 말이라는 사전적인 의미로만 이해하지는 않겠지요? 우리는 무엇인가를 느낄 때, 그것도 깊이 느낄 때, 시각, 청각, 촉각 등등의 분리된 감각으로 그것을 느끼지는 않지요. 초코케이크가 맛있는 것은, 멋진 데코레이션과 향긋한 카카오의 향과 혀끝에 감도는 달콤하고 부드러운 케이크의 감촉이 동시에 작용하기 때문이지요. 그때 문득 초코케이크를 자르면서 'Happy birthday'를 불렀던 연인과의 행복했던 추억이 개입할 수도 있지요.

'의성어, 의태어'가 쓰인 문장이란, 분리된 감각으로써가 아니라 모든 감각과 기억이 함께 동원되어야 느낄 수 있는, 입체적인 표현이자 몸의 리듬감이 살아 있는 생생한 표현의 말이지요. 작고 크고 낮고 여린 등의 소리의 양적인 측면뿐 아니라 그 소리가 온 감각에 스며들어 생성된 소리의 부피와 밀도까지 이 의성어 의태어에는 있는 것입니다. 심지어 피부에 스며들 듯이 소리가 우리의 감각을 밀고 들어오는 느낌을 주지요. 예컨대 '졸졸'과 '줄줄'에는, 소리의 양적 크기의 차이뿐 아니라 그것이 품은 깊이나 밀도의 차이까지 있지요.

'출출이'는 '뱁새'를 뜻한다고 합니다. 백석 시에는 정주 지방의 사투리(방언)가 많습니다. 백석의 '시어'를 풀이한 사전이 있을 정도로, 지금은 잘 쓰이지도 않고 이해하기도 어려운 방언과 생생한 말의 감각이 살아 있는 우리말(한국어) 표현들이 백석 시에는 있습니다.

본격적으로 시를 읽어보지요. 이 시의 내용은 한마디로, "사랑하는 나타샤와 마가리(산골)에 가서 둘이서, 아니 '흰 당나귀'까지 포함해 셋이서 살고 싶다"는 것인데, 그것은 꿈일 뿐 현실은 이를 허용하지 않지요. 상황이 녹녹치 않습니다. '나'는 연인과 떨어져 있습니다. 그 둘 사이에 무엇인가 벽이 있군요. 일단 '가난한 것'이 첫째 이유인 듯한데 하지만 꼭 그런 물질적 환경의 문제만은 아니겠지요? '나'와 '나타샤', 이 둘의 면모나 처지는 선명하게 대비되어 있습니다. 수식어를 눈여겨보세요. 바로 '가난한'과 '아름다운'이라는 수식어가 '나'와 '나타샤' 앞에 각각 붙어 있습니다. "가난한 내가 아름다운 나타샤를 사랑해서"라고 시인은 분명하게 밝혀두었습니다. 아무튼 이 구절은 '나타샤'에 비해 보잘것없는 '나'를 드러내는 대목이지요. "가난하면 아름다운 여인과 연애도 못하냐?"라고 볼멘소리로 불평하시는 분도 있으실 듯합니다. 울분을 좀 삭이시고 시인의 내면으로 조금 더 들어가 볼까요?

핵심은 "가난한 내가 아름다운 나타샤를 사랑해서 오늘 밤은 푹푹 눈이 나린다"라는 대목입니다. '가난'이라는 글자에 눈의 힘줄을 모으지 마시고 좀 부드럽고 우아한 표정을 지으면서 '눈이 나린다'에 시선을 가져가 보세요. 쓸쓸하고 적막한 심사를 달래며 혼술하는 시인의 눈앞에 문득 눈이 내리고 있습니다. 그것도 폭설입니다. '푹푹' 날리고 '푹푹' 쌓이고 있습니다. '가난하고 쓸쓸한' 나의 처지를 한꺼번에 다 날릴 듯한 기세로 눈이 '푹푹' 날리면서 쌓이고 있는 중이지요. '눈'에게도 분명 계획이 있었던 것일까요?

'혼술하는 풍경'에는 현실적이고 세속적인 규범과 잣대와 가치로부터 소외된 '나'의 모습이 투영되어 있습니다. 그런데 눈이 내리고 있는 것입니다. '가난한'과 대비되는 '눈 오는 풍경', 그러니까 '푹푹 눈이 내리고 눈이 쌓이는' 이 폭설의 풍경은 얼마나 풍요롭고도 존엄하게 가난한 시인의 영혼을 위로하고 있는지요? '가난한' 것은 죄가 아니지요. 물질적이고 세속적인 것들과는 비교가 안 되는, 이 정신적 귀족들의 숭고한 삶이 오히려 '가난한'이란 형용사에 오롯이 함축되어 있습니다. 폭설의 정취란 그런 것입니다. 아름다운 풍경이지요. 그래서 눈 푹푹 날리는 날, 그 정결하고 욕심 없는 동물 당나귀를 타고 그들은 자신들만의 세상을 향해 떠날 수 있는 것입니다. 환상의 드라마같이 말입니다.

연인과의 이별 혹은 분리에 아파하면서 혼자 쓸쓸히 앉아 소주를 마시던 시인은 이 환상 같은 장면을 상상하고 적극적인 삶의 의지를 다집니다. '사랑이 죄냐?' 뭐 이런 원망이나 분노가 없을 수 없겠지만 나타샤를 생각하면 분노도 울분도 서러움도 사라질 듯합니다. '출출이 우는 마가리에 가서 같이 살자' 하면 '나타샤가 응하겠지' 하고 생각하는 것이지요. 시인은 "나타샤가 아니 올 리 없다"라는 믿음에 이어, 아니, 벌써 "내 속에 고조곤히 와 이야기한다"라고 자기 확정을 이어갑니다. 저는 이것이 확증 편향 혹은 정신 승리 같기도 합니다. 나타샤가 올 가능성은 '1도' 없는데 '나만' 그렇게 생각하는 것일 수도 있지요. 하지만 이 같은 자기 확정 없이는 어떤 삶도 견디기 힘들지 않을까요? 그러니 이 한 문장으로, 이 한 마디로, 이 공허한 자기 확정만으로도, 문득 삶의 의지가 다져지기도 하는 것이지요.

곧이어 결정적인 구절이 이어집니다.

산골로 가는 것은 세상한테 지는 것이 아니다
세상 같은 건 더러워 버리는 것이다

이 구절은 백석 시의 독자들이 스마트폰 바탕화면이나 소셜 미디어 대문에 걸어두고 외는 구절의 하나입니다. 이 의지, 이 맹목적 자기 확신만이 시인을 위로했는지도 모르겠습니다. 백석의 시는 아름답고 부드럽지만 그것이 다는 아니지요. 그 부드러움 안에 비극적이면서도 적극적인 삶의 의지가 있습니다. 산골로 가는 것이 세상에 지는 것이 아니고 세상을 자기가 버리는 것이라는군요. 수동적 포기가 아니라 적극적 선택이라는 것입니다. 이 문장 하나에 '죽음'과 '생명'이 아슬 아슬하게 줄을 탑니다. 백석은 세상에 결코 패배하지 않습니다. 그의 '루저loser'는 가난에서 오지만 그 가난은 가장 귀하고 존엄한 자들이 가진 훈장 같은 것입니다. 「남신의주 유동 박시봉방」의 '어두워 오는 저녁 무렵 흰 눈을 맞고 의연히 서 있는 그 드물다는 굳고 정한 갈매나무'의 장엄하고 의연한 이미지가 이 문장에 있습니다. 백석은 '굳고도 정淨한 나무'에 그의 초상을 덧씌워 둡니다. '세상한테 이기기 위해 세상을 버리는 의지' 이것들은 동일하게 백석 시의 비극적 숭고를 증명합니다.

또 다른 시들에서도 이런 유의 비극적이면서도 숭고한 자의식을 볼 수 있습니다. 「흰 바람벽이 있어」라는 시를 볼까요?

— 하늘이 이 세상을 내일 적에 그의 가장 귀해하고 사랑하는 것들은 모두

가난하고 외롭고 높고 쓸쓸하니 그리고 언제나 넘치는 사랑

과 슬픔 속에 살도록 만드신 것이다

— 백석, 「흰 바람벽이 있어」 부분, 『문장』, 1941.4

'하늘이 귀한 자를 낼 때 함께 내는 것'이 가난과 고독과 적막이라고 합니다. 이렇게 가난하고 외롭고 쓸쓸하고 슬픈 삶이란 하늘의 뜻이며, 그러니 그것은 오히려 높고 귀한 것이며 곧 하늘의 사랑을 증명하는 것이라 말합니다. 나타샤를 잃고 슬픔 속에 빠진 것이 하늘의 뜻이라는 것입니다. 가난하면서도 아름다운 여인을 사랑한 것도 또 그 여인을 잃고 슬픔에 젖어 있는 것도 다 하늘의 사랑이자 하늘의 뜻이라는 투로 시인은 말합니다. 백석은 '자뻑'이 좀 있는 것 같기도 하지요? 그래도 우리는 이 '자뻑의 백석'을 사랑하지 않을 수 없습니다. 가난하고 좀 못난 우리, 평범한 인간들 모두 어느 정도는 백석의 모습에 가까이 있는 탓이지요.

백석은 연애시를 쓰면서도 철학을 하고 있습니다. 가난한 자의 철학을, 물질적 귀족이 아닌 '정신적 귀족'(니체)의 자세를 보여줍니다. '정신 승리'라고요? 그럴 수 있지요. 말만 하면 '정신'만 승리하는, 일종의 '가상의 승리'에 머무를 것 같은데 그 의지를 내면으로 다지는 사람은 '인간 승리'합니다. 백석 시에는 맑고 정결하나 강하게 단련된 비극적이면서도 강렬한 생의 의지가 있습니다.

「나와 나타샤와 흰 당나귀」의 마지막 연을 볼까요? 푹푹 날리는 눈을 헤치고 마가리(산골)로 들어가는 이들에게 한바탕 축제가 펼쳐집니다. 이 명랑, 이 유쾌, 이 청량감이 '응앙응앙 울어내는' 흰 당나귀의 순결하고 숭고한 이미지에 이미 차고 넘칩니다.

그런데 이들의 마가리에서의 삶은 행복했을까요? 인생을 좀 살아본 분들은 금세 그 결말을 알아차릴 것 같습니다. 모든 연애는 죽음을 예정한 것이라는 바타유의 말에 의지한다면 그들의 삶은 실패로 끝났을 것 같은 예감이 듭니다. 운명론적으로도 그렇고 실제로도 그렇겠지요? '자신을 모델로 한 시'라는 김영한의 고백을 투영해보더라도 백석과 그의 연인 김영한은 결국 헤어지게 되니까요. 그래서 인생보다 시가 더 아름다운 것인지 모르겠습니다. 동경을 그린다는 점에서 그러하지요. 현실에 부딪혀 튕겨나올지라도 우리는 시를 통해 생의 역동적 드라마를 일구어내지요. 동경이 없다면 우리는 살지도 죽지도 못할 것입니다. 연애시는 어쩌면 이곳, 현실에서는 쉽게 구하지 못하는 낭만과 동경을 한순간 환각처럼 뿌려주고 가는 것인지 모르겠습니다. 이나저나 아름다우면 그만이고 우리 영혼이 잠깐 힐링되면 그것만으로도 가치 있지요.

「흰 바람벽이 있어」에 대해 조금 더 알아볼까요? 김영한은 '백석은 연애철학자'란 말을 쓴 바 있는데, 백석의 인간적 풍모나 일상적 관습에서도 철학자다운 말의 숭고와 깊이가 묻어납니다. 백석의 시에는 우리가 외워두고 음미할 만한 구절이 꼭 하나 이상 들어 있습니다. 몇 권의 책으로 증명하는 철학적 서술과는 달리 니체는 단 하나의 패러그래프로 자신의 할 말을 다 하지 않았습니까? 가성비가 좋은 것이지요. 머뭇거리지 않고 주저하지 않고 단박에 단숨에 질주하는 방식이지요. 시인들은 사실 결정적인 한 문장을 남기기 위해 마지막까지 질주하는지도 모르겠습니다. 에드가 알랜 포는 소설이란 마지막 문장을 위해 써야 하고 시란 마지막 행을 위해 써야 한다고 말했다는데, 물론 보르헤스 같은 작가는 이 때문에 기괴한 기교와 난해한 플롯이 유행했다고 비판하기도 했지만요. 좀 어렵고 난해한 구절이나 이미지가 있더라도 시인들은 이 결정적이고 요약적인 한 문장, 이 최후의 문장을 위해 마지막까지 달려가지요. 백석이 특히 그러합니다.

백석은 가난하고 못나고 서럽고 고독한 자를 위한 경구 한 구절 들려주는데 그 경구가 결코 어렵지 않습니다. 그렇다고 깊이나 숭고함이 없는 것이 결코 아닙니다. 쉽고도 아름다운 우리말로 가난하고 허전한 우리의 마음을, 사랑을 잃고 울고 싶은 우리의 마음을 위로합니다.

「흰 바람벽이 있어」가 재미있는 것은 '글자의 시네마'라고 할 만한 것을 보여준다는 점입니다. 우리는 이 시를 읽지 않고 관람해야 합니다. 골방에 머무는 사람에게 꿈꾸는 일이란 벽을 스크린 삼아 흰 벽에 모든 자신의 몽상들을 투영해보는 것이지요? 가난하고 서럽고 고독한 시인의 방이 한순간 영화관으로 바뀌는 별천지의 순간을 이 시는 보여줍니다. 특히, 포가 말했듯 시 후반부를 주목해야 합니다. 시 끝부분에 골방의 하찮은 '흰 바람벽'이 '시네마 극장'으로, '글자의 극장'으로 극적으로 전환되는 장면이 나오는데, 이 황홀한 장관이 제목에 암시되어 있습니다. 요즘으로 말하면 마음속 상상의 '빔 프로젝터'를 흰 바람벽에 쏘아둔 것인데, 마음을 문자로, 내면을 장면(이미지)으로 보여주는 방법이지요. 상상력의 매체 전환이라고나 할까요. 제목에서부터 나타나는 이 암시가, 이 함축이, 이 복선이, 이 백석만의 고유성이 놀랍지 않습니까?

(전략)

이 흰 바람벽엔

내 쓸쓸한 얼골을 처다보며

이러한 글자들이 지나간다

—나는 이 세상에서 가난하고 외롭고 높고 쓸쓸하니 살아
가도록 태어났다

　　그리고 이 세상을 살아가는데

　　내 가슴은 너무도 많이 뜨거운 것으로 호젓한 것으로 사랑
으로 슬픔으로 가득 찬다

　　그리고 이번에는 나를 위로하는 듯이 나를 울력하는 듯이

　　눈질을 하며 주먹질을 하며 이런 글자들이 지나간다

　　—하늘이 이 세상을 내일 적에 그가 가장 귀해하고 사랑하
는 것들은 모두

　　가난하고 외롭고 높고 쓸쓸하니 그리고 언제나 넘치는 사랑
과 슬픔 속에 살도록 만드신 것이다

　　초생달과 바구지꽃과 짝새와 당나귀가 그러하듯이

　　그리고 또 '프랑시쓰 쨈'과 도연명과 '라이넬 마리아 릴케'가
그러하듯이

　　바람벽에 흘러 지나가는 글자들은 말의 조각칼로 올곧게
새긴 마음의 글자들일 것입니다. 자기 위안의 목소리이고 자
기 의지의 선언 같은 것이지요. '마음의 글자들', 그가 즐겨
한 '침묵의 말'일 것입니다. 그의 침묵은 그의 정결성이자 그
의 영혼의 외침입니다. 요설과 소란과 왁자지껄은 비루함과

비속함과 다름없다고 백석은 생각합니다. 백석이 만주에서 떠돌이 생활을 하던 시기가 있었습니다. 당시 만주에서 우리 민족끼리 싸우고 악다구니질하는 것을 보고 백석은 우리 민족에게 진정 필요한 것은 슬픔이고 침묵이라 말했습니다. 이 시에서 흰 벽에 투사되면서 지나가는 글자들은 백석의 침묵의 소리이지요. 그는 그렇게 슬픔을 내면에서 '비극적 사상'으로 키웁니다. 시 제목에 놀라운 매체 변환의 상상력뿐 아니라 이 같은 말의 비극적 숭고함이 묻어 있지요.

●

「나와 나타샤와 흰 당나귀」의 결말을 이야기해야겠지요? 김영한의 회고록을 인용해 비유적으로 말해볼까 합니다.

세상에 걸림돌 하나 없는 우리의 강토 낙원이 우리를 손짓한다. (중략) 당신은 마치 춘원의 장편소설 『흙』의 주인공이라도 된 듯 저 멀리 논밭에 들어가 삿갓 쓰고 도롱이 걸치고 잠방이 입고 가래질하며 간다. 나는 그 뒤를 따라 강냉이, 수수, 조, 감자 밭에서 행주치마 앞에 두르고 흰 수건 머리에 둘러쓰고 호미자루를 손에 쥔 산중미인이 되어 있다. 나의 뇌리엔 한순간 이런 어슬픈 상상이 아름답게 펼쳐졌다.

— 김자야, 『내 사랑 백석』, 문학동네, 2013

깊은 산골 마가리에 가서 살자던 백석의 상상과도 다르지 않은데, 이 둘의 운명은 시간상으로, 공간적으로 어긋나게 됩니다. 백석의 생애는 한국 현대사와 나란히 갑니다. 만주에서 유랑 생활을 하던 백석은 해방이 되자 북한에 남게 됩니다. 그곳에 그의 고향인 정주가 있었으니까요. 북한 정권 초기에는 동화시 계열의 시를 쓰고 번역도 좀 했던 것 같습니다. 후일 밝혀진 것인데, 그는 말년에 양강도 삼수군 관평리 농장으로 추방돼 농장원이 되었다고 합니다. 농사일이 서툴러 도리깨질을 배우고 혼자 김매는 연습을 했다고 합니다. 이미 너무나 늙어버린 세월이 시 쓰는 시인의 손이 농사꾼의 손으로 바뀌는 것을 가로막았을 것입니다.

시에서 '나타샤'와의 사랑의 완성은 '출출이 우는 산골'에 들어가 이른바 '전원생활'을 하는 것이었습니다. 상상에서나 가능했을 이 일은 실제 일어납니다. 단 '산중미인'의 자리에 '김영한'이 아닌 '리윤희(백석의 아내)'가, '걸림돌 하나 없는 강토 낙원'의 자리에 '추방된 공간', '협동농장'이, '시인' 백석의 자리에 '농장원' 백석이 있다는 것만 다를 뿐. 동경과 현실 사이의 간극은 너무나 크지요. 하지만 백석의 시는 여전히 아름답습니다. 시는 현실을 이기는 법이지요. 인생은 짧고 예술은 길다는 말을 믿지 않는 편인데 백석을 생각하면 또 이 말이 수긍되기도 합니다.

'가난한 연인들'에게, 그리고 실연이든 짝사랑이든 오늘도 혼술하면서 슬픔을 삭이고 있는 분들께 이 시를 권하고 싶습니다. 물론 목하目下 열애 중인 분들께는 말할 것도 없습니다. 연인이 함께 이 시를 보면서 자신들의 사랑에 대한 어떤 숭고한 한순간을 문득 경험할 것이고 그래서 서로에게 더 겸허해지게 될 테니까요.

제 제자 중 집안이 어려워서 4년 내내 장학금으로 학비를 충당한 학생이 있었습니다. 돈이 없어 스타벅스는커녕 슬리퍼 끌고 집 근처 공원에 가서 여자 친구와 데이트한다고 하더군요. "그래도 슬리퍼는 너무했다, 운동화 신고 가라" 했습니다. 책도 좋아하고 문학도 좋아하는 친구였는데 제가 "공원 가서 이 시 같이 읽어봐라" 하고 백석의 「나와 나타샤와 흰 당나귀」와 「흰 바람벽이 있어」를 추천했습니다. 그 친구의 결말이 궁금하시죠? 지금 중견 게임 기업에서 열심히 돈 벌고 있습니다. 그 여자 친구와의 연애도 알뜰하게 이어가고 있답니다. 언젠가 제 연구실로 더치커피 한 병 사 들고 왔더군요.

2.

황지우

×

늙
어
가
는

아
내
에
게

o

'사랑한다'

―잘 늙기 위해 남겨둔,

잘 늙은 뒤에나 가능한 말

●

　'백석문학상'이라고 들어보셨는지요? 앞 장에서 읽었던 백
석을 기리는 문학상이지요. '백석문학상' 제1회 수상자가 황
지우입니다. 백석과 황지우는 이것 하나로도 이미 연결되지
만, 두 시인을 연결해주는 다른 고리도 있습니다. '귀족'이라
는 점에서, 언어감각이 '몸'에서 온 것이라는 점에서도 황지
우와 백석은 시공간을 뛰어넘어 연결됩니다. 둘 다 '천상 시
인'인 것도 공통분모이지요.

　황지우를 떠올리면 '시인 되기'에는 두 가지 핵심적인 것이
필요하다는 생각을 하게 됩니다. 하나는, 내면에 말의 보물창
고 같은 것이 있어야 한다는 겁니다. 말을 잘 골라내고, 말에
색깔을 입히고 그것들을 잘 배열하는 재능 말이지요. 이는 인
위적으로 꾸며낸다고 되는 것이 아니고 천성적으로 주어지
는 것일 테지요. '뮤즈'를 자신의 안에 간직한 자들이 시인인
것이지요. '보물창고'는커녕 '웅덩이'조차 없어서 시인 되기
를 포기한 저 같은 자들도 더러 있으니까요.

　또 다른 하나는 '젊어서 늙어버리기' 같은 태도, 세상을 바

라보는 철학 같은 것입니다. 예를 들면, "어서 병들고 늙어야지" 같은 구절들이 황지우 시에는 있지요. 이를 '견자見者로서의 시인 되기'의 품성이라 합니다. 김소월, 윤동주 등이 다 그러한데, 이들 시인들은 청춘 시기에도 나는 늙었다, 청춘이 지나갔다 말합니다. 그들은 '젊어서 이미 늙어버린' 자의 철학을 가진 존재들입니다. 그들은 일찍 철들고 일찍 이 세상의 이치를 깨닫습니다. '농담' 같지만 은유적인 구절들이 그의 시에 있고 그것은 철학적이고 예언자적인 아우라를 풍기며 독자를 기다립니다. 한 문장으로 요약된 시인의 인생철학은 구구절절 나열하지 않고 머뭇거리지 않고 단박에 달려 나가듯 질주하는 시인의 언어 바로 그 자체입니다.

「빈집」에는 "나가서 더 망하면 / 다시 돌아오라고"라는 구절이 있습니다. 망하는 것이 끝이 아니라는군요. 아니 망해야 다시 돌아올 수 있다고 황지우는 말합니다. 성경에 나오는 '탕아의 귀환'이 아니더라도, 릴케의 '말테의 귀향'이 아니더라도, 이 요약된 한 문장이 '폭망했다고' 자책하는 우리들에게 이상하게도 힘이 되지 않나요? 그런데 황지우는 '쓰지' 않고 '말'을 합니다. 시에 자신의 음성(목소리)을 담아둡니다.

세상은 그대가 본 것, 그것만은 아녀

아, 그대 눈에 잠이 없다고 꿈이 없으리?

— 황지우, 「세배歲拜」 부분, 『게 눈 속의 연꽃』, 문학과지성사, 1992

　시인의 목소리가 들리는지요? 묘한 비장미가 있고 무엇인가 철학적인 냄새가 풍깁니다. 황지우는 문자로 시를 '쓴' 것이 아니라 목소리를 담아 독자에게 '말하고' 있습니다. 시뿐 아니라 황지우가 일상적으로 하는 말, 일상적인 대화 자체가 시라는 생각이 들 때가 많습니다. 시를 '쓰지' 않고 '말한다'고 할까요? 「늙어가는 아내에게」도 마치 독백하듯, 대화하듯 쓴 시라 다소 연극적인 맛이 있습니다.

　시인이란, 소설가와는 다소 달리 말을 잘 운용해야 하는 존재입니다. 황지우 시적 모어母語의 원천은 그의 고향 해남입니다. 시사적으로는 남도 방언의 아름다움을 보여준 시인들의 계보에 황지우가 있지요. 김영랑은 강진, 박용철은 광주(송정)이며, 김지하는 해남이 고향입니다. 황지우는 이제는 잃어버렸거나 잊힌 해남 말들을 가끔 씁니다. '잉깔라진', '솔찮어' 같은 말들을 그는 민감하게 데려다 쓰지요. '잉깔라진'은 '찢겨진'의 문맥이 있습니다. 저는 '솔찮어'라는 말을 황지우에게서 처음 생생한 감각으로 들었습니다. '뭘 이렇게 많이 그대도 얼마 갖지 못한 것을' 뭐 이런 뜻을 포함한 말인데 깊고 진득한 정이 느껴지는 남도 말입니다. 박용철은 자신의 시에서 "탁가운 가슴을"(「센티멘탈」)이라 썼는데, '안타까운'의 뜻이 있지만 '안타까움'보다 그 말의 결이 좀 거칠고 탁하고 진합니다. 안타까움이 막 목울대를 들이밀고 올라올 것 같은 심정을 느끼게 하지요. '방언'은 시적 모어(시어의 원천)이자 몸에서 나온 '몸-언어'입니다.

'젊어서 늙어버리기'가 황지우에게 있다고 했는데, '젊다/ 늙다'라는 단어 하나에도 그는 팽팽한 긴장감을 부여합니다. 감정의 팽팽한 긴장은 「301」의 "청춘이 싫다" "어서 늙고 (이 젊음의) 병 나아야지"라는 구절에도 있습니다.

> 나는 청춘이 싫다.
> 터지지 않은 화농이 화끈화끈 애린다.
> 어서 늙고 병 나아야지.
>
> ― 황지우, 「301」 부분, 『나는 너다』, 풀빛, 1987

'젊음/늙음'이란 일종의 말의 긴장을 위한 양극성, 시적 감수성을 지키는 긴장의 양극성을 뜻하고 이것이 시인의 긴장된 말을 지켜내는 원심력이자 구심력입니다. 단지 '시인'이라 폼 잡는 행위, 즉 시인의 코스튬만을 배워서는 그런 긴장과 감수성에 감히 다가가기 어렵지요. 저희 세대는 황지우 시를 보면서 나이 든 축에 속하는데, 최근 황지우를 만났더니 저는 '이렇게' 늙어 있는데 황지우는 여전히 청춘이었습니다. 청춘의 시를 쓰고 청춘의 생생한 말을 쓰는 젊은 시인이었습니다. 시 공부하는 족속은 늙는데 시인은 여전히 젊어 있습니다. 영화 「벤자민 버튼의 시간은 거꾸로 간다」도 아니고, 시 공부하는 자의 입장에서는 억울할 법도 하지요. 늙는 게 싫다면 시 공부하는 사람이 되기보다는 시인이 되는 편이 옳다고 생각하지만, 그렇다고 누구나 다 시인이 될 수는 없으니 참 고민입니다. 천성적인 '몸-언어'가 없으면 얼치기 시인 흉내나 낼 수밖에 없다 생각하면, 시인 지망자로서는 좀 아득해지지요.

  1995년 황지우는 조각전시회를 하면서 '조각시집' 『저물면서 빛나는 바다』를 출간합니다. 시와, 그가 조각한 조각 작품의 사진을 함께 배치한 '이미지 시집'입니다. '조각시집'이라는, 당시로서는 선구자적인 장르이자 융합적인 장르의 시집을 간행했던 것이죠. 그는 데카르트의 말을 변용해 '나는 만진다. 그러므로 있었다(존재한다)'고 고백합니다. 그의 지독한 권태를 깨어나게 한 것이 '촉감'의 발견이었다는 것인데, 진흙의 물성을 가진 조각이 그의 예술가적인 천성을 살아나게 했다는 것이죠. 아무것도 할 수 없는 무기력함, 정신의 정전 상태에서 깨어나게 해준 것이 바로 '조각 작업'이었다는 것입니다.

'조각'의 언어는 시 언어의 확장이자 '몸-언어'의 확장입니다. 미디어 학자 마셜 매클루언의 말에 기댄다면, 문자적 세계에서 관여적 세계로 황지우의 언어가 옮겨왔다 설명할 수 있을 것인데, 황지우는 한시도 가만히 있지 않고 '이' 언어에서 '저' 언어로 그의 말을 옮겨 다닙니다. 시인으로만은 만족할 수 없다는 것이죠. 그의 영화에 대한 애정, 말러 음악에 대한 다소 광적인 집착 같은 것들이 그를 좀처럼 편히 쉴 수 없게 합니다. 언어란 몸에서 나온 것이지 머리에서 나오는 것이 아닙니다. 머리 굴려서 쓰는 시는 진짜 시가 아닌 것과 같은 이치입니다. '언어'가 곧 '몸'이니, 시의 언어를 다른 분야 예술의 언어로 이전하면 그것이 곧 언어의 확장이자 몸의 확장인 것이지요.

언어를 쓰는 작업은 영혼의 밑바닥으로부터 솟아나는 말의 욕망을 의식으로부터 제어하는 일이기도 합니다. 시인 되기에는 감성도 필요하고 지적인 통제력도 필요한 것이지요. 시는 영혼의 불과 지성의 칼이 맞부딪히는 지점에서 타오른다고 할 수 있을 것입니다. 황지우처럼 지적 통어력과 미학적 감수성이 뛰어난 시인에게는 더욱 그러할 것입니다. 미학을 공부하다 철학에 숨어들고 그의 주된 경력이었던 시인으로서의 삶도 부족해서 그는 조각가가 됩니다.

그에게 미학을 가르쳤던 스승 조요한 선생이 "미학, 철학, 시에다 또 조각까지, 그만 좀 벌려라, 사람이 그게 뭐냐" 했다더군요. 제자의 도무지 멈출 줄 모르는 예술가적 욕망, 그 현란한 재능에 대해 반어적으로 일갈한 것이겠지요. 아무나 그런 '장난'을 할 수는 없는 것이니까요. 연극, 영화 시나리오 같은 것에도 몰입했던 것을 보면, 그의 예술가적 재능이 시 장르 하나로는 충족될 수 없었던 것이지요. 러시아의 예술영화감독 타르코프스키는 시를 영화로 썼다고 하는데, 황지우는 진흙으로 시를 썼던 것입니다. 무엇인가 초월적이고 무엇인가 명상적인 조각의 시를 썼던 것입니다. 굳이 의미를 해독하지 못해도 우리는 조각을 보는 순간 이미 철학자가 된 듯합니다. 조각과 같은 가시적인 형상, 만져볼 수 있는 형상적인 것이 심정적으로는 더 우리 가까이에 있지요.

「번개에 의해 드러난 나무」의 조각 모티프에서, 진짜 빛은 모든 사물을 훤히 드러내되 빛 스스로는 자신을 드러내지 않는다는 철학을 황지우는 보여줍니다. '빛'은 그 스스로를 드러내지 않으며 어떤 사물의 주위를 드러내고는 사라진다는 것입니다. 그러니까 빛은 자신이 아닌 타자, 중심보다는 주변을 비추면서도 잠깐, 찰나로, 환각처럼 나타났다 사라질 뿐이지요. 어쩌면 '윤곽 같은 것'이 빛의 참모습인데 존재 또한 그러하고 언어 또한 그렇다는 것입니다. 언어가 가리키는 것은 실재의 의미가 아니라 사물의 주위를 비추는 이미지, 이미지로 빛나는 그런 공허한 빛 같은 것이겠지요. 침묵하는 말 속에 진짜 말이 있다는 뜻과 통하고, 예술이란 순간 번쩍 나타났다 사라지는 섬광 같은 것이라는 뜻과도 통합니다.

덧없이 시적 몽매에 현혹당하는 어리석은 자가 시인이고 그러니 자신은 평생 깨닫지 않겠다고 황지우는 말합니다. 평생 깨닫지 않겠다는 뜻은 평생 시 쓰기를 하겠다는 것이니, 시인이란 젊어서 늙고 평생 깨닫지 않는 역설의 존재라는 생각이 듭니다. 열여섯 살에 시 쓰기를 했다가 열여덟 살에 시를 버려야 진짜 시인이고 평생 시를 쓰면 가짜 시인이라는 움베르토 에코의 말도 있지요. 시인이란 참 '고약한' 존재들이지요. 어쨌든 황지우는 시로 철학하고 조각으로 명상하는 '몸-언어'의 시인입니다.

●

이 장의 제목을 "사랑한다" ─ 잘 늙기 위해 남겨둔, 잘 늙은 뒤에나 가능한 말"이라 붙였는데요. 사랑을 시작할 때 쓰는 '최초의 말'을 황지우는 '최후의 말'이라 선언합니다. 일단 동의하기 어렵지요? 조금 생각할 시간이 필요하겠군요. 시인은 "사랑하는 사람들끼리는 그냥 사는 거다. '사랑한다'는 고백은 잘 늙은 뒤 제일 나중에 하는 말이다" 이렇게 말합니다. 이 말은 '인간은 어떻게 늙어가야 하는가'를 말하는 것 같기도 합니다. 이때 '마지막'이란 말을 너무 비장한 맥락으로, '최후의' 이런 뜻으로 읽지는 마시기 바랍니다. 그보다는 '시작'이 아닌 '끝'에, '빨리'가 아닌 '늦게', '빠르게'가 아닌 '천천히', '재빠르게'가 아닌 '둔하게' 이런 의미로 이해하기를 권합니다. 황지우의 「늙어가는 아내에게」를 보면서, 왜 사랑의 말은 처음이 아니라 늦게 천천히 다소 둔하게 말해야 하는지 그 이유를 생각해보도록 하지요.

먼저, 시인은 아내와의 연애 시절로 우리를 데려갑니다. 각자 연애 시절을 생각하면서 우리의 경험과 황지우의 경험에 공통분모가 있을지 한번 들여다보시지요?

내가 말했잖아

정말, 정말, 사랑하는, 사랑하는, 사람들,

사랑하는 사람들은,

너, 나 사랑해?

묻질 않어

그냥, 그래,

그냥 살어

그냥 서로를 사는 게야

말하지 않고, 확인하려 하지 않고,

그냥 그대 눈에 낀 눈곱을 훔치거나

그대 옷깃의 솔밥이 뜯어주고 싶게 유난히 커 보이는 게야

생각나?

지금으로부터 14년 전, 늦가을,

낡은 목조 적산 가옥이 많던 동네의 어둑어둑한 기슭,

높은 축대가 있었고, 흐린 가로등이 있었고

그 너머 잎 내리는 잡목숲이 있었고

그대의 집, 대문 앞에선

이 세상에서 가장 쓸쓸한 바람이 불었고

머리카락보다 더 가벼운 젊음을 만나고 들어가는 그대는

내 어깨 위의 비듬을 털어주었지

그런 거야, 서로를 오래오래 그냥, 보게 하는 거

그리고 내가 많이 아프던 날

그대가 와서, 참으로 하기 힘든, 그러나 속에서는

몇 날 밤을 잠 못 자고 단련시켰던 뜨거운 말:

저도 형과 같이 그 병에 걸리고 싶어요

그대의 그 말은 에탐부톨과 스트렙토마이신을 한알 한알

들어내고 적갈색의 빈 병을 환하게 했었지

아, 그곳은 비어 있는 만큼 그대 마음이었지

너무나 벅차 그 말을 사용할 수조차 없게 하는 그 사랑은

아픔을 낫게 하기보다는, 정신없이,

아픔을 함께 앓고 싶어 하는 것임을

한밤, 약병을 쥐고 울어버린 나는 알았지

그래서, 그래서, 내가 살아나야 할 이유가 된 그대는 차츰

내가 살아갈 미래와 교대되었고

이제는 세월이라고 불러도 될 기간을 우리는 함께 통과했다

살았다는 말이 온갖 경력의 주름을 늘리는 일이듯

세월은 넥타이를 여며주는 그대 손끝에 역력하다

이제 내가 할 일은 아침 머리맡에 떨어진 그대 머리카락을

침 묻힌 손으로 짚어내는 일이 아니라

그대와 더불어, 최선을 다해 늙는 일이리라

우리가 그렇게 잘 늙은 다음

힘없는 소리로, 임자, 우리 괜찮았지?

라고 말할 수 있을 때, 그때나 가서

그대를 사랑한다는 말은 그때나 가서

할 수 있는 말일 거야

— 황지우, 「늙어가는 아내에게」 전문, 『게 눈 속의 연꽃』, 문학과지성사, 1992

이 시에는 가장 평범한 남녀의 연애사가 그려져 있습니다. 연애로부터 결혼에 이르고 또 같이 늙어가는 그런 사랑의 역사가 있습니다. 그러다 보니, '뭐 이런 연애시가 있어?' 이렇게 말하시는 분도 계실 듯합니다. 별로 낭만적이지도 에로틱하지도 않다고요? 황지우 시에는 '습기'가 있습니다. 그의 시를 읽다보면, 무엇인가 멜랑콜리해지면서 저 심연의 바닥에 내려앉는 기분이 들지요. 옆에서 말하듯 일상적인 대화체인데도 그의 시는 무엇인가 끈적끈적한 심연의 향수를 불러일으킵니다. 이 책을 읽는 시간은 '이런 연애시' 즉 '달콤한 연애시'가 아니고 깊고 둔중한 연애시, 그러니까 '저런 연애시' 읽어보는 시간이니 조금 인내가 필요합니다. 연애가 이십 대 젊은 청춘의 독점물은 아닐 테니 이삼십 대 독자들뿐만 아니라 사오십 대와 육칠십 대 독자들도 공감하면서 읽을 대목이 충분히 있겠지요?

우선 제목입니다. 「늙어가는 아내에게」라니!, 아내에게 '늙었다'고 말하면 아마 십중팔구 강력한 펀치가 돌아오겠지요? '시'가 아닌 '현실'에서는 조심해야지요? 아무튼 이 시는, 나이 든 부부가 연애 시절을 회상하면서 아내에게 하는 말을, 해야 하는 말을 전하고 있는 듯합니다. 이 시가 발표된 시점에 시인은 삼십 대 후반쯤이었을 것 같은데, 그다지 늙지도 않은 시인이 나이 든 사람처럼, 늙어 아내와 대화하는 듯한 한 장면을 보여주고 있습니다. 우리는 어떻게 늙어가는가 혹은 늙어가야 하는가를 보여주기 위한 의도일지 모르겠습니다.

1연을 찬찬히 들여다볼까요. 이 시는 연극의 한 장면처럼 제시되어 있습니다. 아내에게 '정말 사랑하는 사람들은 사랑하냐고 묻지 않고 확인하지 않는다'고 말합니다. 사랑하는 사람들끼리는 사랑을 (반)강제적으로 확인하지 않는다는 것이죠. '사랑해?'라는 물음 자체에 사랑의 응답에 대한 초조나 사랑의 말에 대한 갈구가 스며 있다는 뜻일 것 같습니다. 이 말을 묻는 순간 둘 사이의 사랑의 가치는 금이 가기 시작한다는 것일까요? 사랑은 구걸이나 초조에서 오는 게 아니라 그냥 있는 그대로 온다는 뜻일까요?

기억하시는지요? 정말 오래된 영화, 순수한 사랑 이야기의 고전적인 버전인 「러브 스토리」의 여주인공 알리 맥그로우가 고통에 찬 표정으로 라이언 오닐에게 '미안하다'고 말하는 장면에서 남자 주인공이 이렇게 말하지요? '사랑하는 사람들끼리는 미안하다 말하지 않는다'고 말이지요. 연애 자체를 낭만적이고 신비스럽게 생각하던 시절, 연애세포가 서슬 퍼렇게 날카로웠을 때, 연애의 감수성이 싱그럽기 짝이 없었을 때, 이 말을 수첩에 옮겨 적어 다니던 그 시절이 기억나는지요? 「러브 스토리」를 보면서 나는 언제 저런 멋진 연애를 하나, 사랑과 연애에 대한 아득한 노스탤지어를 품고 다녔던 시절이 누구에게나 있을 것입니다. '미안해'가 연인들 사이의 '금기어'라고 말하는 올리버(라이언 오닐)보다는, '사랑해라는 말을 하지 않는 것이 진짜 사랑'이라는 황지우에게 한 표 던지고 싶은 생각은 나이 들수록 간절해지지요.

시인은 더 나아가 사랑하는 사람들은 그런 사랑의 말을 초조하게 확인하기보다는 '그냥 사는 것'이 정답이라 말합니다. '사랑의 정의'를 좀 신비롭고 황홀하게 말해야 할 텐데 그 반대로 너무 단순하고 싱겁게 말하고 있군요. 이쯤 되면 인간사의 '말'이라는 것이 한 줌도 안 되는 먼지보다 작고 얕은 것이라는 참 허무한 생각이 들지요. 시인은 아예 '서로를 산다'

고 시적으로 표현합니다. 사실 사랑한다는 말보다 '서로를 산다'고 하는 편이 훨씬 깊고 진한 사랑의 여운이 느껴집니다. '서로를 살 수 있는 관계'가 얼마나 있겠습니까? '내가 산다'가 아닌 '나는 너를 산다'는 것이니 이기적인 것을 넘고 이타적인 것을 넘어 '나'와 '너'의 구별이 무화된 혼연일체의 사랑이 그 말 속에 있습니다. 인간의 사랑에 대한 궁극적인 관념이 내재되어 있는 문장이라고나 할까요? '그냥 산다', '서로를 산다'는 이 단순한 표현에 이토록 깊은 뜻이 숨어 있네요. 시(인)의 말이란 곱씹을수록 깊은 맛이 나는 물건이지요.

다음은, '정말 사랑하는 사람들은 사랑을 묻지도 않고 확인하지도 않는다'는 구절입니다. 일종의 경구입니다. 말하지 않고 행동으로 보여주는 것이 사랑이라고 합니다. 사랑하는 사람의 눈에는 "그대 옷깃의 솔밥"이 유난히 도드라져 보인다는군요. 별 관심이 없는 사람에게는 그런 옥의 티 같은 것, 그런 사소한 티끌들은 눈에 보이지 않는 법인데, 사랑하는 이의 눈에만 그런 실밥이, 그런 티끌이, 그런 먼지 같은 입자 하나가 눈에 보인다는 뜻입니다. 나노 입자라도 보일 기세지요. 뒤에서 읽게 될 '사랑은 사소한 것이다' 했던 황동규의 「즐거운 편지」가 전해주는 '사랑의 진실'과 이 대목은 겹쳐집니다. 그러니까 내 눈에 저 사람의 옷에 붙은 실밥이나 티끌 같은 것이 유난히 눈에 들어온다면 십중팔구 그 사람을 사랑하고 있을 확률이 높은 것이지요. '목하 사랑하는 중'이거나 '썸 타는 중'이지만 그 사람을 사랑하고 있는지 스스로도 확신하기 어렵다면 "솥밥이 뜯어주고 싶게 유난히 커 보이는"지 확인해보세요. 사랑하고 있는지 아닌지 여부가 가려질 듯하네요. 시인의 말이니 아마 진실일 확률이 높지요.

1연의 마지막 "생각나?"라고 묻는 질문은 아마 다음에 나올 내용, 연애 시절 이야기를 끌어들이기 위한 것인데, 2연에 재미있는 이야기가 나올 것임을 시인은 암시하고 있습니다. 쫑긋 귀를 세우고 시인의 이야기에 귀를 기울일 준비가 돼 있는지요?

1연이 '연인들 사이의 사랑의 자세'를 전제한 것이라면 2연에는 TV 드라마처럼 서사적 장면이 있습니다. 설명 조가 아니라 그냥 보여주기식 장면이 전개되는데 독자 입장에서는 각각 자신의 연애 시절 기억을 되살리면서 공감 모드로 자세를 고쳐 앉게 되는 구절입니다. 연인의 집 앞에서 연인과 이별하는 순간의 쓸쓸함과 공허함이 있고("이 세상에서 가장 쓸쓸한 바람이 불었고"), 그들의 아름다운 청춘이 있고("머리카락보다 더 가벼운 젊음을 만나고 들어가는 그대는"), 말하지 않아도 그리운 애틋함과 조심스러운 사랑("내 어깨 위의 비듬을 털어주었지")이 가득 전개됩니다. 이런 장면들에는 숱한 사랑의 밀어가, 붉은 장미의 말이 숨겨져 있지요. 그 장미의 말이란 불같이 타오르기보다는 침묵으로 말하는 방식이지요. 침묵으로 말하는데 거기에 뜨거운 불이 스며들어 있는 식이지요.

3연에는 결정적인 대사가 있습니다. 이 시에서 결정적으로 '치명적인' 사랑의 말을 꼽으라면 단연 "저도 형과 같이 그 병에 걸리고 싶어요"입니다. 이것만큼 연인을 설레게 하는 말이 달리 어디 있을까요? 이 말을 위해 연인은 얼마나 오랜 밤을 지새우고 고뇌했을 것이며 이 한 마디 말을 하기 위해 얼마나 많은 연습이 필요했을지요? 시인은 '속에서 단련시킨 뜨거운 말'이라 썼군요. 사실, "저도 형과 같이 그 병에 걸리고 싶어요" 같은 구절에 가서는 남몰래 손 오그라드는 스스로를 들여다보게 되지만, 적나라하게 유치한 연애의 순간순간들을 생각해보면 또 이 낯부끄러운 말들의 장면 장면들이 연애의 리얼리티가 아닐까 인정하게 되니 오그라든 손이 다시 펴지지요. 말 그대로 청춘이니까 용서되고, 그래서 아름다운 것이겠지요.

그 말 한 마디, 연인을 단련시켰던 그 말 한 마디가 결핵을 앓고 있는 시인에게 약이 됩니다. 사랑의 말이 곧 사랑의 묘약인 것이지요. 말 한 마디가 천냥 빚을 갚는 것이 아니라 '난

치병'을 낫게 하네요. "에탐부톨과 스트렙토마이신"이 든 갈색 병이 나오는 것으로 보아 시인은 결핵을 앓았던 것 같지요? 당시로서는 치유하기 쉽지 않았던 병입니다. 다음 대목도 참 아름답습니다. 연인의 말에 반비례해 갈색 병의 약들은 점차 줄어듭니다. 연인의 사랑이, 연인의 말이 한숨처럼 흘러나오고 그것이 시인을 오래 앓게 했던 병의 고통으로부터 문득 벗어나는 기분을 가져다주지요. 시인은 사랑은 '아픔을 낫게 하는 것'이기보다는 '함께 앓고 싶어 하는 것'이라는 치명적인 사랑의 진술을 합니다.

수잔 손택이라는 비평가가 질병은 은유라고 하면서 결핵이 가장 자본주의적인 질병이라고 했는데, 여기에 비춰본다면, 은유의 말이, 가장 짧고 간단한 비소모적인 시의 말이, 시인의 육신을 괴롭히는 그런 질병으로부터 벗어나게 하는 격이지요. 흥미롭지 않습니까? 사랑의 말이 고통을, 아픔을 치유합니다. 함께 앓고 싶어 하는 연인의 마음이 시인의 고통을 치유하지요. '너무나 벅차 사용할 수조차 없는' 그 말에 시인은 울어버렸다 고백합니다. 시인은 "그곳은 비어 있는 만큼 그대 마음이었지 (중략) 내가 살아나야 할 이유가 된 그대는 차츰 / 내가 살아갈 미래와 교대되었고"라는 아름다운 문장을 뒤이어 쓰고 있습니다. 그만 죽고 싶다 생각했을 시인의 마음에 의지와 용기와 힘이 생겨났을 것입니다. 이제 오직 살아가야 할 이유가 생긴 것이지요. 그대의 존재만으로도 이제 시인은 살아가야 할 힘을 얻게 되지요.

4연에는 청춘의 연애 시절로부터 이동한 시간, 시간의 비약이 있습니다. "살아나야 할 이유"가 곧 "살아갈 미래"와 교대하는 순간 우리는 결혼을 합니다. 우리는 그렇게 만나 연인이 되고 또 부부가 되고 또 늙음에 이르는 모양입니다. 반어와 아이러니와 비극성이 있는 황지우의 다른 시들과는 달리, 이 시는 쉽게 술술 읽힙니다. 처음부터 끝까지 읽어 내려가다 보면 "참, 그렇지!" 하며 고개를 끄덕이게 되고 그러다 보면 늙은 부부의 일상으로 장면이 옮겨져 있는 것이지요.

마지막 연은 모든 질주가 끝나고 모든 가속도가 풀어져버린 순간에 나오는 말들입니다. 제목이 '늙어가는 아내에게'인 이유도 얼른 눈치채게 됩니다. 늙은 부부란 세월을 함께 통과해 나온 동지쯤의 관계인 것임을 깨닫게 된다는 뜻이지요. 첫 연의 '그냥 산다'는 말의 의미도 이제 알게 됩니다. 젊었던 시절, 온갖 고생을 함께한 아내도 이제 나이가 들었습니다. 그 많던 머리숱이 이제 절반도 남지 않았습니다. 정수리 부분이 훤하게 보입니다. 연민의 순간입니다. 늙은 남편이 아내 뒤를 따라다니며 방바닥에 떨어진 아내의 머리카락을 짚어내는 경지도 있군요. "침 묻혀서 머리카락을 짚어내? 그냥 다이슨 청소기로 확 돌리면 되지!" 이렇게 말하는 분은 계시지 않겠지요? "청소기 성능이 좋아서 머리카락은 물론이고 미세먼지까지 빨아들이는 세상인데 쯧쯧…." 이런 시 읽기는 시를 읽는 것이 아니고 '청소기 성능'에 관한 정보를 확인하는 행위일 따름이지요. 이 구절을 읽다 슬며시 옅은 웃음을 날리면서 공감을 보내는, 연배가 좀 있으신 남편 분들이 많이 계실 듯한데, 이 쓸쓸하고 연민 어린 반응이 보다 시적인 경험에 가깝다 하겠습니다.

시인은 마지막으로 "최선을 다해 늙는 일"에 대해 말합니다. 서두 부분에서 언급했던 사랑하는 사람들끼리는 '사랑하냐?'고 묻는 대신 '그냥 산다', 조금 더 쓰자면 '서로를 산다'고 했던 이유도 서서히 드러나는군요. '그냥 사는 것'의 진실은 "그대와 더불어, 최선을 다해 늙는 일"이고 그런 뒤 "괜찮았지?"라고 서로 말할 수 있을 때, 그때 드러납니다. 그러니까 잘 늙은 후에나 "그대를 사랑한다"라고 말할 수 있다고 하는군요. 요약하자면 '사랑한다는 말은 최선을 다해 늙은 후에나 힘없는 목소리로 말하는 것'이지요. 그러니까 '사랑한다'는 말은 청춘 시절 불같이 타오르는 사랑을 차마 견디지 못하는 '불의 말'이기보다는 잘 늙은 후에나 할 수 있는 '얼음의 말'이자 '침묵의 말'이군요. '사랑한다'는 말은 '최초의 고백'이기보다는 '최후의 헌신'을 위한 말에 가깝다는 뜻입니다.

황지우의 시에 기대보면, 인간은 일생 '사랑한다는 말'을 꼭 두 번은 할 수 있을 것 같습니다. '최초의 말'이자 '최후의 말'로 말입니다. 연애의 시작이 '사랑한다'는 말을 함으로써 시작하는 것이라면 그래서 사랑이 확인된다면, 그냥 살고 잘 늙은 다음에야 또 한 번 '사랑한다'는 말을 할 수 있는 기회를 얻는 것이군요. '최후의 인간'은 '최초의 인간'이며 '최후의 말'은 '최초의 말'이니 인생도 사랑도 그렇게 서로 돌아 나가고 또 되돌아오는 것인지 모르겠습니다.

그렇다고 '사랑한다'는 말을 꼭 두 번만 하라는 뜻은 아닙니다. 사랑한다는 말을 소비하듯, 소모하듯 내버리듯이 하는 것은 아니라는 뜻이겠지요. 사랑을 확인하려 하지 않고 시간을 인내하는 것이 사랑이라는 뜻으로 시인은 말하지 않았을까요? 낭비하듯 하는 사랑의 말은 진실되기 어렵고 그렇게 즉흥적으로 내뱉는 말의 달인들을 우리는 '카사노바'라 하기도 하지요. 그럼에도 '사랑한다'는 말을 확인하고 싶어 하는 것은 인지상정이니, 사랑하냐 묻고 싶은 자신을 너무 책망하거나 자책하지는 마세요.

어쨌든 시는 마지막 한 문장을 향해 달려갑니다. "그대를

사랑한다는 말은 그때나 가서 할 수 있는 말일 거야"라고 시
인은 마지막에 속삭입니다. 시를 읽는 이유가 오직 멋진 이
마지막 한 구절, 인생을 위무하는 단 한 문장 때문이라면 여
기서 우리는 시 읽기를 멈추고 손뼉을 쳐도 될 것 같습니다.
너무나 당연한데도 잊고 있었던 것, 바로 이것이지요. '그대
를 사랑한다는 말은 잘 늙은 후에 할 수 있는 말'이라는 이 간
단한 한 문장이지요. 이 간단하고도 깊은 사랑의 철학을 늙지
도 않은 시인이 말했습니다. 젊어서 이미 늙은 자가 시인이라
는 말을 기억하는지요?

　흥미로운 것 하나 더 말씀드릴까 합니다. 쉼표, 반점에 대
한 이야기입니다. 일단 첫 연의 첫 구절을 한번 보세요.

　정말, 정말, 사랑하는, 사랑하는, 사람들,
　사랑하는 사람들은,
　너, 나 사랑해?
　묻질 않어

　시인이 단어나 구절 중간중간에 찍어놓은 쉼표가 보이는
지요? 물론 낭독을 위한 휴지이기도 합니다만, 저는 여기서
좀 다른 이야기를 하겠습니다. '쉼표'를 잘 쓰는 작가로 저는

김승옥과 황지우를 꼽습니다. 김승옥의 걸출한 작품 『무진기행』의 거의 마지막 장면이 생각나시는지요?

　한 번만, 마지막으로 한 번만 이 무진을, 안개를, 외롭게 미쳐가는 것을, 유행가를, 술집 여자의 자살을, 배반을, 무책임을 긍정하기로 하자. 마지막으로 한 번만이다. 꼭 한 번만. 그리고 나는 내게 주어진 한정된 책임 속에서만 살기로 약속한다. 전보여, 새끼손가락을 내밀어라. 나는 거기에 내 새끼손가락을 걸어서 약속한다. 우리는 약속했다.

— 김승옥, 「무진기행」, 『김승옥 소설 전집 1』, 문학동네, 1995

저는 이 대목을 읽다 기진하는 줄 알았습니다. 탐미적이고도 장엄해서 말입니다. 무엇 때문에? 쉼표 하나 때문에 말입니다. 이 장면은 달려나가듯이 질주하면서 읽어야 합니다. 쉼표가 '쉬라!'는 표식이 아닌 것이지요. 질주하라는 표식이고 질주하다 잠깐 사색하라는 표식이지요.

　황지우 시의 첫 연도 다시 한번 읽어보세요. 질주하듯이 달려가는 구절입니다. 여유가 아닌 숨가쁨이 느껴지는지요? 그 사랑이 너무나 급박하고 긴박해서 잠시 숨을 쉴 틈도 없이 달려나가야겠지요? 그런데 질주하면 숨 쉴 수 없거나 기진하거나 하니 잠깐 멈추고 생각하라는 표식이지요. 질주하듯 달려나가다 중간중간에 멈추고 잠깐 사색하는 것이지요.'나는 누구?' '나는 무엇?' 뭐 이런 생각이라도 하면서 잠깐 숨 고르기를 하지요. 저같이 경박한 인간은 달려가기 바쁜데 황지우는 천천히 사색하면서 질주를 하고 있습니다. 사랑의 말은 정신없이 불타오르고 마음은 저만치 앞을 달려가는데, 그 중간에 '나'의 존재를, 나와 '그대'와의 관계를 생각해보라는 것이지요. '정말 사랑하는 사람들' 사이란 어떤 관계일까 생각하면서, 그것을 좀 더 좁혀서 '그대'와 '나'의 사랑을 되돌아보면서 다시 질주하는 것이지요.

이런 쉼표를 저는 '철학자의 쉼표', '미학자의 쉼표'라 부릅니다. 황지우는 그 쉼표를 시 자간에, 시 행간에 찍어둡니다. 질주하면서 사유하고 사유하면서 달려가라고 말하지요. '쉼표'라고 만만하게 봐서는 안 될 것 같습니다. 쉼표 하나하나에 너무나 많은 말이 담겨 있습니다. 황지우에게 쉼표는 사색의 표지이자 침묵의 표지입니다. 잠깐 읽기를 멈추고 그가 공들여 찍어둔 침묵의 말을 듣습니다. 쉼표가 찍힌 곳에서 독자는 잠깐 멈춥니다. 질주하는 사랑의 열병도 잠시 내려놓고 가라, 쉬고 사색하라는 투로 시인이 말하고 있습니다.

황지우의 「늙어가는 아내에게」를 읽고 난 후의 느낌은, 뭐

랄까, 사랑을 배우는 것이 곧 인생을 배우는 것이라는 깨달음입니다. 최근 졸업생들이 저에게 보내는 메일의 끝인사가 "선생님, 건강하십시오"입니다. 전에 없던 끝인사지요. 가끔 학교를 방문한 졸업생들이 저에게 군이 "점점 젊어지세요"라거나 "예전의 모습과 하나도 달라진 것이 없으세요"라고 기분 좋은 인사를 건네기도 하지요. 말하자면 '드립을 치는' 격인데, 그럴 때마다 저 스스로 '늙었구나' 생각하게 됩니다. 인정하고 싶지 않지만 인정해야지요.

육체는 노쇠하나 정신은 여전히 젊다는 것은 어쩌면 자기기만 혹은 자기 위안의 말에 지나지 않을 수 있다는군요. 아리스토텔레스가 그렇게 냉소적으로 말했다 합니다. 젊음에서 늙음으로 시간이 흐르는 것은 맞고 그것은 되돌릴 수 없지요. 천하제일의 '보톡스 시술'로도 되돌릴 수 없습니다. '늙음'을 인정하는 것이 자연스럽지요. 경험해서가 아니라 늙어봐서가 아니라 경험하지 않고도 늙어보지 않고도 우리는 미래의 '그대'를 이야기할 수 있어야 합니다. 그러기 위해서는 잘 늙어야 하는 것이지요. 잘 늙은 뒤 미래의 대화를 생각할 수 있어야 하지요. 겸허하게 말입니다.

●

황지우의 시「뼈아픈 후회」를 보실까요.

내가 사랑했던 자리마다

모두 폐허다.

(중략)

아무도 사랑해본 적이 없다는 거;

언제 다시 올지 모를 이 세상을 지나가면서

내 뼈아픈 후회는 바로 그거다;

그 누구를 위해 그 누구를 사랑하지 않았다는 거

(중략)

나를 위한 헌신, 나를 위한 나의 희생, 나의 자기 부정;

그러므로 나는 아무도 사랑하지 않았다.

— 황지우,「뼈아픈 후회」부분,『저물면서 빛나는 바다』, 학고재, 1995

물기 한 점 없이 단단하고 생마른 뼈를 보는 것만으로도 고통의 바닥을 치는 일인데, 후회와 회한의 뼈라니, 지독하게 아리고 쓰린 느낌이 있지요? 표현이 잘 안 되는 다소 극한적인 영역에 있는 것, 슬픔의 차원을 넘어서 있는 것을 황지우는 '뼈아픈 것'이라 표현합니다. 뼈가 아플 정도이니, 고통의 표현을 이것보다 더 세고 치열하게 할 수는 없을 것 같지요. 그러다 보니 이 대목에서 다소 종교적인 자세로 고쳐 앉게 됩니다. 뼈아프게 후회하든 하지 않든 사랑의 자리는 폐허라고 키르케고르는 말하지만, 황지우는 마지막 행 "그러므로 나는 아무도 사랑하지 않았다"의 끝에 침묵의 자리를 남겨둡니다. 그러니 각자 스스로 자신을 사랑해야 하고 또 사랑할 수밖에 없다는, 그것이 사랑의 시작이라는 말을 시인은 침묵으로 남겨두지 않았을까, 저는 제 마음대로 생각합니다.

'뼈아프게' 후회하지 마시고 아내를 남편을 그리고 무엇보다 자신을 사랑하시기 바랍니다. 그래야 잘 늙을 수 있고 그래야 아내에게 혹은 남편에게 사랑한다는 말을 최후로 할 수 있는 자격이 주어질 테니까요.

이제 막 일상을 같이하게 될(된) 젊은 신혼부부에게, 그리고 이제는 더 이상 돌이킬 수 없는 청춘의 연애 시절을 회상하는 '늙은 부부들'에게도 이 시를 권합니다.

3.

기형도

×

빈
집

o

사랑을 잃은 후,

무엇을 할 것인가?

●

목하 열애 중일 때의 그 신비하기 그지없는 황홀경도 좋지만 실연한 후의 그 막막하고 공허한 심정도 연애의 일이자 사랑의 한 과정이 아닐까요? 실연한 후, 우리는 어떻게 해야 하는가 문득 궁금하지 않으신가요? 기형도는 '쓴다!' 이렇게 단호하게 말합니다. '사랑을 잃고 비로소 연애시를 쓴다'고 말하고 있습니다. 연애시는 사랑을 잃은 후에 비로소 쓰는 것, 그러니까 '연애시'는 '실연시'임을 몸소 증거하고 있습니다. 기형도의 시는 다소 무겁고 우울한 풍경을 담고 있기는 하지만 동굴같이 어둡고 어두운 마음을 다스리면서 무엇인가 한 걸음 나아갈 수 있는 힘을 줍니다. 열애 중에 쓴 연애시가 삼류로 떨어질 가능성이 있는 반면 오히려 실연한 뒤에 쓴 연애시가 일류가 될 가능성이 있다는 말은 실연한 뒤에야 비로소 우리는 자신의 가장 빛나는 심연과 마주하게 된다는 뜻이 아닐까요?

기형도의 생애를 이야기해볼까 합니다. 서울 종로3가 주변, 낙원상가 근처에 가보신 적 있으신가요? 악기상이 즐비하게 늘어서 있던 시절도 있었는데, 지금 그 주변은 낡고 오래된 가게들의 시간의 때와 새로 리모델링한 구옥들의 화려한 자태가 뒤섞인, 거대 도시의 역사적 뒷골목으로 성장盛裝해 있습니다. 그 골목을 통과하면 인사동이 나오고 거기서 서촌으로도, 북촌으로도 갈 수 있어서 요즘은 관광객들이 참 많이 찾는 곳이기도 하지요.

저는 낙원상가 주변을 지날 때마다 기형도를 생각합니다. 기형도를 생각하면서 잠깐 머리라도 숙이고 통과해야 할 듯한 생각이 듭니다. 일제시대 천재적이면서 전위적인 인간 이상李箱이 스물여섯 살의 나이로 요절합니다. 김기림은, 이상이 금홍이와 함께 경영하던 다방 제비가 있던 종로통 그 자리를 지나갈 때마다 이상을 그리워하며 머리를 '수그린다'고 고백하더군요. 조선에서 보기 드문 아방가르드 시인이었던 이상의 요절은 한없이 안타깝고 애석한 일이었는데, 이상의 불우가 그토록 연민을 느끼게 했던 것이지요. 기형도를 기리며 낙원동 상가 주변을 걷다 말고 잠깐 그 자리에 서서 묵념이라도 하는 것은 어떨지요?

기형도는 1989년 스물아홉 살의 나이로 요절합니다. 작고한 이후 30여 년이 흘렀습니다만, 최근 젊은 세대가 가장 좋아하는 시인으로 호명되기도 했습니다. 기형도는 심야영화관에서 뇌졸중으로 쓰러져 이 세상과 영원히 이별을 고했는데, 그 심야영화관이 '낙원상가' 근처에 있었습니다. 지금은 소문난 아구찜집들과 지하시장의 맛집들이 문전성시를 이루고 있습니다. 먹방 유튜브나 맛집 블로그에 낙원상가 근처의 맛집들이 소개됩니다.

옛날 이 거리를 생각하는 분들은 '시인'이 있어야 할 자리가 '술집'과 '음식점'으로 대체된 데 대한 서운함을 가질 듯도 합니다. 기형도를 사랑하는 분들에게는 '맛집'과 '시인'의 풍경 '차이'가 새삼 절실하게 느껴지고 그래서 삶이 참 허망하다 생각할 수도 있을 것 같습니다. 뛰어난 시인이 요절을 했는데도 세상은 이렇게 아무런 동요 없이 흘러가는구나 하는, 무엇인가 억울한 심정 혹은 안타까운 감정이라고나 할까요? 이건 도덕감이나 뭐 그런 계몽주의적 관념의 '뒤끝'과는 좀 다른 종류의 심정 같습니다. 오히려 '시인에 대한 사랑'이라 말해야 하겠지요.

저는 기형도의 죽음에서 두 가지 '역설'이 생각납니다.

시인 기형도는 젊은 나이에 요절했는데, 그의 선배 격 시인으로 이상이나 박인환이 있습니다. 뛰어난 예술가들의 요절은 신화가 되고 이들 예술가들은 생전보다 죽음 이후에 더 많은 독자를 거느립니다. 고흐를 생각해봐도 그렇지요? 네덜

란드에 가는 목적이 튤립을 보기 위한 것도 있고 우리 역사의 비극인 이준 열사의 죽음을 기억하기 위한 것도 있지만, 반 고흐 미술관에 가서 고흐의 여러 편의 「자화상」과 「해바라기」를 보기 위한 것이 더 흔하지요. 시인 혹은 예술가란 미래를 사는 존재들입니다. 당대보다 사후에 이름이 알려지고 작품의 진가가 평가된다는 점에서 그렇습니다. 기형도는 그의 죽음 이후에 그 이름이 더 알려진 시인입니다. 역설적이지요?

기형도는 또 다른 역설을 증언하는데 그것은 '일상성의 역설'입니다. 기형도는 한 허름한 심야영화관에서 죽음을 맞습니다. 거리에서, 심야영화관에서 끝난 그의 삶은 마치 현대의 시란 무엇일까, 현대의 시인이란 누구인가에 대한 해답을 암시하는 것 같습니다. 그의 죽음은 시와 시인의 존재에 대한 하나의 징후라고 할 수 있을 것입니다. 만해와 윤동주를 얼른 떠올려봅니다. 그들의 죽음은 '역사적인 순간'을 담고 있지요. 감옥에 갇혀 갖은 고생을 했던 이들은 해방을 보지 못하고 눈을 감습니다. 기형도의 죽음은 이 같은 '역사적 죽음'과는 차이가 있습니다. 심야영화관에서 이 세상을 떠났다는 것이 기형도 죽음의 핵심입니다. 영화관에서의 죽음, 그것은 기형도의 시가 일상의 기록임을 말하는 것과 다르지 않습니다. 이를 브로델, 르페브르 같은 사회학자들은 일상성의 신화가 시작되었다고 비유적으로 말하지요.

기형도 이후 1990년대 많은 젊은 시인들이 일상성을 자기 시의 주제로 삼았습니다. 1990년대 들어 젊은 시인들이 '자유, 민주, 독재 타도' 같은 역사나 현실 문제로부터 '일상성'에로 자신의 관심을 옮겨가기 시작합니다. 말하자면 기형도는 그 맨 앞자리에 있었던 시인이라 할 것입니다.

'일상성'이란 작고 사소한 것을 뜻합니다. 일상성을 기록하는 시인들은 인간의 거대 역사나 이념의 정당성에 대해 말하기보다는 작고 미세한 삶의 여러 가지 주제들, 허무하기 짝이 없는, 저 공기 너머로 사라져버릴 것 같은 그런 작은 주제들로부터 자신의 시를 건져냅니다. 미약하기 그지없고 공소하기 그지없는 삶의 내밀한 이야기들을 허무하게 뱉어냅니다. 우리 삶이란 그런 작고 시시하고 비루한 것들로 이루어진 것 아닌가요? 일상성을 다룬 시들에서 풍기는 분위기는 주로 죽음, 허무, 권태, 공허 같은 인간의 삶에서 오는 비극성, 상실감 같은 것들입니다. 작고 사소하기 그지없는 것들이 '이웃'으로 시인과 마주하고 있는 격입니다.

현재 젊은 세대들은 그 이전 세대보다 거대 이념에 대한 관심이 적고 대신 먹고사는 문제, 개인적 삶의 실존적인 문제, 일상적인 것들을 더 깊이 고민합니다. 거대 역사가 '바위'

정도라면 일상성은 '나노 입자' 정도 될까요? 어찌 되었던 기형도의 시에 빠져드는 것은 자연스럽고 정직하게 우리 삶의 미세한 흔적들을 탐구하는 것이기도 합니다.

우리가 거처하는 허름하고 작은 방에, 지루한 한낮의 태양을 견디는 도시 공원에, 화려한 도시의 거리를 걷는 여성 육체에 일상이 있습니다. 먹고 사랑하고 즐기고 미워하고 좋아하는 것, 지루하게 반복되는 것들에 일상성이 있습니다. 기형도는 그 작고 미세한 일상의 덩어리들을 품고 그것에 빗대 연애와 사랑과 미움과 후회와 고통을 말합니다. 연애와 사랑에 대한 희망과 절망을 노래합니다.

기형도는 「짧은 여행의 기록」에서 영국 낭만주의 작가 워즈워드류의 낭만적이고 신비적이며 목가주의적인 것들의 유연하고 풍요로운 감성을 사랑한다고 고백하고 있더군요. 기형도는 시란 본질적으로 낮은 목소리로 누군가에게 생의 비밀이나 투시력을 전하는 것이고, 인간을 선하게 이끄는 에스프리와 생을 풍요롭게 하는 상상력을 제공하는 일이라 규정합니다. 그러니 시에는 본질적으로 감동이 수반되어야 하는데, 그 방법이 시인이 감정을 직접적으로 밖으로 표출하는 데 있지는 않다 말합니다. 절제, 은닉, 은폐를 통해 간접적으로 감정이 전달된다는 것이지요.

기형도의 시에는 다소 고답적이고 장식적인 수사인 상징성들이 밀도 있게 들어차 있습니다. 그래서 어렵게 느껴지기도 합니다. 가끔 기형도 시에 나오는 '사랑'에 '민주주의'를 직접 대입하는 교과서적인 해석도 있던데 그 같은 해석은 기형도를 우울하게 할지도 모릅니다. '일상성'을 사랑하는 것, 그것은 작고 사소한 것들을 사랑하는 것입니다. 「작은 것들을 위한 시」의 기원이 '방탄소년단'에 있는 것이 아니라 '기형도'에 있다고 말할 수 있지 않을까요?

●

　　기형도의 「빈집」을 읽어보겠습니다. 앞에서 저는 기형도의 시가 1990년대 일상성을 다루는 시들의 선배 격이라 말씀드렸는데 이런 담담한 고백류의 메모도 시가 될까 싶을 정도로 시가 간단합니다. 간단한 것이 쉬운 것은 아니고 쉽다고 깊이가 없지 않습니다. 시가 어려운 이유이지요. 아무 말도 안한 것 같은데 너무나 깊고 진득한 말이 숨어 있는 것이 시입니다. 「빈집」은 짧지만 임팩트가 큽니다. 제목 자체에서 이미 그러하죠. '비어 있다니', 사랑하면 떠오르는 단어가 충만, 행복, 채움 같은 것들인데 '빈집'이라는 제목에서 이미 공허하

고 결핍되어 있고 그래서 다소 비극적인 실연의 기운이 암시
되어 있습니다.

사랑을 잃고 나는 쓰네

잘 있거라, 짧았던 밤들아
창밖을 떠돌던 겨울안개들아
아무것도 모르던 촛불들아, 잘 있거라
공포를 기다리던 흰 종이들아
망설임을 대신하던 눈물들아
잘 있거라, 더 이상 내 것이 아닌 열망들아

장님처럼 나 이제 더듬거리며 문을 잠그네
가엾은 내 사랑 빈집에 갇혔네

— 기형도, 「빈집」 전문, 『기형도 전집』, 문학과지성사, 2018

제목부터 보겠습니다. '빈집'입니다. 느리지만 진득하게 산
포되는 슬픔의 기운이 느껴지나요? 기형도의 이 시는 집 대
문은 아니더라도, 현관문까지는 아니더라도, 적어도 방문 정
도는 걸어 잠궈두고 읽이야 할 듯합니다. 그러지 않고서는 기

형도의 내면에 다가가지 못할 것 같습니다. 시인의 고통은 너무 깊고 깊어서 헤아리기 어려울 듯합니다. 시인은 고통스럽게 사랑의 상실을 반추하면서 '빈집'에 이른 자신의 심정을 전합니다. 그대로부터 이별을 통보받고 어둡고도 적막한 골목길을 거쳐 집에 돌아왔겠지요. 가로등마저 꺼져 있었을지 모릅니다. 그 길이 그날따라 얼마나 길고 막막했을지 짐작이 가지요? 불 꺼진 방문 앞에 이르러서야 경황없이 어느덧 집에 도착한 자신을 발견하겠지요?

어두운 방에 들어가 불을 켰다고 해도 어둡고도 막막한 심정이 사라지지는 않을 것입니다. 빈집에, 빈방에 갇혀버렸다는 그러한 심정 말입니다. 단지 '그대'로부터가 아니라 '세상'으로부터 단절되었다는 깊은 절망의 심정에 빠지게 되지요. 깊고 처절한 실연의 경험을 가진 분이라면 시인의 심정을 좀 더 헤아릴 수 있을 것 같습니다. 시가 굳이 관념의 산물일 필요는 없으니 구체적 경험과 결합될 때 더 깊은 서정의 울림을 느낄 수 있지요. 타인(시인)의 경험이 오롯이 나(독자)의 경험이 되는 순간이지요.

사실, 기형도의 시세계에 우리는 깊이 들어갈 수 없고 또 들어갔다 해도 빠져나오기 어렵습니다. 기형도의 시는 이럴 수도 저럴 수도 없는 모순 상황에 갇히도록 하지요. 감히 '절망'이라 말할 수도 없는 그 경지는 기형도의 시가 가지는 일종의 죽음의식 때문입니다. 시인의 '죽음'에 대한 예감은 선명하고 예지적이어서 섬뜩하기조차 합니다. 자신의 죽음을 예견하고 있다는 듯이 그는 시 곳곳에 예비적인 죽음을 깔아둡니다. 시가 곧 인간이라는 생각이 드는데 그의 어두운 언어가 그를 죽음에 이르게 했는지도 모릅니다. 시는 인간에 이르고 인간은 시에 이릅니다. 그것이 기형도의 언어이자 그의 시입니다.

시를 따라가 볼까요. 이 시는 '사랑을 잃은 후의 심정'을 읊은 것입니다. 형식적으로 3부로 나누어서 요약하겠습니다. 1부는 사랑의 '최후'를 읊은 것인데, '실연'이라는 결말이지요. 1부에서 시인은 '실연했다, 사랑을 상실한 후에 이 시를 쓴다'고 시를 쓰게 된 계기를 고백합니다. 2부는 실연한 후 시인이 사랑했던 것들과의 이별을 고하는 장면인데, 시인이 가장 사랑하는 '최종적인 것들'의 목록이 확인됩니다. 3부는 미래를 암시한 것입니다.

첫 구절이 "사랑을 읽고 나는 쓰네"입니다. '연애시'란, 말하자면 사랑을 상실한 후에 쓰는 시입니다. 그것을 이제야 깨달았다는 듯 기형도는 혼잣말에 쓰는 종결 어미 '-네'를 덧붙이고는 독백하듯 내뱉습니다. '-네'는 지극히 짙은 슬픔이

나 기쁨을 표현할 때 쓰이는 종결 어미로, '나 자신'의 생각을 독백하듯 내뱉을 때 씁니다. 혼잣말이지만 누군가를 향해 말하는 것 같지요. 한편으로, '-네'는 '-도다', '-노라'처럼, 시가 노래로 인식되었던 시대의 흔적입니다. 외국 시나 오페라의 아리아를 번역할 때 종결 어미 '-네'를 붙여 문장을 끝내는 것이 통상적인데, '-네'가 개인의 서정을 깊이 담아내는 독백이자 타인을 향한 고백의 종결 어미이기 때문이지요.

「빈집」에서 '-네'는 참 유효적절하게 쓰입니다. 후회와 한탄과 뒤늦은 깨달음이 동시에 함축되어 있습니다.

사랑을 잃고 나는 쓰네

시인의 독백은 쓰라리고 그것을 듣고 있는 독자를 더 가슴 아프게 합니다. 시인의 실연 자체도 아프지만 시인의 고통에 독자들의 경험이 더해져 독자들을 더 절절하게 울리는 구절이지요. 시인의 돌이킬 수 없는 깨달음이, 그의 때늦은 후회가 독자들의 가슴 가득 전해집니다. "사랑을 잃고 나는 쓰네" 이 한 마디에 얼마나 많은 사랑의 말이 숨어 있는지요?

그 뒤 시인은 한 행을 비웠습니다. 너무나 많은 말들을 정리할 시간이 필요했을 것입니다. 구구절절 말하지 않기 위해 시인은 감정을 삭이고 말을 줄일 필요가 있었던 것이지요. 한 자락을 쉰 뒤 시인은 간략하게 다음과 같은 많은 것들과 이별의 인사를 나눕니다.

> 잘 있거라, 짧았던 밤들아
> 창밖을 떠돌던 겨울안개들아
> 아무것도 모르던 촛불들아, 잘 있거라
> 공포를 기다리던 흰 종이들아
> 망설임을 대신하던 눈물들아
> 잘 있거라, 더 이상 내 것이 아닌 열망들아

밤, 겨울안개, 촛불, 흰 종이(원고지), 눈물, 이것들은 시인의 열망을 표상하는 것들입니다. 작고 소박하고 단순하지만 시인을 꿈꾸고 몽상하게 했던 사물들, 존재들이지요. 그런데 사랑의 상실은 이 모든 것들로부터 시인을 격리시킵니다. 곧이어 죽음의식이 그를 찾아옵니다. 그는 자신이 열망했던 이 모든 것들과 이별합니다.

자신을 잠 못 들게 했던 밤들, 밤은 짧고 불면은 깊었겠지요. 사랑은 불명확하고 그러니 미래도 막막했겠지요. 자신의 미래를 희생할 정도로 실연의 고통은 크고 광대하지요. "사랑에 목숨을 걸다니, 어리석게도!" 혀를 끌끌 차기도 하지만 우리는 늘 그런 사랑의 고통과 실연의 심연 앞에서 항상 그 어리석음을 반복하지요. 사랑은 인간을 망각하게 하는 요상한 물건이지요. 막막한 미래를 암시하듯 안개는 시인의 시야를 흐릿하게 가립니다. 촛불은 스스로 불타오르면서 몽상의 동력을 비약시키는 물질인데, 촛불은 그를 시인으로 살게 했던 열망의 꽃이었을 테지요. 시인의 몽상의 씨앗이었고 그 몽상을 불타오르게 하고 시의 장미꽃을 피워 올렸던 그 촛불과도, 이제 시인은 헤어지려 합니다.

늘 백지의 상태로 그의 시 쓰기를 재촉했던 원고지들, 그것은 그의 글쓰기를 초조하고도 황홀하게 강박했던 애증 가득한 대상이었을 것입니다. 그는 망설이고 망설이면서 원고지의 여백을 채웠을 터인데, 그 원고지 위를 내달렸던 것은 시의 언어가 아니라 사랑을 고백하는 시인의 말이었을 것입니다. 시는 사랑의 말을 대체하는 언어이니까요.

망설임은 고백하는 말의 망설임이었겠지요. 그런데 어쩌면 고백하자마자 사랑은 그 끝을 내보였을 것 같습니다. 그 순간 사랑했던 것, 열망했던 모든 것이 빛을 잃었겠지요? 시 쓰기는 사랑하기와 동시적인 것이었습니다. 사랑의 고백이 시 쓰기의 시작이고 사랑의 상실이 곧 시 쓰기의 끝이니 이 시에 죽음의식이 선명하게 노출된 것은 너무나 자명하지요. 열망은 식고 그 식은 열망조차 더 이상 시인의 것이 아닙니다. 이제 시인은 삶과 죽음 사이에서 망설이고 있습니다. 참 상징적인 대목이지요.

시인은 한 행을 또 비워둡니다.

장님처럼 나 이제 더듬거리며 문을 잠그네
가엾은 내 사랑 빈집에 갇혔네

사랑했던 것들에 대한 열망으로부터 시인은 떠나고자 합니다. 사랑을 잃은 순간, 그동안 열망했던 모든 존재들이 빛을 잃고 시인에게 그것들은 더 이상 의미가 없어집니다. 시인의 손은 차고 그의 심장은 얼어붙어 말라 있습니다. 사랑을 잃고 그는 눈을 잃었습니다. 더 이상 볼 것이 없으니 시가 필요 없고 그러니 시를 읽을 필요도 없지요. 시인은 보는 자見者이나, 시인은 보고자 하지 않습니다. 그의 눈은 아무것도 보지 않습니다. 시인이 사랑하는 그리고 사랑했던 대상들로부터 시선을 거두는 순간, 그는 시인의 눈을 잃고 시인의 자격을 스스로 포기합니다. '장님'이 되어버린 겁니다. 그는 세상의 모든 것들과 이별합니다. 깊고 어두운 휴식이 그를 찾아오지요.

시인은 어쩌면 한 번도 편안한 잠, 휴식이 있는 삶을 누리지 못했을지도 모릅니다. 모든 것들과 이별한 후 그는 깊은 잠에 빠져듭니다. 일종의 죽음의식이 그를 지배합니다. 그는 더듬거리며 망설이듯 문을 잠근다고 씁니다. 집에 들어와서도 그는 문을 잠그지 않았겠죠. 혹 사랑이 그를 찾아올까, 절망적인 상황에서도 사랑을 기다리며 문을 잠그지 않았음이 이 구절에 암시되어 있지요. 문을 걸어 잠그지 않았던 것, 그것은 그의 사랑에 전송하는 마지막 구조 신호였을지도 모릅니다.

마지막 구절은 이 시에서 가장 슬픈 대목입니다. "가엾은 내 사랑 빈집에 갇혔네" 이 얼마나 가엾고 가엾다 못해 아픈 말인지요? 이제 그의 사랑은 '빈집'에서 빠져나오지 못하고 고독과 적막 가운데 쓸쓸히 스러질 듯합니다. 이 시가 일종의 유서처럼 읽히는 이유가 이것이지요. 모든 연애시는 그래서 존재의 죽음을 예감하면서 미리 시간을 앞당겨 쓰는 묵시록 같은 고백의 말일지 모르겠습니다.

기형도의 '빈집의식'은 죽음의식입니다. 사랑의 상실은 그의 일상을, 그의 밤을, 그의 글쓰기를 종식시킵니다. 그가 사랑했던 대상들, 그의 눈물들을, 그의 열망들을 그의 존재의 집에서 쫓아내고 시인은 스스로 완벽하게 유폐됩니다. 그는 스스로 빈집에 갇혀버립니다. '빈집'은 시인에게 '무無', '공허', '허무', 진공 상태를 의미합니다. 언어가 시인의 집인데, 그는 빈집에 갇혀버립니다. 시인에게 더 이상 언어가 존재하지 않습니다. '빈집', '무'의 상태, 그것은 존재의 죽음이자 시의 죽음입니다. 그에게 출구는 없어 보입니다. 존재론적인 시인의 죽음이 실제 그의 죽음을 몰고 왔을 것 같은 생각이 드는 이유는 이 때문입니다.

"장님처럼 나 이제 더듬거리며 문을 잠그네 / 가엾은 내 사랑 빈집에 갇혔네" 기형도는 그의 죽음을 이렇게 예견하고 있었던 것입니다. 그가 극장에서 잠을 자듯이 죽어간 것은 얼마나 드라마틱하고 시적인 일인지요. 기형도는 삶 자체를 시로 살고 시로 마감했다 할 수 있습니다. 사랑을 잃고서야 시는 시작됩니다. 그런 점에서 '연애시'는 '실연시'입니다. 우리의 인생이 그런 것마냥 아이러니하고 역설적입니다. 우리가 생각하는 '부드럽고 달콤하고 소녀의 심정을 떠올리게 하는 연애시'는 어쩌면 불가능할 것 같습니다. 앞으로 읽어볼 연애시들이 이를 증거하겠지요.

기형도는 연애시의 역설을 비극적이고도 아름답게 보여주고 있습니다. 인간은 결코 자신의 죽음을 볼 수 없습니다. 요즘 유행한다는 '관에 들어가 보기' 같은 다소 상업적이고 예능적 감수성이 깃든 '죽음 체험'을 할 수는 있겠지만 말입니다. 관 속에 한번 들어갔다 나오면서 우리는 거대한 교훈을 얻은 듯한, 혹은 득도한 노인이 된 듯한 표정으로 "잘 살아야겠다" 한 마디 합니다. 그러나 그것뿐이겠지요. 그냥 일상의 지루한 삶들이 또다시 이어지겠지요.

하지만 시를 읽으면서 우리는 타인의 죽음의식에 공감할 수 있습니다. 그것이 사랑의 상실을, 연애의 불모를 겪은 자의 것이라면 우리는 그 심정에 더 가까이 다가갈 수 있습니다. 비극의 심정에 되풀이하듯 다가가면서 시인을 향한 공감의 알림 버튼을 쉴 새 없이 누르겠지요. 이것이 타인의 아픔과 고통과 상실을 같이 사는 한 가지 방법이지요. 연애시는 심정적으로 타인과 공감의 연대를 맺는 가장 좋은 방법인 것 같습니다. 아름답고 황홀한 시인의 언어로 대신 살면서 말이지요.

「빈집」은 노래로도 작곡이 되었는데, 들어보니 서정적이고 여릿한 선율이 기형도의 시와 잘 조화된 듯하더군요. 헤겔은 단순 서정시에 인간의 깊은 정취와 삶의 비밀이 숨겨져 있다고 이야기했습니다. 브람스, 슈베르트 같은 작곡가들은 독일가곡을 작곡하면서 짧고 간단한 4행시체의 시들을 빌어다 가사로 썼다고 합니다. 짧고 간단한 시에 깊은 서정이 있는 것이죠.

기형도가 살아 있다면 적어도 음유시인 가수로도 이름을 떨치지 않았을까 하는, 무의미하기 짝이 없는 '역사적 가정'도 해봅니다. 기형도가 유난히 노래 부르기를 즐겼다는 기록이 있기 때문이지요. 기형도가 고등학교 때 중창단 '목동'에서 공연한 사진도 남아 있고 기타 치며 노래하는 사진도 남아 있습니다. 교정에서 노래 부르며 다니는 것이 취미였다니 음유시인으로서의 자질이 그에게 충분히 있었던 것이지요. 시가 좋다는 것은 노랫말로서의 가치도 충분히 있다는 뜻이기도 합니다.

「빈집」은 길이는 짧았으되 공감은 컸을 듯합니다. 이렇게 끝내버리면 아쉬울 듯해서 기형도의 아름다운 시 한 편을 더 소개할까 합니다. 「빈집」의 전편前篇쯤 되는 시라 생각해도 좋습니다. 「빈집」의 배경은 "창밖을 떠돌던 겨울안개"가 깔리는 초겨울일 테니 그 전편의 시간은 10월쯤 된다고 할까요? 「10월」을 읽어보도록 하지요.

1
흩어진 그림자들, 모두
한 곳으로 모이는
그 어두운 정오의 숲속으로

이따금 나는 한 개 짧은 그림자가 되어

천천히 걸어 들어간다

쉽게 조용해지는 나의 빈 손바닥 위에 가을은

둥글고 단단한 공기를 쥐어줄 뿐

그리고 나는 잠깐 동안 그것을 만져볼 뿐이다

나무들은 언제나 마지막이라 생각하며

작은 이파리들을 떨구지만

나의 희망은 이미 그런 종류의 것이 아니었다

너무 어두워지면 모든 추억들은

갑자기 거칠어진다

내 뒤에 있는 캄캄하고 필연적인 힘들에 쫓기며

나는 내 침묵의 심지를 조금 낮춘다

공중의 나뭇잎 수효만큼 검은

옷을 입은 햇빛들 속에서 나는

곰곰이 내 어두움을 생각한다, 어디선가 길다란 연기들이
날아와

희미한 언덕을 만든다, 빠짐없이 되살아나는

내 젊은 날의 저녁들 때문이다

한때 절망이 내 삶의 전부였던 적이 있었다

그 절망의 내용조차 잊어버린 지금

나는 내 삶의 일부분도 알지 못한다

이미 대지의 맛에 익숙해진 나뭇잎들은

내 초라한 위기의 발목 근처로 어지럽게 떨어진다

오오, 그리운 생각들이란 얼마나 죽음의 편에 서 있는가

그러나 내 사랑하는 시월의 숲은

아무런 잘못도 없다

2

자고 일어나면 머리맡의 촛불은 이미 없어지고

하얗고 딱딱한 옷을 입은 빈 병만 우두커니 나를 쳐다본다

— 기형도, 「10월」 전문, 『기형도 전집』, 문학과지성사, 2018

    종로3가에 서면 기형도가 생각나는 만큼, 10월이 되면 기형도가 생각나는 이유는 바로 이 시 「10월」 때문입니다. 기형도의 연애시는 우리를 그와 함께 아프고 그와 함께 고뇌하게 합니다. 완벽하게 그의 절망까지 가지 못해도 그 주변쯤 되는 심정으로 그의 고통을 헤아리게 되지요. '죽음'이란 생전에는 경험할 수 없는 물건, 완벽하게 '타인의 것'입니다. 그런데 기

형도의 시를 읽으면 그 죽음이 마치 나의 것이 되는 순간을 경험하게 되지요. 센티멘털하고 처연한 마음이 들 때의 처지를 떠올리면 이 시가 '나의 것'이 될 듯도 합니다.

다소 어려울 수도 있는데, 기형도의 시를 사랑하는 분들을 위해 「10월」을 소개합니다. 시어 하나하나에, 각각의 구절에 각각의 의미가 대응되어야 시를 완벽하게 이해하는 것이라고 믿는 분들이 있는데 그것은 온전하게 시를 읽는 방법이 아닙니다. 리듬으로도 읽고 이미지로도 읽지요. 시를 낭송할 때 느끼는 리듬 감각이 시의 의미를 해독하는 지적 기능보다 더 우위에 있고 그것이 보다 우리의 삶에 더 간절한 신호를 보낸다 하지요. 의미를 해독하려 애쓰지 마시고 그냥 읽으세요. 시인이 그려둔 '10월'의 이미지에 각자의 경험을 겹쳐보세요. 희미한 실루엣만 느껴진다고 해도 상관없습니다.

어둡고 검은 숲, 검은 옷을 입은 햇빛들의 이미지가 그려지는지요? 시인의 저 깊은 심연에서 이 시가 씌었다는 것이 느껴지지요? 쉽게 조용해지는 빈 손바닥, 캄캄하고 필연적인 힘들에 쫓기는 나, 갑자기 거칠어지는 추억들, "내 초라한 위기의 발목" 등의 구절이 이어집니다. 이 구절들에서 무엇인가 강박적인 힘들이 느껴지는지요? 추억이 거칠어지는 것은 그 시간을 반추하면 물밀듯이 밀려오는 회한과 그 회한으로 인한 고통 때문이지요. 쫓기는 심정, 막막한 심정을 어찌할 수 없기에 시인은 그것을 "필연적인 힘들"이라 표현합니다. '힘들고 고통스럽고 막막하다'를 시적으로 표현한 것이라 생각하면 되지요.

2연에 나오는 "내 뒤에 있는 캄캄하고 필연적인 힘들"은 그가 1985년 「동아일보」 신춘문예에 당선됐을 당시 '당선 소감문'에 있는 구절인데 이것이 「10월」에도 그대로 나오는군요. 어떤 캄캄하고 필연적인 힘들! 그것에 떠밀려 가는 시인의 청춘이 떠오릅니다. 어둡고 깊은 시인의 심연이 거울처럼 우리의 청춘을 그윽하게 비춥니다. 윤동주가 내뱉었던 '아아, 젊음아 거기 남아 있거라!' 이 짧은 탄식이 기형도의 이 절망 가득한 시 구절에 그대로 스며들어 있습니다. 공포, 비명, 불우 등의 화신化神들이 기형도를 따라다녔던 것 같습니다.

이 시에서 기형도의 문장은 '-다'로 끝나는데 그것은 시인의 말을 단호하고 선명하게 매듭짓는 역할을 하기보다는 비애와 절망을 단단하게 묶어 결코 밖으로 새 나갈 수 없게 하는 동굴 같고(밀도) 절벽 같은(강도) 역할을 합니다. 시에서 말 하나(종결 어미 '-네', '-다')가 이렇게까지 심오하게 자기 역할을 든든하게 한다니, 놀랍지요.

좀 자세하게 시를 볼까요? 기형도의 시에는 절망과 죽음의 그림자가 늘 드리워져 있다고 했던 것을 기억하는지요? 마주치는 공기 하나에도, 거리에 나뒹구는 낙엽 하나에도 죽음과 자기 소멸의 꿈이 엉겨 붙어 있는 듯 보입니다. "나무들은 언제나 마지막이라 생각하며 작은 이파리들을 떨"굽니다. 다음 해에도 나무는 새싹을 틔우고 새로운 생명을 시작하겠지만, 시인은 그런 계절의 순환이나 생명의 재생 같은 것들이 자신에게는 별 의미가 없다고 말합니다. "나의 희망은 이미 그런 종류의 것이 아니었다"라고 분명하게 씁니다. 기형도의 시에 자주 나타나는, 죽은 자의 혀처럼 딱딱하게 굳어져 있는 검은 잎들, 차디찬 몸뚱아리로 머리맡에 쓰러져 있는 술병들, 거리에 넘치는 망자의 혀 등은 모두 자기 소멸의 이미지를 드리우고 있는 것들입니다. 말라 있고 딱딱하게 굳어 있을 따름인데, 이는 생명 있는 것들이 가진 물기 있고 유동적이고 부드러운 성질과는 반대이지요.

시인은 자신의 젊은 날의 삶은 절망이 전부였다 말합니다. 희망으로 가득 찬 젊은 날이 있을까요? 아이러니하게도, 우리의 젊은 날에는 희망이 아니라 절망이 있지요. 어떻게 살지, 무엇을 하며 생계를 이을지, 어떤 사람과 연애를 하고 결혼을 할지, 그 어떤 것도 만만하지 않습니다. 어둠의 심연이, 불안의 동굴이 청춘에게는 있지요. 어차피 금수저로 태어난 삶이 아니라면, 아니 그들도 비슷할지 모릅니다. 젊은 날의 삶이란 의혹투성이고 질문투성이지요. 그러니 가능성이 있는 것이지요. 기형도는 "한때 절망이 내 삶의 전부였던 적이 있었다 / 그 절망의 내용조차 잊어버린 지금 / 나는 내 삶의 일부분도 알지 못한다"라고 씁니다. 진한 허무와 절망이 느껴지는 구절입니다. 늙어서 외우면 초라하지만 젊어서 외워두면 보헤미안풍의, 댄디풍의 멋이 있는 대목이지요.

어둡고 침울하고 죽음의 예감에 둘러싸인 대기와, 캄캄하고 필연적인 힘들에게 쫓기는 삶의 면전에서 시인은 더 깊고 어두운 숲으로 들어갑니다. 그 숲은 어둡고 캄캄한 시인 자의식의 밑단일까요? 언제나 마지막을 준비하는 작은 이파리들, "검은 옷을 입은 햇빛", 거친 젊은 날의 추억들, 딱딱한 빈 병의 이미지는 그에게 모두 그리운 생각들과 기억들로 얽혀 있는 것들인데 그것들이 우두커니 시인을 들여다보고 있습니다. 전신 거울의 이미지지요. 그것은 과거(거친 추억)와 현재(나를 쳐다보는 것으로서의 거울)는 있되 미래는 부재하는 그러한 단절된 시간의 이미지들입니다. 미래는 오직 죽음의 예감 속에 던져져 있을 뿐입니다. 이 딱딱하고 마르고 죽은 것들에 둘러싸여 시인은 그것들을 '거울 이미지' 삼아 자신의 심연을 들여다보고 있습니다.

기형도의 시는 어둡습니다. 그의 시는 죽음을 마주한 자의 심연의 어두움과 비애를 짙게 풍기지요. 기형도는 자기 육체를 그로테스크하게 그리면서, 거기에 거친 추억과 고통에 찬 현재를 겹쳐놓습니다. 시집 제목이기도 하고 시의 한 구절이기도 한 "입 속의 검은 잎"이 갖는 이미지를 떠올려보면 알 수 있지요. 그는 「병」이라는 시에서도, 자신의 육체는 "주어를 읽고 헤매이는 가지 잘린 늙은 나무"이고, "반 토막 영혼"이며, 그것은 "노랗게 단풍든" 몸뚱이로 소멸되어 간다고 말한 바 있습니다. 현재는 숨이 턱턱 막히고 지옥 같은 어둠에 취해 있고 과거는 잔인한 붉은 세월로 접혀 있습니다. 시간은 죽음의 경사진 터널을 달립니다. 시인은 늘 마지막이라 생각하는 나뭇잎들처럼 최후를 유보하면서 삶을 지탱해나갑니다. 「10월」에서 딱 한 부분을 꼽으라면 단연 다음 대목이지요.

한때 절망이 내 삶의 전부였던 적이 있었다
그 절망의 내용조차 잊어버린 지금
나는 내 삶의 일부분도 알지 못한다

10월에는 이 세상의 나뭇잎들이 지상으로 내려앉습니다. 세상의 가장 낮은 바닥을 자신의 집으로 삼는 것이지요. 그때 시인은 자신을 둘러싼 모든 절망과 그 절망의 내용을 무로 되돌립니다. 이 구절을 읽으면서 우리는 인간의 고통이 어디에서 연유하는지, 그 고통의 원인이 무엇인지 문득 헤아려봅니다.

철저한 자기 부정과 삶의 절망으로부터 벗어나기 어려웠던 시인, 이 연민 가득한 인간이 뱉어낸 말을 통해 우리는 다시 사랑의 가치와 그것의 의미를 질문하게 됩니다. 기형도의 실연이나 절망의 심정보다 나의 경우가 더할 것 같지는 않다는, 역설적인 위안을 얻게 되지요. 시인의 사랑의 상실이 나의 심연에 깃들어 나를 움직이는 그런 힘들에 대해 생각하게 됩니다. 나의 이기적 사랑을 타인을 향한 사랑으로 그 사랑의 방향을 돌려놓고 싶어집니다. 사랑을 받아주지 않는 그대에 대한 원망도 사그라들고, 과거의 서툴렀던 사랑의 회한도 좀 더 너그럽고 겸손하게 받아들일 수 있게 되지요. 그리고 실연 후의 내 삶을 다시 시작할 수 있는 힘들을 얻게 되지요.

●

기형도와 신문사에서 한솥밥을 먹었던 기자가, 기형도의 애창곡이 영화 「로미오와 줄리엣」의 주제곡인 「What is a youth?」였다고 하더군요. 로미오가 줄리엣을 부르는 이름, '태양과 같고 장미와 같은 것', 어떤 대상에게 이름 붙이기가 '은유'이고 이것이 시의 말법이자 또 사랑의 말법입니다. 「로미오와 줄리엣」의 그 순결하고 순수한 사랑 이야기를 생각하면 또 윤동주가 생각나지요. 기형도는 윤동주의 연세대학교 후배이기도 하지요. 윤동주의 순결한 미소년적인 분위기와 기형도의 예민하고 섬세한 감수성과 결코 되돌릴 수 없이 아름답게 스러지는 청춘 시절의 사랑의 송가가 한순간에 연결됩니다.

기형도가 남긴 산문에 이런 에피그램epigram 같은 메모도 있습니다.

— 또 하나 내 청춘의 필름이여. 유리컵 속으로 곧게 뿌리를 내린 둥근 파의 유약함이여—

(중략)

이 둔감한 나의 지성과 딱딱한 빵껍질처럼 굳어 더 이상의 탄도를 잃고 쓰러진 용수철 같은 완고한 철학과 언어여. (중략) 펜촉이 날카로운 이유를 나는 왜 납득하려 하지 않았을까. (중략) 나는 마침내 또다시 영락하고 말았음을 확인하였다.

— 기형도, 「참회록-일기 초」, 『기형도 전집』, 문학과지성사, 2018

삶은 어떤 한순간도 시인을 그냥 스쳐 지나가는 법이 없었던 것 같습니다. 찰나의 한숨조차도 말이죠. 사랑도 절망도 다 아름다운 것은 이 젊은 청년시인이 가진 '펜촉의 날카로움' 때문일 것 같습니다. 그는 낙담하고 절망하는데 그의 시를 읽고 있는 우리의 마음은 무엇인가 깊은 여운과 정취에 빠져듭니다. 기형도는 나이 든 세대보다 젊은 세대에게 더 이름이 알려져 있습니다. 깊고 깊은 절망과 비애의 심연이 깃든 기형도의 시에 공감하고 싶어 하는 청춘들의 섬세하고 예민한 감수성이 작동했겠지요. 이 정도라면, '생각 없다' '인문학적 사고가 부족하다'고 젊은 세대를 타박할 아무런 이유가 없군요.

「참회록-일기 초」에서 기형도가 내린 시의 정의를 읊어보면서 기형도 편을 끝낼까 합니다.

시가 '구원'으로서 군림해야 할 지금의 위치는? 그 설정 방향은? (중략) 시는 시다. 그리고 말이다. 그리고 누군가가 얘기하고 듣는다. 그리고 감동한다. 감동? 감동…

실연한 후 "내 초라한 위기의 발목 근처로" 자신의 삶이 내려앉았다고 울고 있나요? 사랑을 잃고 빈방에서 우울한 시간을 보내는 청춘들에게 기형도의 시를 권합니다. 깊은 상실을 대가로 그렇게 멋진 언어로 그렇게 멋진 말로 우리의 서정과 영혼을 풍요롭게 한 기형도를 기억하는 순간, 치유의 시간이 다가오지 않을까요? 기형도의 시에서 '사랑의 상실'을 읽고 그것을 나의 상실과 동일시하는 것은 일차원적인 읽기입니다. 사랑의 상실을 곧 아픔이라, 사랑에 대한 트라우마라 이해할 아무런 이유가 없습니다.

시인은 실연 후 무엇을 할 것인가를 우리에게 되묻고 있습니다. 실연조차 너무 아파할 이유가 없다고 기형도는 우리를 달래고 있습니다. '나'보다 더 밑바닥에서 상실을, 실연을, 청춘을 산 자가 있으니 내가 최악은 아니다 안심이 되는지요? 사랑의 지옥에 공감하고 그럼으로써 사랑의 겸허함을 배우고 상실의 고통으로부터 벗어날 수 있는 용기를 시인의 시로부터 건질 수 있지 않을까요?

4.

황동규

×

즐
거
운

편
지

○

그대를

사랑하는 이유?

그지없이

사소한 까닭

●

　이십 대, 무엇을 해도 용서받고 어떤 옷을 입어도 멋이 나고 어떤 미래도 상상할 수 있는, 빛나는 청춘 시절이지요. 단, 돈이 없어 좀 불편할 뿐. 물질적으로 아쉬운 것들이 많은 시기이기는 하지만 '청춘은 낭비하는 것, 탕진하는 것이다'라는 지고한 '개변大便철학' 혹은 '괴변怪辯철학'을 늘어놓을 수 있는 시절입니다. 그렇다고 '낭비적인 연애'를 하기에는 시간이 좀 아깝지요. 정념에 불타는 사랑을 하기에는 너무 이르고, "사랑은 움직이는 거야"라며 카사노바처럼 살기에도 청춘이 너무 아깝지요. '모태 솔로'라도 괜찮아, 이런 허세가 두렵지 않은 이유이지요. 청춘 시절의 사랑은 그런 점에서 다소 관념적이고 실존적인 질문으로 끝나도 괜찮지 않을까요?

　연애 한 번 없이, 사랑의 실제 경험 없이, 말 그대로 순수한 영혼들이 '아무 말 대잔치 사랑론'을 펼쳐도 그것이 흠이 되거나 폐弊가 되지 않지요. 추상적이고 관념적인, 순수하게 사변적인 사랑을 질문할 수 있는 시기가 이때를 제외하고는 거의 가능하지 않기 때문이지요. 오히려 모든 것이 다 가능하고 다 열려 있어서 '순수한 사랑'이라는 관념에 도달할 수 있겠다는 생각도 듭니다. 철들고 나이 들고 세상 물정 좀 알고 나면, '관념적인 사랑론'은 황망하고 어이없어 손사래 치기 마련이지요. 어느새 '수요일에 장미꽃 스무 송이 받기'보다 '2만 원이라도 현금 박치기'를 선호하는 자신을 씁쓰레하게 돌아보게 되지요.

'이십 대에 나는 뭐 했지?' 이런 생각을 하면 부끄러워질 때가 많습니다. 대학 입학한 후로 저는 정말 한심하게 허송세월했는데, 문학 공부는커녕 무엇 하나 제대로 '죽어라' 한 일이 없었습니다. 누구는 민주화 운동을 열심히 했고 또 누구는 사법시험을 보려 도서관에 죽치고 앉아 미래를 준비했는데 말이지요. 그것이 공적인 일이든 사적인 일이든, 무엇인가 미래의 삶을 위해 죽어라 청춘의 시간을 탕진한 분들이 청춘의 승리자일 것입니다. 저는 그 시절 별로 내세울 만한 것 없이 한심한 세월을 죽이고 있었지요. '청춘은 탕진하는 것이다'라는 지고한 철학을 펼치면서도 실제로는 '탕진하지 못했던' 것이죠. 사실은 '탕진한다'는 말의 심오한 뜻을 잘 몰랐던 것 같습니다.

황동규의 「즐거운 편지」는 「시월」과 함께 1958년 잡지 『현대문학』 추천작입니다. 등단작인 셈이지요. 1938년생인 시인이 대학 2학년 때 등단했다는 것인데, 이 시는 고등학교 3학년 때 연상의 여성을 사랑한 실제 경험을 바탕으로 쓴 것이라 시인은 말하더군요. 황동규는 그러니까 청춘의 초입에 이 멋진 시 「즐거운 편지」를 썼습니다. 조숙한 소년 정도가 아니라 사랑의 위악 혹은 위선적인 진지함을 이미 알아챈, 그런 조숙한 문학청년의 풍모가 느껴집니다. '사랑은 영원한 것' 혹은 '사랑만큼 숭고한 것이 없어' 뭐 이러고 폼을 잡아야 하는 청소년기에 황동규는 이미 냉담하고 건조한 시인의 자격을 갖추었던 것이지요. 이 세상에 존재하는 인간을 딱 두 가지 부류, 그러니까 '위선적인 인간'과 '위악적인 인간'으로 나눌 수 있다면, 전자를 행하기는 쉬운데 후자를 행하기는 쉽지 않습니다. 니체 정도는 돼야 가능한 일이라고 저는 생각하는 편인데, 황동규는 이미 청소년기에 이 '냉담'과 '건조'로 '위선'과 '거짓의 진지함'을 막아낼 수 있었던 것 같습니다.

황동규는 분명하게 이 시가 '연애시'임을 밝히고 있습니다. 한용운의 「님의 침묵」이나 김소월의 「진달래꽃」 같은 시를 생각하면서 썼다는 것인데, 조금 더 소급하자면, 고대가요 「가시리」의 전통에까지 이를 수 있다고 하네요. 『진달래꽃』은 1925년에, 『님의 침묵』은 1926년에 나온 시집인데 「진달래꽃」과 「님의 침묵」 다 시집의 표제시이면서 우리 전통 연애시의 계보를 잇고 있습니다.

이렇게 보면 「즐거운 편지」가 참 고리타분하고 낡은 사랑의 말을 계승한 것 같지만, 이 '연애시의 계보에 이어져 있다'는 관점이 오히려 예사롭지 않습니다. 「님의 침묵」의 한 구절 "아아, 님은 갔지마는 나는 님을 보내지 아니하였습니다 / 제 곡조를 못 이기는 사랑의 노래는 님의 침묵을 휩싸고 돕니다"를 보면, 님은 떠나버렸는데 님은 침묵하면서 내 곁에 존재한다 말합니다. 경이로운 '존재의 철학'이 이 간단한 시 구절에 있습니다. 「진달래꽃」의 한 구절 "죽어도 아니 눈물 흘리우리다"라든가 "사뿐히 즈려밟고 가시옵소서" 하는 대목에는 연인을 향한 '나'의 날카로운 마음의 결이 숨어 있지요.

'천재시인'이란 불쑥 이 세상에 떨어진 게 아니라 선배 시인들로부터, 선배 시인들의 말로부터 배우고 또 그것과는 다르게 쓰면서 자신의 독창적인 말법을 만들어간다는 황동규의 인식이 경이롭습니다. 거기에 시인은 덧붙여서, 「즐거운 편지」는 「진달래꽃」과 「님의 침묵」의 전통을 잇고 있기는 하지만 그것들을 모던하게 변형시킨 것이라 말합니다. 6·25 전쟁 이후 우리 사회를 강력하게 충격했던 실존주의의 세례가 이 시를 쓰는 데 한몫했다는군요. '본질적으로 결정된 사랑은 없고 어떤 사랑도 언젠가는 끝을 맺는다'는 생각이 이 시에 반영되어 있다는 것입니다.

청소년기에는 보통 '사랑은 운명적이고 영원하다. 특별히 나의 사랑이 그렇다'고 생각하기 쉬운데 황동규는 이미 그 나이에 사랑의 우연성, 사랑의 미완성, 미숙해서 불완전한 사랑을 알아챘던 것이지요. 놀라운 조숙함입니다. 실존주의의 세례가 이 조숙한 생각에 영향을 미쳤겠지만, 그보다는 시인이 될 자질을 선천적으로 타고난 시인의 역량을 확인할 수 있는 대목이지요. 황동규는 가장 순수하고 애틋한 사랑을 그린 소설 「소나기」의 작가 황순원의 장남입니다. 아무튼 「즐거운 편지」는, 전통적인 연애시의 말법에 실존주의풍이 가미된 시니, 전통 연애시보다는 모던하고 또 신선한 사랑의 관념이 깊이 내재된 시일 수밖에 없겠지요. 그래서 지금까지도 대표적인 한국 연애시로 기억되고 있는 것이겠지요.

「즐거운 편지」에서도 확인되는 것이지만, '연애시'든 '연애편지'든 사랑하는 연인을 생각하면서 쓰는 글은 결국 그 대상에게 전달되지 않습니다. '사랑의 본질은 비극성이다'라는 사랑의 철학이 여기서 비롯되지요. 실제로 사랑의 고백을 담은 '편지'는 '그녀'에게 전달되지 않았다고 황동규는 후일 회고하더군요. 고백하지 못하고 끙끙 앓다 결국 그 열정과 아픔을 담아 쓴 시가 「즐거운 편지」였다고 합니다. '부쳐지지 않은'

혹은 '부치지 못하는' 것이 곧 연애시(연애편지)의 숙명이라면, 사랑은 본질적으로 '영원성'을 담보할 수 없는 것이지요. '님의 침묵'을 읊은 만해의 시나 님과의 이별을 읊은 소월의 시나 궁극적으로 다 '사랑의 부재', '사랑의 상실'을 읊고 있지요? '사랑의 영원성'은 결국 사랑의 영원성을 동경하는 인간의 관념으로만 존재하는 것일까요? 이루어지지 않으니 갈망하는 것이지요.

●

　시를 읽기 전에 두 가지를 염두에 두면 좋겠습니다. '편지'라는 단어 자체가 '타인에게 말을 건네는 방식의 글'이라는 뜻을 내포합니다. 고백하는 말을 글로 쓴 것이 '연애편지'니, 이 시를 감상할 때는 낭송해야 더 맛이 나겠지요? 낭송하면서 감상해야 시의 맛을 더 강렬하게 느낄 수 있다는 뜻입니다. 시를 공부하는 사람들이야 시의 구조도 분석하고 심오한 상징도 읽어내고 이미지도 파악하고 시인의 전기적 삶과 시의 내용도 연결해보는 등 묵독적 읽기를 우선적으로 하지만, 시를 향유하는 독자라면 소리 내서 읽어보는 것만으로도 시 읽기는 반쯤 완성했다 해도 과장이 아닙니다. 자신의 '안', '내부', 이것을 우리는 '내면'이라 통칭해서 부릅니다. 자신의 내부에서 메아리치며 울려 나오는 자기 '안'의 목소리와, 실제 낭송할 때 외부로 퍼져 나가는 목소리가 합쳐져야 진정한 시 읽기가 됩니다. 그것이 시를 감상하는 제일 좋은 방법입니다. 황동규의 「즐거운 편지」는 제목 자체가 '편지'이니 두말할 것도 없지요.

두 번째는 사랑의 사소함에 대해, 겸허함에 대해 생각하면서 읽으면 더 좋겠습니다. 이 장의 제목을 '그대를 사랑하는 이유? 그지없이 사소한 까닭'이라 달아두었는데, '사랑은 위대하다, 내 사랑은 영원하다'고 생각하는 분들은 이 '사소하다'는 말에 실망할 수도 있습니다. 하지만, 그럼(사소함)에도 불구하고, 아니 그러니까(사소하니까) 사랑이란 물건이 더 영원하고 더 아름다운 것은 아닐지요?

1

내 그대를 생각함은 항상 그대가 앉아 있는 배경에서 해가 지고 바람이 부는 일처럼 사소한 일일 것이나 언젠가 그대가 한없이 괴로움 속을 헤매일 때에 오랫동안 전해오던 그 사소함으로 그대를 불러보리라.

2

진실로 진실로 내가 그대를 사랑하는 까닭은 내 나의 사랑을 한없이 잇닿은 그 기다림으로 바꾸어버린 데 있었다. 밤이 들면서 골짜기엔 눈이 퍼붓기 시작했다. 내 사랑도 어디쯤에선 반드시 그칠 것을 믿는다. 다만 그때 내 기다림의 자세를 생각하는 것뿐이다. 그 동안에 눈이 그치고 꽃이 피어나고 낙엽이 떨어지고 또 눈이 퍼붓고 할 것을 믿는다.

— 황동규, 「즐거운 편지」 전문, 『삼남에 내리는 눈』, 민음사, 1975

제목이 '즐거운 편지'인 것이 우선 재미있습니다. '그대'로부터 사랑의 답을 기다리면서 '그대'에게 내 사랑의 마음을 전하는, 사랑의 말을 건네는 형식, 이것이 바로 '편지'라는 물건이지요. 내 마음을 그대에게 가장 잘 전할 수 있는 '편지 형식'으로 제목을 삼았다는 것이 핵심입니다. 문자 메시지와 카카오톡 채팅으로 즉각적인 실시간 대화를 나누는 요즘과는 정반대의 방법으로 '사랑의 말'을 건네는 방식이지요.

제목과는 달리, 사실 이 시는 '즐겁지' 않습니다. 역설적이고 반어적인 말법이죠. 달콤하고 즐거운 서정을 담아야 하는 것이 '연애시'라 생각하는 분들에게는 의외죠. 「즐거운 편지」의 이 낭만적이면서도 건조하고 순수하면서도 냉담한 어조 때문에 오히려 이 시를 '최초의 현대적인 연애시'라 평가하기도 합니다. 거기다, 사랑을 어떻게 대하고 기다리고 인내해야 하는지를 말하고 있다는 점도 흥미롭지요. 그대의 사랑을 고대하고 인내하면서 그대의 답신을 기다린다는 것은 정말 불편하기 그지없고 우울하기 한량없다는 것쯤 우리 모두 알고 있습니다. 사랑에는 일종의 조울증적이고 강박증적인, 그렇지 않나요?, 희열과 우울이 동시에 오락가락하는 갈피를 잡을 수 없는 마음이 놓여 있고, 또 '그대'에게 편집증적으로 달라붙는 나 자신도 모르는 마음의 혼돈이 매 순간 존재하지요.

'사랑'이란 비극성을 본질적으로 품고 있다는 것, 내 사랑은 운명적으로 실패할 것이라는 점에서 시 제목의 '즐거운'은 역설적 표현입니다. 사랑이 숭고한 것은 그것이 이루어지지 않을 것임을 예감하기 때문이고, 기다림과 초월의 끝없는 순환 가운데 사랑이 존재한다는 것을 증명하기 때문이 아닐까요. '실패가 성공의 어머니'인 것은 '사랑론'에도 적용되는데, 실연 후 우리는 한층 성숙하고 단단해지지요. 실연이 심연을 들여다보게 한 탓이겠지요.

자세하게 시를 들여다보겠습니다.

일반적인 통념을 깨는 구절이 바로 첫 구절입니다. '사랑'의 정의도 특이한 데다 그것이 일상의 아름다운 풍경과 아날로지 된 덕분입니다. 그냥 단순하게 '사랑은 사소한 것이다'를 진술한 정도라면 일반 산문과 그다지 다르지 않았을 구절인데, "그대가 앉아 있는 배경에서 해가 지고 바람이 부는 일처럼"이라는 눈부신 이미지와 겹쳐놓은 덕에 참 아름다운 장면이 되었습니다. 사랑하는 그대의 모습이 일몰의 이미지에 반사되고 우리 곁을 언뜻 지나가는 바람의 다소 공허하지만 자유롭게 스치는 이미지에 투영되어 있습니다. 황혼 녘의 소멸은 애연哀然하기 그지없고 저 대기로 흩어져버리는 바람이란 또 얼마나 허무하고 우연적인 것인지요. 이 표표하게 사라지는 풍경 속에서 그대가 나의 운명의 대상이 되어 있습니다.

해가 뜨고 해가 지는 것으로 일상은 시작되고 마무리됩니다. 바람은 늘 사소하게 우리 곁을 지키지요. 일상이란 이만큼 관성적이며 평범하고 지루할 뿐입니다. 시인은 '이' 사소하고 일상적인 것에 '저' 숭고하고 위대한 '사랑'을 갖다 댑니다. 지상적인 것을 천상적인 것에, 인간의 일을 신의 일에 비유한 격이지요. 이미 반어와 역설이 은닉돼 있는 말법이지요. '일상'이라는 프리즘에 투영된 '그대'의 이미지는 추상적이고 실체 없는 '사랑'의 이미지보다 훨씬 구체적이고 강력합니다.

일몰과 바람의 이미지 덕에 사소한 사랑은 역설 혹은 반어로 눈부시게 빛납니다. 이미지가 '사소한 사랑'을 눈부시게 하다니, 이것이 바로 시의 말법 아닌가요? 시인은 고려가요 「가시리」의 한 구절 "가시는 듯 돌아오소서"의 역설과 반어의 전통을 살린 대목이라고 '사소한 사랑'의 이미지를 해석하고 있습니다만, 어쨌든 사랑을 고귀하다, 숭고하다 생각하는 분들에게는 이 역설과 반어가 마음에 들지 않을 수도 있겠습니다.

하지만 이 눈부신 이미지와 비유 덕분에, '사랑은 사소한 것이다'라는 대목이 불편했던 분들도 마음을 조금 누그러뜨리고 더 읽어보게 됩니다. 사랑의 기쁨이 아니라 사랑의 고통에 대해, 사랑의 충격적일 정도의 황홀감이 아니라 인내하다 결국은 사라지는 그 허무하고 가엾은 사랑에 대해, 사랑의 정열이 아니라 사랑의 연민에 대해, 시인은 말합니다. 한없이 괴로움 속을 헤매는 그대를 위해 사랑의 찬가를 부른다는 것이니 '불의 정열'이 아니라 '얼음의 칼'로 연마된 사랑이 여기에 있습니다.

2연으로 옮겨 가볼까요?

진실로 진실로 내가 그대를 사랑하는 까닭은 내 나의 사랑을 한없이 잇닿은 그 기다림으로 바꾸어버린 데 있었다. 밤이 들면서 골짜기엔 눈이 퍼붓기 시작했다. 내 사랑도 어디쯤에

선 반드시 그칠 것을 믿는다. 다만 그때 내 기다림의 자세를 생각하는 것뿐이다. 그 동안에 눈이 그치고 꽃이 피어나고 낙엽이 떨어지고 또 눈이 퍼붓고 할 것을 믿는다.

2연은 보다 절실해지는데, "진실로 진실로"라고 그 사랑의 진정성과 간곡함을 이야기합니다. 사소함으로부터 시작한 사랑의 궁극적 영원성에 대해 시인은 말하고 있습니다. 내 마음이 그대에게 다가가 그대의 마음을 움직일 수 있을 그 시간까지 인내하고 인내하면서 기다리겠다는 의지를 시인은 말합니다. '사소함'을 "한없이 잇닿은 그 기다림으로 바꾸어버린 데" 자신의 진실한 사랑이 존재한다고 시인은 말하는 듯합니다. 이 구절은 진실한 사랑의 정도를 이미지화하고 기다림의 시간을 공간적으로 펼쳐 보인 것인데, 황진이가 읊은 시조에 그 기원이 있지요? '동짓날 기나긴 밤의 한 허리를 베어내어 이불처럼 굽이굽이 펼쳐 보이겠다'던 바로 그 시조 말이지요. '기나긴 밤'을 '한없이 펼쳐진 이불자락'처럼 묘사한 이 구절이 결정적인 대목이지요. 님을 기다리는 마음이야 동서고금을 막론하고 한없이 길고 길어 '그대를 한없이 기다리는' 연인을 더 가엾게 하지요.

'골짜기에 눈이 가득히 퍼붓는 밤의 풍경'은 적막하지만 풍요롭게 차오르는 사랑의 감정이 긴 시간을 인내할 수 있는 사랑의 영원성이라는 관념과 만나 이루어진 이미지입니다. 그러나 사랑의 확인은 어렵고 영원성에 대한 확신도 어쩌면 불가능할 듯합니다. 불안하고 동요하는 마음이 좁은 골짜기에 퍼붓는 눈의 밀도와 속도에 투영되어 있습니다. '좁은 골짜기'에 눈이 내리니 그 밀도는 얼마나 크고 그 속도 또한 얼마나 급격하게 증폭될까요? 눈의 폭력적인 가속도가 이 고독하고 불안한 사랑의 열병이 얼마나 광폭적으로 내달리고 있는지를 말해줍니다. 한편으로 그 폭설은 인간의 우연적이고 찰나적인 사랑의 시간에 개입하는 자연의 영원하면서도 힘 있는 이치를 말하기도 하지요. 아무리 위대하고 강렬한 사랑도 결국 자연의 시간 앞에 스러지고 말겠지요.

골자기에 퍼붓는 눈, 그 폭설이 시인을 냉혹하게 단련시키고 있네요. 견딜 수 없음의 광포한 심정이 이 폭력적으로 쏟아붓는 눈의 낙하와 골짜기에 퍼붓는 눈의 양에 투사되어 있습니다. 이 시가 비극적이고 초월적인 면모를 보이는 이유는 이 광폭적이고 열정 가득한 사랑조차 언젠가는 멈출 것임을 예견한다는 데 있습니다. 사랑이 영원한 까닭에 사랑하는 것이 아니라 오히려 사랑이 언젠가는 끝날 수 있다는 전제조건 하에서 우리는 사랑할 수밖에 없다는 것이죠. 이것이 사랑의 간곡한 진실일 것입니다.

실제로 이 시를 쓴 계기가 된 '현실'의 여성, 그러니까 고등학교 3학년 때 시인의 짝사랑의 대상이었던 여성에게 이 시를 보여주었더니 그다지 좋아하지 않았다고 후일 시인은 말하더군요. '사랑은 영원하다 말해야 하는데 그 반대로 이야기하니 그녀가 좋아할 리 없었을 것이다' 했습니다. 시인과 함께 하하, 호호 웃었던 기억이 있습니다. 어쨌든 '사랑은 영원하다'고 쓰면 그것은 시가 되지 않을 테니까요. 연애시가 사랑의 상실을, 사랑의 실패를 말하는 것임이 이로써도 증명되지요? 참 재미있는 대목입니다. 사랑이 영원하지 않다는 것을 알지만 인간은 사랑의 영원성을 동경할 수밖에 없지요.

영원히 지속되기 때문에 영원한 것이 아니라 어느 순간 멈추기 때문에 영원한 것이지요. 우리는 어쩌면 사랑의 찰나적 환각, 그 우연성을 영원하다고 믿고 그 순간을 사랑하는 것인지도 모르겠습니다. 사랑은 언젠가는 끝납니다. 내 사랑이 그대에게 닿지 않아서 혹은 닿지 않는 내 사랑 때문에 나 스스로 지쳐 더 이상 그대를 사랑할 수 없어 그럴 수 있습니다. 어느 쪽이 되었든 시인은 "다만 그때 내 기다림의 자세를 생각하는 것뿐이다"라고 단서를 달아둡니다. '다만'과 '뿐' 때문에 이 시는 건조성의 첨단을 달립니다. 사랑의 시인데도 너절해지지 않습니다. 이 시를 고등학생이 썼다는 사실이 경이롭게 느껴질 정도입니다. 시인의 실제 경험으로부터 온 것인지 아닌지는 더 이상 중요하지 않지요. 오히려 이 순수한 사랑의 관념성이 멋진 연애시가 될 조건이지 않았나 생각됩니다.

우스갯소리를 하자면, 사랑의 이론적 대가들은 대체로 현실에서의 연애 경험이 거의 없거나 많지 않은 사람일 경우가 많다고 하지요. 사랑에 실패한 경험이 많을수록 연애의 대가가 된다는 우스갯소리도 있지요. '이론과 실제는 다르다'는 말입니다. "이상적인 것은 현실적인 것이고 반대로 현실적인 것은 이상적인 것"이라는 철학자 헤겔의 말은 그냥 철학이지 사랑의 실제에 적용하기는 참 어렵습니다. 적어도 사랑에 관한 한 말입니다. 사랑 이야기는 대체로 비극적인 결말을 맺습니다. 비극적이니 아름답고 상실한 것이니 숭고하지요. 어쨌든 이 시를 쓴 계기를 언급하면서 시인은 '실존철학(책)을 가미했다'는 투로 말하고 있는데, 정말이지 조숙했던 시인의 영혼을 다시 확인하게 됩니다.

마지막에 이르러 '사랑의 인생론'이 출현합니다. 그대를 사랑하는 마음을 안고 몇 날 며칠을 애태우던 그 사이 시간은 무심하고도 무염하게 흘러가겠지요. 인생이 흘러가겠지요. 광기와 열정에 휩싸였던 사랑의 마음도 점차 식어가겠지요. 시인은 이렇게 마무리합니다. "눈이 그치고 꽃이 피어나고 낙엽이 떨어지고 또 눈이 퍼붓고 할 것을 믿는다"라고 말입니다. 여유라고 할지 체념이라고 할지 관용이라고 할지 그런 '나'의 마음이 생겨나 있습니다. 인생을 이미 알아버린 자의 체념, 관용, 관조 같은 것들입니다.

사랑의 처음과 끝은 결국 계절의 순환이나 자연 현상의 이치와 유사한 것이니, 사랑은 자연의 순리에 따라 저 스스로 자신의 궤도 위에서 공전公轉합니다. 사랑의 감정은 특별한 데서 비롯할지 모르겠는데, 그것은 일상과 같이, 자연과 같이 그냥 순환하고 회귀하고 다시 흘러가는 것이군요. 사랑의 사소함, 기다림의 자세 같은 진술이 가능했던 이유입니다.

이 시는 당신을 사랑하는 이유가 당신의 고귀함과 특별함에 있는 것이 아니라 해가 뜨고 바람이 부는 일처럼 사소한 데서 비롯됐다고 말합니다. 또 정념의 '불'이 아니라 관조와 인내의 '얼음'에 기대 사랑은 지속된다고 말합니다. 밤이 들고 계곡에는 눈이 내려 길을 파묻어버립니다. '눈사태'의 이 폭발적인 상황에서 화자는 그것을 "기다림의 자세"라고 꼭 집어 말합니다. 눈사태가 났으니 옴짝달싹할 수 없고 그러니 기다릴 수밖에 없지요. 사랑은 즉각적으로 또 쉽게 이루어지지 않는 것임을 예감할 수 있지요. 기다리고 인내하면서 사랑을 시간에 맡겨보는 것이 사랑의 자세라는 것이죠. '시간이 해결해준다'는 말의 시적인 표현입니다. 내 사랑의 열병도 언젠가는 끝난다는 것, 이것은 사랑이 시작된 그 순간의 우연성만큼이나 자연스런 일이라는 것을 '나'는 문득 깨닫지요. 이 단순하고도 명백하고 무염하고도 담백한 사랑의 진실을 시인은 말하고 있습니다. 이것이 바로 이 고백의 편지가 '즐거울' 수 있는 까닭이 아닌지요?

그러니 그대여, 죽음의 계곡을 건너는 방랑객의 심정으로 고통의 방바닥을 뒹굴면서 울분과 억울의 심정을 가눌 길 없는 그대여! 실연한 자신의 얼굴을 들여다보고 안타까움과 가엾음으로 울음 우는 그대여! 눈이 내리고 그치고 또 꽃이 피고 낙엽이 지는 자연의 일처럼, 언젠가는 사랑을 상실한 그대의 가엾음도 분노도 사그라들 것입니다. 사소하고 사소한 것들의 질서란 이런 것이군요. 광채로부터 소멸로, 우연으로부터 필연으로, 정념에서 깨달음으로, 그렇게 사랑의 지표가 이동하고 있습니다. 사랑이 그렇듯 우리의 삶도 그렇게 지속된다고 시인은 말합니다. 요약하면, 삶이란 '그냥 사는 거지 뭐'의 경지에 있다는 뜻일 것 같기도 합니다. 산문으로 말하면 이렇게 힘없고 평범한데 이것을 시로 옮겨서 말하니 참 아름답습니다. 어쨌든 사랑이 끝나가는 순간에도 '다만' 우리는 겸허할 뿐이지요. "기다림의 자세"를 생각하면서 말입니다. 멋지지 않습니까?

그런데 낭송하면서 제일 좋은 문장을 찾아보셨는지요?

내 그대를 생각함은 항상 그대가 앉아 있는 배경에서 해가 지고 바람이 부는 일처럼 사소한 일일 것이나 언젠가 그대가 한없이 괴로움 속을 헤매일 때에 오랫동안 전해오던 그 사소함으로 그대를 불러보리라.

「즐거운 편지」는 전체가 하나의 경구로 된 시라 특별히 하나의 문장을 꼽을 필요는 없을 것 같습니다. 한 문장이 한 연이니까요. 시인이 얼마나 급박한 호흡으로 단박에 달려나갔을지 짐작이 가지요? 그러니 2연에선 호흡을 조금 가다듬고 진정하면서 사랑의 '깨달음'을 진술할 수 있었던 것입니다. 시인의 호흡이, 심장의 고동 소리가 이 문장법에 그대로 투영되어 있군요. '리듬론'이란 '내재율', '외재율' 같은 명명법으로 이해할 필요가 없습니다. 시를 읽어가면서 시인의 질주하는 호흡을, 시인의 심장의 고동 소리를 같이 느끼는 바로 그것이 리듬이자 호흡이고 생명임을 이 시는 잘 보여줍니다. 시인의 몸에 의탁해 나 또한 시인의 몸을 얻게 되는 순간이지요.

'사랑'의 가장 순수하고 관념적인 정의에 도달하는 순간, 사랑의 해탈론자가 되어 있는 스스로를 발견하게 되지요.

「즐거운 편지」가 유명해진 것은 최진실과 박신양이 주인공으로 나온 영화 「편지」 덕분인 듯합니다. 당시 이 시집의 품귀 현상이 빚어지기도 했다는군요. 어쨌든 영화 거의 마지막 장면인가요? 남자 주인공이 죽음을 앞두고 「즐거운 편지」를 읽어달라고 말합니다. 죽어가면서 '즐거운' 편지를 읽어달라니요? '편지'는 결국 가슴에 묻고 가는 사랑의 전언이자 남아 있는 그녀에게 건네는 영원한 말, 사랑의 말이겠지요? 남아 있는 자에게는 그를 기억하는 추억의 말이겠지만 말입니다. '즐거운 편지' 덕에, 남겨진 그녀의 삶이 좀 위안을 받을 수 있었을지도 모릅니다.

●

"배부른 돼지가 되느니 차라리 배고픈 소크라테스가 되겠다"는 경구는 이제는 초등학교 급훈으로도 쓰이지 않는 고루한 담론입니다. 인생을 살다보면 그런 경구가 좀 공허하다는 생각을 하게 되니까요. '배부른 돼지'가 되고자 늘 애쓰는 나 자신을 보면 더 그러하지요. 그래도 한편으로는 순수관념론적이고 추상적인 질문에 목마를 때가 있습니다. 삶에 치이고 인간에 치이고 할 때 더욱 그러하지요. 세상은 각박하고 인정은 속절없지요. 그럴 때 이토록 관념적이고 순수한 사랑론을 담은 시가 참 아름답게 느껴질 것입니다.

「즐거운 편지」가 순수하게 관념적인 사랑을 읊고 있는 탓에 오히려 고품격의 사랑시, 연애시의 기운을 버리지 않고 있는지도 모르겠습니다. 그래서 '사랑의 동경' 한가운데 있으나 아직 사랑 한 번 못 해본 '모태 솔로'들에게 이 시를 권합니다. 반대로, 현재 사랑을 잃고 "한없이 괴로움 속을 헤매"는 분들께는 더할 수 없는 위로가 될 수도 있습니다. 젊은 날의 사랑이, 청춘의 열병이 대체로 그러하지요. 폭설 뒤의 그 한없이 적요로운 풍경처럼 마음에 평화와 위로가 찾아올 것 같습니다.

결혼을 목전에 둔 신혼부부에게도 이 시를 권합니다. 지극히 사소한 것에서 출발해 폭설처럼 퍼붓다 지극히 무염하게 지속되는 것이 사랑이라고 시인은 말합니다. 기다림의 자세, 사랑의 자세에 대해 시인은 말했지요. 결혼은 아마 계곡의 폭설 같은 사랑을 뒤로하고 평화롭고 안정된 삶의 풍경 속으로 진입하는 통과 의례가 아닐지요?

'혼사장애'라는 것도 떠올려지는군요. 고귀하고 존엄한 가문의 종족은 결혼에 이르는 과정에 늘 장애가 따르지요. 장애가 클수록 자신이 고귀한 혈통, 그러니까 왕족이거나 적어도 육두품 정도의 후예임을 증명하는 것이지요. 바보 온달과의 결혼을 위해 평강 공주는 왕족의 신분을 버립니다. 심프슨 부인과 결혼하고자 '왕관을 벗어던진' 에드워드 8세의 운명도 떠오릅니다. 이런 거창한 '혼사장애'는 아니더라도 이런저런 이유로 부모들은 자식들의 결혼을 쉽게 허락하지 않고 '장애물'을 하나 턱 걸쳐두지요. 쉽게 결혼 승낙을 얻고 너무나 스무드하게 결혼식을 치르면 오히려 왜 이렇게 쉽지, 무언가 억울하고 아쉬운 생각을 하는 것이 인간이지요.

자신의 사랑에 드라마틱하고 비극적이며 그래서 무엇인가 숭고한 것이 빠져 있다고 불평할 필요는 없겠군요. 결혼을 목전에 두고 나의 사랑이 이렇게 평탄해도 되느냐고, 이것이 사랑이 맞느냐고 쓸데없이 고민할 이유가 없지요. 그리고 왜 이렇게 결혼 생활이 반복적이고 일상적인 틀에 갇힌 것인지 불평할 이유도 없을 듯합니다. 결혼기념일을 잊고 밤새 술 마시고 들어온 남편을 용서할 이유가 이 시에 있군요. 요리 솜씨 없는 아내가 차려준, 간이 맞지 않는 생일상의 미역국도 후후 불어가며 마셔볼 용기를 이 시는 주는군요. 가장 사소하고 평범하면서 일상적인 것이 '숭고한' 사랑이고 이를 '사랑의 자세'라 고쳐 부를 수 있는 철학을 얻게 되었으니 말입니다.

5.

김수영

×

죄
와
벌

○

죽도록 사랑하고
죽도록 미워해서
—

중년 부부의
지루하고 끔직한
사랑의 일

●

　오늘도 아침부터 부부싸움 한판 벌이셨나요? '저 인간 죽
으면 화장실 가서 웃어야지' 하면서 속으로 탕탕 벼르고 있으
신가요? 김수영의 「죄와 벌」을 읽고 나면 생각이 좀 바뀌실
것 같기도 합니다만. 제목에서부터 차마 두 손 두 발 다 들게
한다고요? 너무 어렵다구요? 도스토옙스키의 소설 『죄와 벌』
이 떠올라 '골머리를 앓겠군!' 하고 포기하고 싶다구요? 잠깐
마음을 돌이켜보시면 어떨까요. 실제 시는 그다지 어렵지 않
습니다. 머리 좀 아프시겠지만, 김수영에게서 '(중년의) 사랑
론' 한번 배워보시죠. '연애시' 말고 '연애시론!' 말입니다.

　소파와 한 덩어리가 된 남편을 강제로 앞세우고 오랜만에
시내에 나가 쇼핑도 하고 외식도 할 참이었습니다. 그런데 체
면도, 위신도 불사하고 활극 한 편 찍고, 혹은 부부싸움 한판
벌이고 씩씩대며 집에 돌아왔습니다. 중년 부부들에게 흔한
경험이지요. 그런데 다음 장면부터 시인과 우리의 경험이 좀
갈라집니다. 집에 돌아온 시인이 정작 걱정한 것은, 아내를
때려눕히는 데 사용했던 우산을 가져오지 않은 것이었죠. 이

것이 시 전체 내용입니다. 내용은 일단 참 쉽죠? 오늘도 서로
를 죽도록 미워하는 중년 부부들의 내공만으로도 이 시는 충
분히 접근할 수 있고 그러니 시를 이해하는 것이 그다지 어
렵지 않다는 뜻입니다. 단, 시인의 '위악적인 말'이 사랑의 말,
연애의 말을 대신하고 있으니 그 숨겨진 사정을 알아차리는
지혜가 좀 필요할 뿐이지요.

김수영은 너무나 잘 알려진 시인인데 사실 그의 시학(말 쓰
는 법)은 잘 알려지지 않았습니다. 그의 시가 좀 난해하다 생
각하는 경우도 있습니다. 교과서식 호칭인 '참여시인'이라는
닉네임이 붙어 있는 김수영을 생각하면, 그의 대표작처럼 알
려진 「풀」이라는 시가 제일 먼저 떠오르겠지요. 일단 이 두
낯익은 인상, '참여시인', '풀'의 인상을 제쳐두면 더 깊고 깊은
시의 말, 사랑의 말을 하고 있는 김수영을 만날 수 있습니다.

우선, 김수영이 쓴 '연애시'에 대한 짧은 글을 소개합니다.

나는 연애시다운 연애시를 한 편도 써본 일이 없다. 해방 후
에 「거리」라는 구애의 시는 한 편 써보았지만 그것도 어떤 특
정한 애인에 대한 시는 아니다. (중략) 박용철朴龍喆의 「빛나는
자취」 같은 작품들이 보여주는 힘의 세계가 이성의 사랑보다
도 더 크다는 확신이 생겼다. 그러고 보면 나는 이미 종교의

세계에 한쪽 발을 들여놓고 있는지도 모른다. 아무튼 여자를 그냥 여자로서 대할 수가 없다. 남자도 그렇고 여자도 그렇고 죽음이라는 전제를 놓지 않고서는 온전한 형상이 보이지 않는다. 그리고 이러한 눈으로 볼 때는 여자에 대한 사랑이나 남자에 대한 사랑이나 다를 게 없다. 너무 성인 같은 말을 써서 미안하지만 사실 나는 요즘 이러한 운산運算에 바쁘다. 이런 운산을 하고 있을 때가 나에게 있어서는 가장 행복한 시간이다. 나의 여자는 죽음 반 사랑 반이다. 나의 남자도 죽음 반 사랑 반이다. 죽음이 없으면 사랑이 없고 사랑이 없으면 죽음이 없다.

— 김수영, 「나의 연애시」 부분, 『김수영 전집 2』, 민음사, 2018

사랑하는 것은 마치 종교와 같다는 투로 김수영은 말합니다. 여자를 여자로 대할 수가 없다고 하는 것을 보면 김수영이 말하는 '사랑'이란 사랑하는 그녀에 대한 낭만적이고 에로스적인 사랑은 아닐 것 같다는 생각이 들지요? 그러고는 '죽음'을 전제한 사랑에 대해 이야기합니다. 사랑은 지극히 극한적인 '죽음'과 실존의 반을 나누고 있으니 절대적인 차원에 있다는 것쯤이 짐작됩니다. 죽음만큼 절대적인 극한에 있는 것이 없으니까요. 어찌 되었든 '사랑'이라는 것은 '죽음'에 다리를 반쯤 걸쳐 있는 것, 죽음이 없으면 사랑이 없고 사랑이 없으면 죽음이 없다는 결론에 이릅니다. 사랑이 비장하고 숭고한 물건 정도는 됨을 언뜻 짐작하게 되지요. 예수가 말한 '인간을 사랑하라' 이런 인류 보편적인 사랑, 어찌 보면 좀 의례적이고 계몽적인 말을 하는 것 같기도 합니다만, 김수영이 그런 정도의 일반적인 사랑을 주제로 시를 쓸 것 같지는 않고, 혹 썼다 하더라도 그렇게 무디고 다소 평범하기까지 한 말을 할 것 같지는 않습니다.

김수영은 이어서 이 같은 '연애시'에 대한 생각은 존 키츠에게서 배운 것이 아니라 실제 체험에서 배운 것이니 '자기 말'이라 강조합니다. 우리 같은 평범한 사람들조차 각각 사랑에 관한 '자기 말' 하나쯤 다 가지고 있지요. 그 사랑론(이론)과 실제(경험)가 달라 연애에 성공하기가 어려울 뿐이지요.

김수영은 자신의 시 「거리」를 가리켜 최초의 사랑시이자 유일한 연애시이며 마지막 낭만시인 동시에 실질적인 처녀작이라 밝힌 바 있습니다.

> 별별 여자가 지나다닌다
> 화려한 여자가 나는 좋구나
> 내일 아침에는 부부가 되자
> 집은 산 너머가 좋지 않으냐

오는 밤마다 두 사람 같이 귀족처럼

이 거리 걸을 것이다

오오 거리는 모든 나의 설움이다

— 김수영, 「거리」 전문, 『김수영 전집 2』, 민음사, 2018

「거리」는 원문이 실린 잡지가 발견되지 않아 김수영의 기억에 의해 재구성된 것인데, 그의 절친 김병욱이 '귀족'이란 말을 고치자고 한 것도, 현대시의 대가 김기림이 '귀족' 대신 '영웅'이라 고치자고 제안한 것도 김수영은 일거에 거절합니다. 그것은 시에 대한 '모독'이며 오히려 그렇게 고치지 않는 것이 자기의 시적 증명이라는 것이죠. 오만할 정도의 자기 의지가 있지요? 귀족인 것이죠. 물질적 귀족이 아닌 정신적 귀족. '귀족'과 '영웅' 사이에 김수영의 정신의 좌표가 또 하나 놓여 있음을 우리는 확인합니다. 그의 별칭인 '참여시인'보다는 '겸손한 귀족'의 자리에서 김수영의 연애시를 볼 필요가 있군요.

'겸손한 귀족'이란 김수영 시학과 깊은 관계가 있는데, 김수영은 시를 '유희적인 것'으로 이해하기 때문이죠. 시가 일상어의 질서와는 다르다는 것, 일종의 농담이자 말의 재구성이라는 것을 의미합니다. 일상어로 중얼거리면서 쓴 듯한 그의 시에서 '의미'를 파악하기란 쉽지 않습니다. 김수영의 시가 지적이고 철학적이라는 뜻이지요. 그는 '연애시'에서조차 연애에 대한 관념과 철학을 말하고 삶의 자세에 대해 질문하지요. 이 점에서 그는 서정주와 닮았습니다. 서정주보다 훨씬 더 일상어 문장으로 구어체로 쉽게 쓰지만 사실 그 맥락은 서정주의 그것보다 쉽게 잡히지 않습니다. 쉬운데 쉽지 않은 것이죠. 너무나 일상적이고 다소 폭력적인 부부싸움의 한 장면을 서술해두고는 '죄와 벌'이라는 도스토옙스키의 주제를 떡하니 갖다 붙인 이유도 이제 조금은 알 듯하지요.

김수영의 평생 소망은 멋진 연애시 한 편 쓰는 것이었는데, 그가 쓴 「나의 연애시」를 좀 더 읽어볼까요.

잘하면 이제부터 정말 연애시다운 연애시를 쓸 수 있을 것 같다. 그리고 이제 쓰게 되면 여편네의 눈치를 보지 않고 쓸 수 있는 연애시를, 여편네가 이혼을 하자고 대들 만한 연애시를, 그래도 뉘우치지 않을 연애시를 쓸 수 있을 것 같다.

'여편네의 눈치를 보지 않는 연애시, 여편네가 이혼하자고 대드는 연애시'는 굳이 시인이 아니더라도 쓰고 싶은 장르지요. 연애시는 아니더라도 '비극적이고도 가슴 아픈 연애 한번 멋지게 하는 것'을 소망하지 않는 자 누가 있겠습니까? 이 대목에서 흐뭇하게 승리의 웃음을 웃고 있을 '현실 남편들'의 모습이 떠오릅니다. 어쨌든 김수영이 말하는 '진짜 연애시', "그래도 뉘우치지 않을 연애시"는 달콤하고 낭만적인 것과는 거리가 좀 있고 대신 어쩐지 힘과 의지가 있을 듯한 그런 연애시라는 상상이 되지요?

　그러면서 김수영은 1930년대 요절한 시인 박용철이 쓴 「빛나는 자취」를 '진짜 연애시'의 모범으로 제시합니다. 김수영은 "「빛나는 자취」 같은 작품들이 보여주는 힘의 세계가 이성의 사랑보다도 더 크다는 확신이 생겼다"라고 고백합니다. 이성 간의 사랑보다 더 크고 강한 '힘의 세계'란 무엇일까요? '어떤 힘'이 연애시에 있다는 것일까요? 이쯤 되면 박용철의 「빛나는 자취」를 들여다보지 않을 배짱이 없군요. 김수영의 시인으로서의 콤플렉스와 초조감을 일순간에 거둬 가버린 시라면 그것도 김수영이 연애시를 한 단계 업그레이드할 용기를 준 시라고 한다면 박용철의 「빛나는 자취」에 더욱더 관심이 가는군요.

　　다숩고 밝은 햇발 이같이 나려 흐르느니
　　숨어 있던 어린 풀싹 소근거려 나오고

새로 피어 수줍은 가지 위 분홍 꽃잎들도

어느 하나 그의 입맞춤을 막아보려 안 합니다.

푸른밤 달 비친 데서는 이슬이 구슬 되고

길바닥에 고인 물도 호수같이 별을 잠급니다.

조그만 반딧불은 여름밤 벌레라도

꼬리로 빛을 뿌리고 날아다니는 혜성입니다.

오─그대시어 허리 가느단 계집애 앞에

무릎 꿇고 비는 사랑을 버리옵고

몸에서 스스로 빛을 내는 사나이가 되옵소서

고개 빠트리고 마음 떨리는 사랑을 버리옵고

은비둘기같이 가슴 내밀고 날아가시어

다만 나의 흐린 눈으로 그대의 빛나는 자취를 따르게 하옵

소서

─박용철, 「빛나는 자취」 전문, 『박용철 전집 1』, 깊은샘, 2004

조금 말이 어렵지요? 1930년대 문법과 말법 때문에 좀 고
답적인 맛도 있습니다. '온고이지신' 하는 마음으로 읽어보면

'옛것'이 주는 흥취도 나름 신나지요. 박용철(1904-1938)은 1930년대 우리말을 가장 잘 구사했던 정지용, 김영랑과 한패였고『시문학』,『문학』,『문예월간』,『극예술』같은 우리말 잡지를 간행했던 잡지발행인이자『지용 시집』,『김영랑 시집』같은 불세출의 우리말 시집을 제작, 간행했던 제작자이기도 했습니다. 요즘의 상황에 비춘다면, 박용철은 시인이자 출판 미디어 제작자인 것이지요. 박용철은 후두결핵에 시달리면서도 삶의 최후까지 우리말의 가장 아름다운 특징을 잘 살릴 수 있는 시집, 잡지를 만들기 위해 원고를 모으고 활자를 고르고 편집을 하다 요절했습니다. 그의 생애 자체에 무엇인가 우리의 가슴을 타격하는 그런 울림이, 심장 고동을 한 방에 날려버릴 것 같은 그런 힘이 있지요. 일제시대 문인들을 생각하면 새삼 경건하고 겸허하게 살아야 할 것 같은 생각이 듭니다.

각설하고, 김수영이 '연애시를 쓰지 못한다는 친구의 힐난을 떨치고 일어난 계기'가 이 시에 있다고 하니 좀 자세히 살펴보도록 하겠습니다. 핵심은 3, 4연에 있습니다.

오—그대시어 허리 가느단 계집애 앞에
무릎 꿇고 비는 사랑을 버리옵고

몸에서 스스로 빛을 내는 사나이가 되옵소서
고개 빠트리고 마음 떨리는 사랑을 버리옵고
은비둘기같이 가슴 내밀고 날아가시어
다만 나의 흐린 눈으로 그대의 빛나는 자취를 따르게 하옵
소서

나약한 것, 갈구하고 애원하는 것, 애절하고 낭만적인 것, 그런 유의 것이 꼭 사랑은 아니라는군요. 가늘고 섬약하고 부드럽게 사랑의 기쁨이나 슬픔을 다루는 '연애시'와는 층위가 다른 연애시를 다루는 것이 이 책의 의도임을 기억하는지요? 박용철의 「빛나는 자취」를 콕 집어서 김수영이 언급했다는 것과 이 책의 의도가 일치되니 이를 우연이라고 볼 수는 없겠지요? 박용철은 "허리 가느단 계집애 앞에 / 무릎 꿇고 비는" 것과 또 "고개 빠트리고 마음 떨리는" 것은 버리라고 말합니다. 대신 "몸에서 스스로 빛을 내는" 것이 사랑이고, "은비둘기같이 가슴 내밀고 날아가"는 것이 사랑이라 말합니다. '사랑'은 비루하고 왜소하고 갈구하고 애원하는 그런 것이 아니라 존엄성으로, 자기 의지를 갖고, 비상하는 것이 '사랑'이라고 말합니다. 고개를 떨구는 것이 아니라 고개 들고 저 하늘로 비약하는 것이 사랑이라고 합니다.

사랑의 빛은 그대의 멋진 외모에서 오는 것이 아니라 나에게서 나의 의지에서 솟아나는 것이라는 투로 시인은 말합니다. 불평등하고 무엇인가 부조화된 사랑의 저울추가 아니라 평등하고 등가적이면서도 빛나는 사랑의 균형 잡힌 저울추가 이 시에는 있습니다. '고개 숙이기'의 시선이 아닌 '고개 들어 서로를 바라보는 시선'이 느껴지는지요? 땅에 머리를 박고 탄원하는 것이 아니라 가슴을 내밀어 저 하늘로 비상하는 심정이 느껴지는지요? 힘과 의지가, 존엄과 숭고가 느껴지는지요? '빛나는 자취'란 숭고한 힘을 가진 사랑의 자취를 말하는 것입니다.

30년 세월의 간격을 뛰어넘어 박용철의 자취를 새삼 더듬어본 김수영의 내면적 동기는 바로 힘과 의지가 있는 사랑에 있었던 것 같습니다. 숭고하고 빛나는 사랑은 '허리 가느다란 그녀에게 무릎 꿇고 비는 것'으로부터 오지는 않는군요. '나'로부터 오는 것이군요. 나 스스로 빛나야 하고 나 스스로 존엄해져야 하고 나 스스로 강해져야 하는군요. 무엇인가 가르침이 탁 오지요? 김수영이 말하는 '연애시'는, 그러니까 실은, '사랑의 본질론' 정도 되거나 인생의 철학을 담은 시를 말한 것이었습니다. 「죄와 벌」에도 사랑과 연애와 삶에 관한 철학이 숨어 있을까요?

●

김수영이 아내와 실제 벌였던 부부싸움이 시의 기반이 되었을 것 같다는 생각이 들 정도로 「죄와 벌」에는 리얼한 부부싸움의 한 장면이 등장합니다. 종로에서 깡패 패싸움하듯 벌인 '거리 활극'이 실감 나게 묘사되어 있지요. 타인들의 눈에는 '진상'이라 흉볼 만한 끔찍한 장면인데, 정작 이 부부는 체면과 위신 때문에 이 싸움을 부끄러워했을까요? 중년에 이르면 이 정도 부부싸움으로는 크게 부끄러워해야 할 '의무'는 없다 스스로 면피하는 편인데, 김수영은 거기서 더 나아가 엉뚱한 결론 아니 궤변을 늘어놓는 듯 보입니다. 김수영이 왜 그럴까요? 그에게도 '다 계획이 있는' 것일까요?

남에게 희생을 당할 만한
충분한 각오를 가진 사람만이
살인을 한다

그러나 우산대로
여편네를 때려눕혔을 때
우리들의 옆에서는

어린 놈이 울었고

비 오는 거리에는

40명가량의 취객들이

모여들었고

집에 돌아와서

제일 마음에 꺼리는 것이

아는 사람이

이 캄캄한 범행의 현장을

보았는가 하는 일이었다

—아니 그보다도 먼저

아까운 것이

지우산을 현장에 버리고 온 일이었다

— 김수영, 「죄와 벌」 전문, 『김수영 전집 1』, 민음사, 2018

한 편의 '활극'이 보이시나요? '여편네'를 패다니!, 아니 '팬' 정도가 아니라 '때려눕힌' 정도이니 악질도 그냥 악질이 아닙니다. 요즘 같으면 그 자리에서 경찰서로 연행될 만합니다. 좀 점잖게는 '반反여성주의적인 인간형 김수영'이라 분노하실 것 같기도 합니다. 시를 읽으면서 염두에 둬야 할 것은 이 진술이 '실재(현실)'가 아니라 '시'라는 것입니다. '시'는 고약하게도 말로 의미를 비트는 물건이라는 것입니다. '시는 유희다, 그러니 시를 쓰는 자는 정신적 귀족이다' 했던 말을 상기하시기 바랍니다. 게다가 좋은 말보다는 악한 말, 착한 말보다는 까칠한 말, 진담보다는 농담의 달인이었고, 직설보다는 독설을 날린 김수영의 말법을 생각하면 미리 분노부터 할 일은 아니겠지요?

말하자면 김수영은 '말을 놀고 있는' 격이지요. 그러니 이 시에는 제목이 암시하듯, 김수영이 평생 매달린 '죄와 벌'의 문제, 인간의 일과 사랑의 문제 등이 함축되어 있다고 짐작할 수 있지요. 김수영이 자신의 연애시는 '남자 반 여자 반', '사랑 반 죽음 반'이라 고백했던 글을 기억하시기 바랍니다. 김수영이 궁극적으로 쓰고 싶어 했던 연애시의 단초가 이 시에 있을 것 같습니다. 일상의 '활극'을 제시해놓고 연애의 철학을 은닉해두었는지도 모를 일이지요.

우선 제목이 눈에 띕니다. 낯익지요? 「죄와 벌」은 도스토옙스키의 동명 소설 『죄와 벌』의 모티프와 근친성이 있습니다. 퇴역 관리 마르멜라도프는 스스로 자신을 모독하는 지독한 술주정뱅이이자 역설의 어릿광대입니다. 그가 이 소설의 주인공 라스콜니코프에게 고백한 말은 가난과 죄와 인간에 대한 숭고한 역설을 담고 있습니다. 비럭질을 해야 할 정도의 가난한 자에겐 동정도 금물이라는 것. 가난한 자에 대한 동정을 금하는 것이 신학문이라는 것. 오직 비애만을 위해 술을 마시는 것. 자기 아내가 두들겨 맞는 자리에서도 모른 척 있어야 하는 것. 가망도 없는데 돈을 꾸러 다니는 것. 이런 문맥이라면 무엇인가 좀 역설적이고 반어적이고 또 위악적인 냄새가 확 나지요?

그런데 가만히 생각해보면 우리 삶 자체가 이런 역설과 반어에 구속되어 있지 않나요? 일생을 돌아보니 '나'의 뜻대로 된 것이 그다지 없습니다. 심지어 전적으로 사적인 일이자 '나'의 의지에 따라 결정된다고 믿었던 사랑마저 그러하지요. 사랑해서 헤어져야 하고, 내가 그대를 사랑하면 그대는 나 아닌 다른 사람을 사랑하고, 겨우 혼사장애를 뚫고 결혼하려 하면 부모님이 이제 반대하고 등등. '사랑의 방정식'이 이런 것 아닌가요? 참 가혹한데 인간사의 운명과 비애가 마르멜라도프의 고백에 담겨 있습니다. 사랑의 방정식 또한 마찬가지라는 생각이 들지요. '사랑론'은 '희극론'이 아니라 본질적으로 '비극론'입니다. 도스토옙스키 소설의 주제는 궁극적으로 '인간의 구원'에 있습니다. 그런데 동명의 시를 김수영이 썼으니, 비극적이면서도 무엇인가 우리를 구제하는 사랑이라는 주제를 김수영이 놓쳤을 리는 없겠다 생각되지요.

1연은 이 시의 전체 주제를 관통합니다. 경구형 문장이 있네요. "남에게 희생을 당할 만한 / 충분한 각오를 가진 사람만이 / 살인을 한다." 도스토옙스키 소설의 주제를 환기하고 있습니다. '희생당하기 위해 살인을 한다'는 역설의 말을 요약한 것과 다르지 않습니다. 마조히스트가 아니라면 굳이 세상으로부터 비난을 받고자 하는 인간은 없을 터이고, 예수가 아니라면 인간을 구원하기 위해 자기희생을 하는 자도 드물겠지요. 그런데 굳이 타인으로부터 희생당하기 위해 살인을 한다니요? 다음 연에 나올 내용을 잘 이해하기 위해서는 이 1연의 '역설'을 염두에 둬야겠지요. 비난과 조롱을 한 몸에 받기 위해 실재와는 다른 말을 했을 수도 있다는 것입니다.

2연에는 실제 사건이 서술되어 있습니다. 비 오는 날, 아내와 아이들과 함께 종로에 나갔다 아내와 한바탕 싸움을 벌인 것이죠. 부부들이 대체로 이렇게 살지요. 간만에 외출하면서 들떴던 마음을 한꺼번에 사라지게 만드는 부부싸움을 우리는 일상적으로 하지요. 아내는 짜장면집 가자 했는데, 남편이 갈비탕집 가자고 우겨서 싸움이 시작되었을 수도 있지요. 조그만 것에 우리는 목숨 걸고 싸우는 편이니까요. 이 얼마나 평범한 부부들의 일상적 풍경인지요? 그런데 시인은 들고 있던 우산대로 아내를 팹니다. 왜 하필 비가 왔는지 모르겠고,

오랜만의 외출에 비 오는 이 징조가 나쁜 미래를 암시하는지도 모릅니다. 시인은 극악하게도 '여편네를 때려눕혔다'고 씁니다. '조폭 남편'도 아니고, 거리에서 '여편네'를 녹다운시켜 버립니다. 「장군의 아들」에 나올 정도의 인물감도 못되면서 우스꽝스럽게도 일종의 '종로 활극'을 벌인 것이죠.

활극은 그것으로 그치지 않았습니다. 이 부부싸움에 구경꾼들이 모여듭니다. 김수영은 "40명가량의 취객"이라고 씁니다. 재미있지요? 취객들조차 놀라 구경하러 올 만큼 '장관壯觀'이었던 것이지요. 아이들은 부모의 싸움도 싸움이지만 이 취객들 때문에 더 놀라지 않았을까요? 취객들이 키들댔을 것입니다. 어쨌든 그런 난리 법석이 없었을 것 같습니다. 이 모든 상황은 김수영 정도의 유명 시인, 지성인이라면 절대로 외부로 드러내고 싶어 하지 않지요. 혹 소문내는 친구라도 있으면 손사래 치며 그와 '손절해버릴' 겁니다. 아니면 한 10년간 '입막음용' 밥을 사야 할지도 모르지요.

김수영은 이렇게 고백합니다. 일단은, "제일 마음에 꺼리는 것이" 이 범행의 현장을 자신이 아는 그 누군가가 보지 않았을까 하는 것이라고 말입니다. 그러니까 시인의 폭력적 행위를, 시인의 위선을 누군가 눈치채지 않았을까 두려웠다 시인은 고백합니다. 이 걱정과 불안이 시인의 마음을 '어둡게' 했던 것인지, "이 캄캄한 범행의 현장"이라 씁니다. 거기서 그치지 않고, 아니, 거기에 더해서, 김수영답게, 더 지독하게 시인은 자신을 몰아세웁니다. 자신이 진정 걱정하는 것은 아내를 때린 일, 즉 자신의 폭력성이 세상에 노출된 문제가 아니었다 고백합니다. 또 그 범행 현장을 누군가 보지 않았을까 하는 걱정도 아니었다고 고백합니다. 그러니까 사회적 체면이나 위신의 문제가 아니었다 말합니다.

김수영은 '진짜 말'을 하기 위해 시간차를 둡니다. 줄표(─)가 보이는지요? 앞의 사건에 대한 보다 정확한 해설을 그는 '줄표' 다음에 달아두었습니다. 김수영의 해석은 경이롭기까지 합니다. 아내한테 저래도 되나, 독자들이 되레 걱정할 판이지요. 오직, 우선적으로, 정말, 걱정된 것은 '여편네를 때려 눕힌 그 우산을 챙겨 오지 않은 것'이라고 말입니다. '여편네'는 KO패를 당해 거리에 뻗어버렸고 아이들은 울고불고 난리 법석이 아니었는데, 시인은 천연덕스럽게 우산을 챙겨 오지 않은 것을 걱정합니다. 물질적, 경제적 손해뿐이었다 고백합니다. 큰 손해도 아니고 겨우 우산 하나 잃은 것 말이지요. "먼저 / 아까운 것이 / 지우산을 현장에 버리고 온 일이었다" 라고 그는 천연덕스럽게 끝맺습니다. 이 '천연덕'에 웃음이 터질 것 같은데 이상하게 슬프지요. '웃프다'고 말해야 할까요? 극한적일 정도로 희극적이면서도 아프게 말한 이상李箱과 비교해도 지지 않을 정도의 '반어'라 할 것입니다. 아니 훨씬 노골적이고 직접적이고 편파적입니다. 1930년대 작가 이상은 비밀스럽게 말하는데 김수영은 직접적으로 말합니다. 그래서 표면적으로는 이상은 어렵고 김수영은 쉬운 듯 보이지만, 실제로는 말을 쓰는 방식이 다소 다를 뿐, 둘 다 어렵습니다.

아무래도 김수영은 '폭력 남편'이거나 그것이 아니라면 적어도 '속물'일 것 같습니다. 그렇지 않다면 저런 시를 써두고 버젓이 '죄와 벌'이라는 19세기 최대의 소설 제목을 패러디할 이유가 없지요. 시에서 하는 말은 일상적인 대화나 담론과는 다릅니다. 아무리 실제 사건을 다루었다 해도 그 사건 너머의 무엇인가를 말하고자 하는 것이 시인의 의도일 것입니다. '남자 반 여자 반'이 연애시의 문법이라 말한 김수영의 의도가 아무래도 찜찜합니다. 그러니 김수영의 속내를 좀 더 들여다보기로 하지요.

김수영은 적어도 '폭력 남편'임을 저 스스로 고백한 격인데, 그는 왜 이 죄를 고백하는 것일까요? 김수영은 치기 있게 실재와 진실을 혼돈시켜 둡니다. '시에서 욕을 하는 것이 정말 욕이 아니고 문학의 악惡의 언턱거리로 마누라를 이용하는 것은 졸렬한' 방법이기는 하나 시다운 것이라 덧붙입니다. 마누라를 때려눕히는 이 과도한 폭력성을 드러내면서 그가 진정으로 하고 싶은 말이 있었던 것입니다. 실재냐, 진짜냐, 진심이냐, 이런 측도가 시의 '리얼리즘'의 기준은 아닙니다. 『아메리카』를 쓰기 위해 카프카가 아메리카까지 갈 필요가 없었듯, 사실을 말하기 위해 시를 쓸 필요는 없겠지요. 보이지 않는 것, 실재와는 상관없는 것, 현실을 유희화한 것만이 '흐뭇하게' 자신을 위로한다고 시인은 썼습니다. 이런 인간형, 참 힘들지요?

시인은 '속물성'을 치기 있게 끝까지 끌고 가는 자이며 그래서 문학의 악을 위해 스스로 공공의 적이 되기를 두려워하지 않는 자입니다. 거꾸로, 역설로 말하는 것이 시라는 것이지요. 김수영의 시를 그가 가리키는 대로 따라가는 것은 김수영의 시를 읽는 멋진 방법이 아닐 테지요. 스캔들(활극)에 달라붙는 독자의 시선을 시인은 배반합니다. 김수영의 시는 꿈과 같은 환상 속에서 기표가 미끄러지는 바로 그 깊은 언어의 동굴에서 생명력을 보전합니다. 희생당하기 위해 살인을 하는 것, 폭력을 휘두르면서도 체면을 생각하는 것, 체면보다 돈(삶)이 문제인 것과 도스토옙스키의 주제가 통하지요?

구태여 드러내지 않아도 될 자신을 이토록 노골적으로 비참하게 드러내는 것은 '너그러운 용기', '겸손'하려는 의지 없이는 가능하지 않겠지요. 김수영은 자신의 전부를 노출시킨 이 '활극'의 상황을 가리켜 난센스라 고백한 바 있습니다. 자신을 존재의 바다에 내팽개치는 순간 분방한 웃음과 익살스런 언어의 힘이 '밑바닥부터' 인간의 정신을 치고 올라옵니다. 최상급의 익살 배우이자 탁월한 어릿광대가 시인 김수영이고 그의 말은 고급스럽게 의뭉한 그의 유희의 정신에서 나온 결과물입니다. '바닥'으로부터 첨점(꼭짓점)으로 밀어 올리는 유희의 정신은 오직 김수영만의 것입니다.

김수영이 아내를 '여편네'라고 호칭했다 해서 여성혐오의 닉네임을 덧씌우는 것은 '참여시인'이라는 닉네임의 감옥에 그를 가두는 것만큼이나 어리석은 일인지 모릅니다. '욕설'을 '역설'의 무기로 삼는 치기와 주위 사람들을 '악의 언턱거리'로 이용하는 모험을 감행하면서 시인은 인간의 위선과 허위를 발가벗깁니다. 스스로 나체화의 모델이 되면서도 결코 위축되지 않는 것은 그가 '귀족'이기 때문이지요. 문학의 악이 문학을 희생양으로 삼아 고리대금을 하면서 문학의 정신을 단련시키고 사랑을 세포 증식시키기 때문이지요. 그래서 김수영에게 죽음은 사랑이 됩니다.

그는 '온몸'으로 자기 일상의 모든 사건들을 시의 소재로 삼았고 죽을 힘을 다해 그것을 유희합니다. 그가 아내를 사랑했는지 어쨌는지 확인하는 것은 중요하지 않습니다. 김수영이 혹 '절대적인 여신'의 존재처럼 아내를 생각했을지라도 반대로 말했을 사람이니까요. '남에게 희생당할' 충분한 각오가 김수영에게 있었고, '드러난 말'과는 '다른 말'이 시학의 핵심임을 김수영은 강조하지요. 이것이 그의 인간이자 그의 시학이지요. 우리들 곁에 살아가는 현실 남편들과 그다지 다르지 않지요? 그냥 '사랑한다' 말하면 되는데, '밥 묵었나?' 딱 한 마디 하고 묵묵히 묵언 수행하는 남편이 있고, '우리 마누라 이쁘다' 하면 될 것을 굳이 '얼굴에 보름달이 떴다' 하는 고약한 남편이 있지요? 진심을 말하면 되는데 반대로 말하거나 일부러 다른 말 하지요. 김수영을 생각하면서 용서해야 할까요?

「죄와 벌」은 부부의 일상과 싸움을 다루었지만 그것을 철저한 반어와 유희로 말하고 있기에 그 일상과 싸움은 부차적인 것일 듯합니다. 실제 이 사건은 일어나지 않았거나 가상으로 설정된 것일 수도 있습니다. 다만, 이 시에는 남녀의 극한적인 어떤 관계가 놓여 있습니다. '남자 반 여자 반'이 곧 '사랑 반 죽음 반'이라면 이 시는 어떤 극한적인 데까지 가보는 말의 모험을 담았다고 볼 수도 있지요. '사랑한다'는 말에는 '사랑'이 꼭 들어 있지는 않을지도 모릅니다. '국화빵'에 '국

화'가 없고 '붕어빵'에 '붕어'가 없듯, '사랑의 말'에는 '사랑'
이 없을지도 모릅니다. 그러니 '사랑시'에는 '사랑'이 없고 '연
애시'에는 '연애'가 없겠지요. 김수영이 말한 연애시는 우리
가 생각하는 그런 평범하고 소박한 연애와는 다른 층위에 있
는 듯합니다. 진정한 사랑이 스스로 빛을 내고 하늘을 향해
나아가는 의지에 있듯, 진정한 연애는 어떤 극한적인 데까지
가서도 무너지지 않는 강력한 힘을 통해서나 가능한 것인지
도 모르겠습니다. 김수영의 연애시는 가장 속물적이고 폭력
적이면서도 아가페적인 절대성이 있습니다. 그래서 어려운지
도 모르겠습니다.

김수영의 연애론은 인간 의지론이자 생명론이며, 연애시
란 곧 힘과 의지를 통해 인간을 구원에 이르게 하는 장르임
을 확인하게 됩니다. 김수영은 소녀의 감수성이 짙은 릴케 시
보다는 깡패적인 릴케 시에 더 관심이 있다 말합니다. '허리
가느다란 여성에게 무릎 꿇는' 것보다 저 스스로 빛을 내는
힘 있는 사람이 되라는 박용철의 시구와 맥락이 유사하지요?
'깡패 릴케'는 힘과 의지와 생명과 근원에 대한 향수를 말하
는 것 같기도 합니다. '힘'이 있어야 '깡패'가 되니까요.

눈을 감으면 그 검은 파도 소리가 들린다. 검은 파도보다도

더 검은 흑인 여자들의 검은 머리카락이 나의 눈등을 스치고
지나가는 듯하다.

— 김수영, 「생명의 향수를 찾아」, 『김수영 전집 2』, 민음사, 2018

시의 말은 저 먼 곳에서 불어오는 아득한 봄바람같이 모호
하고 어렴풋하게 독자에게 다가옵니다. 김수영이 「풀」에서
읊은 생명의 강력한 리듬이 저 깊고 어두운 타히티의 여자들
에 닿아 있습니다. 근원적인 것에 대한 싸움, 근원적인 것들
을 가로막은 힘에 대한 싸움, 김수영의 싸움은 예술의 가장
본질적인 질문인 생명과 그것의 지속에 대한 요구일 것입니
다. 영원성의 싸움은 불멸성의 싸움이며 시간과의 싸움이지
요. 김수영은 이 생명의 진리가 가르치는 '교훈'은 아직도 '배
속에 있다'고 생생하게 표현했습니다. 그의 말은 머릿속에 있
지 않습니다. 가슴속에도 있지 않고, 놀랍게도, '배 속에' 있습
니다. "배 속에 남아 있"는, 이 김수영다운 문장에 그의 형형
한 눈빛의 날카로움이 묻어납니다. 김수영의 "죽는 날까지 칠
전팔기하여 싸우고 또 싸워가야 할 것만은 틀림없"다는 선언
은 그의 실제 죽음에 깊숙이 투영됩니다. 김수영의 교통사고
는 그래서 그의 시론을 스펙터클하게 투영해내는 초유의 사
건이 됩니다. 죽음의 원인이 아니라 그것의 본질에서 그러합

니다.

　박용철에게서 연애시의 모범을 보았다 하고 "나는 이미 종교의 세계에 한쪽 발을 들여놓고 있는지도 모른다"라고 쓴 문장을 기억하기 바랍니다. 그러니까 김수영의 시는 종교적인 시학에 한 발 들이밀고 있고 「죄와 벌」도 그 범주에 있으니 단순히 겉에 드러나는 표면적인 일화를 통해 시의 주제에 접근한다면 그것은 '우둔한 읽기'가 될 것입니다. 그의 처녀작이자 최초의 연애시라 언급한 「거리」에 그는 최후의 말을 이미 숨겨두었는지도 모릅니다. '여자'는 '성인聖人'과, '죽음'은 '사랑'과 동시에 존재합니다. 이 두 개의 대립되는 쌍이 서로 맞서 있을 때의 풍경이 이 세상에서 가장 아름답습니다. 그것은 거의 종교적이면서도 고전적인 찬연함이 있습니다.

　우리의 삶 자체가, 부부로 사는 일상의 삶 자체가 한 편의 활극 같은 드라마일지 모르겠습니다. 김수영은 '양극한'에서 종교를 봅니다. '여자 반 남자 반', '사랑 반 죽음 반.' 일상의 부부들에게 종교가 있고 그러니 '나'를 구제하는 것은 여전히 '사랑'의 공간을 채우는 한쪽 반인 '그대'가 될 수밖에 없는 것이지요. 죽도록 미워하는데도 같이 사는 이유를 김수영의 「죄와 벌」이 깨우쳐주고 있습니다. 죽도록 미워하십시오. 그것이 사랑이랍니다.

●

　'최후의 연애시'를 꿈꾸었던 김수영을 기억해야 하는 또 다른 이유를 말해야 할 것 같습니다. 김수영에게 시란 '너무나 무의식적이고 값없고 하염없는 것'이었습니다. 마치 사랑의 본질을 이야기하는 것 같습니다. 「나의 연애시」에서 그는 말합니다.

　　나의 여자는 죽음 반 사랑 반이다. 나의 남자도 죽음 반 사랑 반이다. 죽음이 없으면 사랑이 없고 사랑이 없으면 죽음이 없다. 시에 다소나마 교양이 있는 사람이면 나의 이러한 연애관이 결코 새로운 것이 아니라는 것을 알 것이다.

　아무튼 김수영의 '최후의 연애시'는 결코 쓰이지 않았고 완성될 수 없었습니다. 1968년 6월 15일, 교통사고를 당한 김수영은 다음 날 아침 이 세상과 이별합니다. 망각된 채 존재하는 궁극적인 연애시, 언제나 미완으로 남는 연애시. 실연 후에도 연애를 다시 시작할 수밖에 없듯, '연애시'는 항상 다시 시작할 수밖에 없는 장르일지 모르겠습니다. '최고의/최후의' 연애시에 대한 욕망이란 곧 결코 완성될 수 없는 연애시의 운명을 가리키지요. 다만, 김수영은 '자식을 볼 때도 아내를 볼 때도 그들의 생명을 사랑하고 싶다'고 말했습니다. '연애시'란 곧 생명을 말하는 것이고 사랑을 말하는 방법이군요.

"어쩔 수 없이 산다, 불쌍해서 서로 살아준다"라는 말로 오늘도 서로를 '죽이고 있는' 이 유쾌하고 흥겨운 중년 부부들에게 「죄와 벌」을 깊이 심독心讀하시기를 권합니다. 중년 부부의 삶은 '그냥 사는 것', 이것이 진실일지 모르겠습니다. 중년 부부의 사랑의 방정식이란, '사랑'은 없이 '정情'으로 겨우 지탱하는 듯 보이지요. 그러니 달콤하게 입안을 살살 녹이는 초콜릿 같은 연애시를 기대하는 사람들은 이 시가 정말 마음에 들지 않을 수 있겠지요. 하지만 부부의 일상적 삶이란 매일 벌어지는 작은 활극과 다르지 않으니, 그것이 삶이고 삶의 파노라마라고 믿는 중년 부부들은 이 시에 공감의 박수를 칠 것 같기도 합니다.

달콤하나 씁쓰레한 것, 김수영의 용어대로, '사랑 반 죽음 반'이 중년 부부의 삶인 것이지요. 별 애정 없이 오래 한 지붕 아래 살고 있는 부부들의 내공이 만만치 않은 이유입니다. 무심히 물과 바람처럼 흘러가는 그런 부부의 삶이 음화로 놓인 시가 「죄와 벌」입니다. 재미있지요? 그렇다고는 해도 아내를, 남편을, '우산대로 때려눕히는' '모험'은 절대 사양입니다.

6.

문정희

×

오
빠

○

'남자사람 친구'

혹은 '여자사람 친구'와의

사랑과 우정 사이

●

　오빠! 말 그대로, '오빠'라는 말 참 좋지요? 원래 한국에서
는 여동생이 손위 남자 형제를 부르는 말인데, 이제는 한국
뿐만 아니라 글로벌 사회에서도 익숙하게 쓰이고 있는 호칭
인 것 같습니다. 'old brother'라 번역하지 않고 발음 그대로
'oppa'로 표기할 정도니까요. 아무래도 K-pop의 영향이 크
겠지요. K-pop 팬들이 공연장에서나 길거리에서 자신이 좋
아하는 가수를 향해 '오빠'를 외치는 장면은 이젠 낯설지 않
습니다. 참 아름답습니다. 젊음이, 청춘이, 거기 있기 때문이
지요. 아무리 나이 든 팬이라 해도, 그러니까 칠십 대 팬이 조
용필을 향해 '오빠'라 불러도 그 '오빠'를 부르는 마음은 달콤
하면서도 애틋하기 그지없습니다. 따뜻하고 공감 어린 사랑
과 애정과 우정이 동시에 깃든 마음으로 우리는 '오빠'를 부
르는 것이지요.

　'오빠 사용법'의 매뉴얼이란 어떤 것일까요? '언니'라는 호
칭에 '자매애'가 있고, '오빠'라는 호칭에 '남매애'가 있습니
다. 두 호칭 다 아름답고 숭고하기 그지없지요. 그런데 '오빠'

라는 이름에는 믿음과 애정의 대상이자 해결사의 이미지도 있습니다. '오빠'란 어린 누이가 힘을 지닌 의지의 대상을 향해 부르는 호칭입니다. '오빠'는 지구를 구하는 '독수리 5형제'보다 더 힘세고 더 정의로운 자의 이름입니다. 어린 누이가 부탁하면 그것이 무엇이든 간에 다 들어주는 존재, 너그럽기 그지없는 존재가 '오빠'이고 또 누이가 어려움에 처했을 때 '짜잔' 하고 나타나 호기롭게 누이를 구해주는 '만능 영웅'의 이름이 '오빠'인 것이지요.

'오빠'라는 이름이 글로벌 사회에서 널리 쓰이면서 그 의미도 함께 확장되는 중인데, 최근에는 '오빠'를 좀 희화적으로, 또 부정적으로 쓰는 것 같기도 합니다. 외국 관광지에서 한국인 관광객들에게 호객 행위를 하면서 '오빠', '언니'라 부르기도 하니까요. '오빠'를 저렇게 속화하다니, 좀 고약한 기분이 들지요. 유흥문화적이고 물질문화적인 차원의, 무엇인가 속임수와 위선이 내재돼 있는 남녀 간의 호칭으로 사용되는 경우도 더러 있습니다. "오빠 믿지?"란 말에는 좀 희화적인 감이 있지요. 이른바 '된장녀'들의 흥정 대상으로 '오빠'가 쓰이기도 하지요. 어찌 되었든 한국어 '오빠'의 사회문화적 맥락과는 다른 의미로 '오빠'가 불려지고 또 쓰이고 있으니, 우리 시대 '착한 오빠들'이 좀 억울하겠군요. 좋은 맥락이든 다소 부정적인 맥락이든 '오빠'가 우리말 발음 그대로 외국에서 쓰이고 있다는 사실이 흥미롭습니다.

문정희의 「오빠」는 아마 '오빠'를 기억하는 자들에게는 가장 예리하고 날카롭게 '오빠'의 실체를 탐구하는 시, '오빠'의 기억을 소환하는 시가 아닐까 생각됩니다. 가족 간 호칭이나 결혼 전 '남녀 간'의 '호칭'으로 사용되었던 '오빠'가, 이제 '남녀 간 사람친구'를 뜻하는 호칭으로 확장되고 있으니까요. 시대가 변하니 이성 간의 관계나 사랑의 성격도 변한 것일까요? '남녀 간'의 사랑이 굳이 에로스적인 사랑에 국한될 이유가 없다는 것일까요? "남녀 사이에 우정이 존재하냐?" 뭐 이런 청동기 시절 이야기를 고루하게 꺼내면 '꼰대!' 소리 듣는다구요? 문정희에게서 그 사정을 좀 들어보기로 하겠습니다.

여성시인이 처음 등장했으니 '여성시인'에 대한 이야기를 좀 할까 합니다. 1969년에 등단했으니 2019년으로 문정희는 등단 50주년을 맞이했습니다. 짧지 않은 세월 동안 문정희는 계속 시를 써왔으니 한국 시사의 대표적인 여성시인에 속한다 해도 틀린 말이 아닙니다. 게다가 비슷한 시기에 등장한 다른 여성시인들에 비해 보다 본격적이고 강력하게 여성(주의)적인 시선을 가진 시인이라는 점도 지적되어야 할 것 같습니다.

문정희의 앞 시대에 혹은 문정희와 비슷한 시대에 '시인'의 이름을 올린 여성시인들의 목록을 생각해보지요. 일제시대 여성시인들과 전후戰後 등장한 여성시인들을 생각해볼 수 있습니다. 나혜석, 김명순, 노천명, 모윤숙 등이 있고 1950년 전후 그리고 1960년대 등단한 여성시인들, 허영자, 유안진, 김남조, 신달자 등이 있습니다. 이들 여성시인들은 존재 그 자체만으로도 한국 시사에 의미 있는 공헌을 했다고 말할 수 있습니다.

한국 여성시단의 정착 과정은 적어도 3단계를 거치는데 '연착륙'이 아니라 '경착륙'이라 할 것입니다. 한국의 근대시는 한국말을 한글로 쓰는 단계부터 시작된다고 하겠지요. 근대시 이전, 시의 환경을 말하자면 시의 언어는 한자였고 아니 '글쓰기' 자체가 남성 엘리트층의 소유물이었지요. 한시를 생각하면 언뜻 이해되지요? 한글시 시조時調가 있었지만 그것조차 주로 남성의 시 양식이었고, 그 말투가 한시문의 그것과 비슷했지요.

그런 상황에서 한국의 제1세대 여성시인은 일본으로 유학을 다녀와 한국 문단에 처음 얼굴을 알리게 됩니다. 대체로 남성 중심의 한국 문단에서 그들의 존재 자체가 관심의 대상이었는데, 그들에게는 '여류 시인'이라는 명칭이 붙습니다.

'여류'라는 호칭은 문학 혹은 시가 남성의 소유물임을 증명하는 용어였고, 남성의 후광 아래서 존재하는 시인, 특이한 일 (문학)을 하는 (생물학적) 여성이라는 의미가 '여류'라는 명칭 아래 숨겨져 있었습니다. 생물학적 여성성이 그 특이함의 조건이라 해도 그 이면에는 글쓰기의 운명적 조건을 거부할 수 없는 존재론적 비애가 자리했는데 1930년대 소설가 박화성은 이 모순적 상황을 '귀신에 들리다'라는 표현으로 고백했습니다. 쓰지 않고는 견딜 수 없는 글 쓰는 자로서의 운명감과 1930년대 당시에 여성으로서 글을 쓴다는 것의 어려움, 비애감이 이 '여류'라는 단어에 표명되어 있지요.

제2세대 여성시인들은 해방 이후 1970년대까지 이어지는 시기에 주로 등단, 활동합니다. 지적이고 성찰적이기보다는 감성적이고 서정적인 어조로 사랑과 인생을 노래했습니다. 다소 관념적이고 공허한 맥락도 없지 않았습니다. 그래도 이 시기 여성시인들의 시는 인기가 있었습니다. 명상철학자 라즈니쉬의 '잠언집' 같은 것들이 베스트셀러 목록에 올라가던 시절인데, 관념적이고 사변적인 경구들에서 인생의 지침이나 방향성을 찾곤 하던 시절의 산물이지요. 이 시기 여성시인들의 사회적, 경제적 조건은 제1세대 시인들에 비해 나아졌지만 여성적 주체로서의 목소리를 적극적으로 시에 담아내지는 못했던 것 같습니다.

1969년 등단한 문정희 역시 이 시기에 속하는 시인입니다. 한동안은 다소 '여류 시인'의 이미지가 없지 않았지만, 점차 여성주의 목소리를 적극적으로 담아내면서 여성시인으로서의 생명력을 지속적으로 유지합니다.

'여성주의 시인'을 호명하면서 일종의 페미니즘적인 시각을 적극적으로 도입한 시기는 1980년대였습니다. 1980년대에 등단한 여성시인들은, 남성시인의 '타자', 그러니까 '여성' 시인으로서가 아니라 여성'시인'으로 인식되었는데, 이 따옴표(' ')의 이동이야말로 하나의 '사건'이 아닐 수 없지요. 이들 여성시인들은 스스로 빛나는 자이지 타자의 후광으로 빛나는 수동적 인간이 아니었던 것입니다.

말하자면 여성이 시를 쓴다는 사실 그 자체가 특이한 것이 아니라 그들의 언어가, 그들의 시선이 특이하고 낯설었다고 할 수 있지요. 여성시인들의 말법은 남성시인들의 그것과는 분명 달랐고 선배 격의 여성시인들과도 차이를 보였습니다. 이들 여성시인이 다루는 대상은 낯설었으며 또 한편으로는 경이로웠지요. 여성 육체에 대해 눈뜨고 여성 육체의 생산력과 생명의식을 자각했으며 여성 육체에 새겨진 억압뿐 아니라 그 관능과 사랑에 대해서도 여성시인들은 말할 수 있었지요.

그들은 장중한 힘과 여성적 상상력으로 시를 밀고 나갔습니다. 이른바 '젠더로서의 여성성'을 자각하고 치열하게 그것을 시에 담아냈지요. '여성성'을 '여성의 언어'로 창안하고 여성적인 글쓰기로 증언한 세대가 1980년대 여성시인들이었지요. '여성들이' 쓰는 문학(여성들에 의해 쓰인 문학)은 있었지만 본격적인 여성주의 문학의 전개는 1980년대 여성시인들에서부터 비로소 시작됐다고 할 수 있습니다.

그런데 문정희는 선배 여성시인들의 유산을 안고 젊은 세대들의 시세계로 전이해가는 특이한 예에 속합니다. 선배 시인들이나 동년배 시인들의 시적 경향과는 차이 나게도, 문정희의 시적 경향은 오히려 1980년대 등단한 여성시인들과 유사하다는 것입니다. 1980년대 들어 여성작가들의 시집이 출판시장의 선두에서 독자들의 관심을 모으기 시작했는데, 문정희의 시집이 대중적으로 널리 알려지게 된 것도 '여성주의적인 시선' 덕분입니다.

서정주로부터 배운 시 공부가 바탕이 되었다는 점에서 전 시대의 유산을 견지하고 있고 또 1980년대 들어 자각한 여성적 목소리, 여성적 언어, 여성적 시각 등을 그것과 결합해 문정희 특유의 말법을 살려낸 것입니다. 섬세하고 깊은 여성적 서정이 있어 대중적으로도 잘 읽힙니다. 거기에 다른 어떤 말로도 대체할 수 없을 것 같은, 시어를 콕 찍어내는 묘술이 있으니, 문정희의 시를 대중들이 싫어할 이유가 없겠지요. 등단 이후 시집을 꾸준히 출간하고 있고 또 독자들의 마음을 훔치고 있으니, 이것이 문정희 시의 생명력인 것이지요. 그렇다면 「오빠」도 그럴까요?

●

문정희의 「오빠」를 '중년의 연애시'라 생각하고 한번 읽어보면 좀 쉬운데, 중년의 나이라야 공감할 '세대론적인 경험'이 이 시에 있기 때문입니다. 그러니까 「오빠」는 중년의 나이에 접어든 시인이 그 윗대의 남성들, 그 세대의 '오빠들'에게 바치는 헌사입니다. 시인이 불혹不惑의 나이에 이르러서야 '오빠'의 실체를 알게 되었다고 고백하고 있는데, 유머러스하지만 진지하고, 가볍지만 에로틱한 인생의 고백이 있습니다.

'오빠'라고 발음할 때의 그 둥글고 깜찍한 입 모양만큼이나 상쾌하고 발랄한 발음의 이미지가 우리들의 오빠에게로 달려가게 합니다. 이 깜찍발랄한 불혹의 동생을 발견한 오빠들로부터 비단구두 한 짝 금세 득템할 것 같은 에너지가 이 시

에는 있습니다. 이십 대 청춘들이라 해서 이 감흥과 에너지를
이해하지 못할 것도 없습니다. 자고 일어난 침대 위에 '비단
구두' 한 켤레 놓여 있기를 소망하는 신데렐라가 되어보는 꿈
이 어느 세대인들 없겠습니까?

        이제부터 세상의 남자들을
        모두 오빠라 부르기로 했다.

        집안에서 용돈을 제일 많이 쓰고
        유산도 고스란히 제 몫으로 차지한
        우리 집의 아들들만 오빠가 아니다.

        오빠!
        이 자지러질 듯 상큼하고 든든한 이름을
        이제 모든 남자를 향해
        다정히 불러주기로 했다.

        오빠라는 말로 한 방 먹이면
        어느 남자인들 가벼이 무너지지 않으리
        꽃이 되지 않으리.

모처럼 물안개 걷혀

길도 하늘도 보이기 시작한

불혹의 기념으로

세상 남자들은

이제 모두 나의 오빠가 되었다.

나를 어지럽히던 그 거칠은 숨소리

으쓱거리며 휘파람을 불러주던 그 헌신을

어찌 오빠라 불러주지 않을 수 있으랴

오빠로 불리워지고 싶어 안달이던

그 마음을

어찌 나물 캐듯 캐내어 주지 않을 수 있으랴

오빠! 이렇게 불러주고 나면

세상엔 모든 짐승이 사라지고

헐떡임이 사라지고

오히려 두둑한 지갑을 송두리째 들고 와

비단구두 사주고 싶어 가슴 설레는

오빠들이 사방에 있음을

나 이제 웅케도 알아버렸다.

— 문정희, 「오빠」 전문, 『오라, 거짓 사랑아』, 민음사, 2001

첫 구절, "이제부터 세상의 남자들을 / 모두 오빠라 부르기로 했다"를 보면, 이 '누이'가 이 이상 더 단호하거나 맹랑할 수는 없을 것 같지요? 실제 시인의 생애를 비춰보고는, 불혹의 나이에 '오빠'라니, 좀 능청맞고 주책이구나 하실 분도 있을 듯합니다. 하지만 이 대목에는 사실 '오빠'를 인식하는 한국인들의 의식이 밑바닥에 내재돼 있습니다. "집안에서 용돈을 제일 많이 쓰고 / 유산도 고스란히 제 몫으로 차지"하는 존재로 시인은 '오빠'를 기억하고 있습니다.

전통적으로 '오빠'는 아버지를 대신한 존재, 한 가계의 혈통을 잇는 존재여서 권위와 권력을 동시에 갖습니다. 예전에는 부모님의 재산을 상속받는 유일한 후손일 정도로 한 가족의 영광과 좌절이 이 '오빠'에게 있었습니다. 이 시의 에로티시즘 역시 상당 부분 '오빠'에 대한 전통적인 사고와 관습으로부터 옵니다. 시의 뒷부분에 나오는 대목, "두둑한 지갑을 송두리째 들고 와 / 비단구두 사주고 싶어 가슴 설레는" 그런 '오빠' 말입니다. 우리는 이 비단구두 사주고 싶어 하는 '오빠'

의 내력이 일단 가족주의적인 것에서 온다는 사실을 기억하기로 하지요.

그런데 시인은 '오빠'의 이름을 세상의 남자들에게로 옮겨놓습니다. "우리 집의 아들들만" 아니라 "모든 남자를 향해" '오빠'라 불러주기로 했다 고백합니다. '오빠-누이' 간의 순수한 가족주의 드라마가 3, 4연에 와서는 '남녀' 간의 에로티시즘의 드라마로 전환됩니다. '오빠'의 이름에 일종의 '러브 라인'이 생기는군요.

그런데 이 '오빠'라는 이름을 부르는 방식에 대해 잠깐 이야기하고자 합니다. '오빠'는 목소리 크게 내서 불러야 이름값을 합니다. 그래야 '오빠'라는 이름의 제맛이 납니다. 시인은 '오빠'라는 이름(호칭)을 "자지러질 듯 상큼하고 든든한" 것이라 규정하고 있습니다. '오빠'라는 이름의 비밀은, 한편으로는 전통적인 한국의 가족주의에서 왔고 다른 한편으로는 오빠라는 말의 이미지에, 우리가 그것을 발음할 때 생기는 그 상큼하고 발랄한 말의 이미지에서 왔습니다. 그러니 이 시는 묵독해서는 안 됩니다. '오빠'라는 말이 크게 들릴 수 있게 낭랑한 목소리로 소리 내서 읽어야 합니다. 그 낭랑한 목소리로 부르는 "오빠!", 이 두 음절짜리 단어에 세상의 모든 남자들은 기진해서 쓰러질 지경입니다. "오빠라는 말로 한 방 먹이면 어느 남자인들 가벼이 무너지지 않으리"라고 시인은 쓰고 있네요. '오빠'라는 말의 상큼하고 발랄한 이미지와 '가벼운'의 상쾌함이 정말 잘 조화되지요?

여기서 핵심은 '가벼이 무너지는 것'입니다. '가벼이 무너지는 것'은 곧 '꽃이 되는 것'이기 때문입니다. '무겁게 무너짐'은 질척거림입니다. 이 '가벼이 무너짐'의 황홀이 '오빠'라는 말에 있습니다. 그러니 누군들 쓰러지지 않고 혼절하지 않고 황홀해지지 않을 수 있을까요? 너무나 아름답고 멋진 장면입니다.

그런데 그것이 청춘 시절이 아니라 불혹의 나이에 이르러 일어난 일이군요. '불혹'이란 오히려 이런저런 유혹에 현혹되지 않고, 그래서 갈 길도 조금은 보이고 나름 세상 이치를 알 수 있는 나이인데, 시인은 이제야 이 세상의 남자들을 '오빠'로 대하게 되었다 말합니다. "세상 남자들은 / 이제 모두 나의 오빠가 되었다"라고 말합니다. 시인은 '오빠'가 '가족'과 '연인' 그 중간쯤에 있는 존재라고 말하는 듯합니다. '가족애'와 '에로티시즘' 사이에 있으니 그것은 '우정'과 비슷하지만, '우정'도 아니고 '사랑'도 아닌, 이 미묘하고 신비한 경계에 '오빠-누이'의 관계가 놓여 있습니다. 불혹의 나이에 이르러서야 이 세상의 모든 누이들은 이 세상의 오빠들과 우정 아닌 우정, 사랑 아닌 사랑을 나눌 수 있다는 뜻일까요?

이 세상의 모든 남자들에게 의지와 믿음의 아이콘인 '오빠'
의 이름이 부여되는 순간, 오빠들의 모든 '동물성'이 사라질
지경입니다.

나를 어지럽히던 그 거칠은 숨소리

으쓱거리며 휘파람을 불러주던 그 헌신을

어찌 오빠라 불러주지 않을 수 있으랴

오빠로 불리워지고 싶어 안달이던

그 마음을

어찌 나물 캐듯 캐내어 주지 않을 수 있으랴

오빠! 이렇게 불러주고 나면

세상엔 모든 짐승이 사라지고

헐떡임이 사라지고

남자들은 이 세상의 여자들이 자신을 '오빠'라 불러주기를
목 빠지게 기다리고 있는 듯하지요. 그들은 그 여성들을 위
해 목숨까지는 아니더라도 기꺼이 그들에게 헌신할 자세가

되어 있습니다. 이름을 불러주면 꽃이 되는 '꽃'의 메타포가 떠오릅니다. 골목길 언저리에서 불량기 가득한 몸짓으로 자신이 사모하던 여성이 지나가기를 기다려 건들거리며 휘파람 불던 청춘의 오빠들이 거기에 있습니다. 으쓱거리며 건들건들하는 오빠들은 더 이상 야수도 맹수도 아닙니다. '오빠로 불리고 싶어 안달하는' 그 오빠들의 순수함, 그 무염해서 아름다운 마음이 읽히는지요? 그 청춘의 오빠들도 이제는 나이 들어버린 것이지요.

그런데 그 '늙은 오빠들'의 마음을 시인은 '나물 캐듯 캐내어 준다'고 말합니다. 얼마나 적확하고 멋진 표현인지요? 오빠들의 불량기는 허세였을 따름인데 '늙은 오빠들'에게도 그 허세가 없을 리는 없겠지요. 그 마음을 용케 알아내는 '나'의 얍체 같고 지혜로운 마음도 얼마나 멋진지요? 시인은 그런 '나'의 용기와 지혜와 맹랑함을 '나물 캐듯 캐낸다'고 말하고 있습니다. 이렇게 타인의 마음을 쏙쏙 잘 캐내는 누이라면 무엇이든 사주고 싶지 않을까요? 딱 부러지게 현명한 누이 같지요? 오빠의 간절한 마음의 정도와 그런 오빠의 마음을 읽는 나의 지혜가 동시에 포착되는 그런 표현입니다. 저는 이 '나물 캐듯 캐낸다'는 구절이 참 멋지게 들립니다.

도시 생활에 익숙한 요즘 세대는 봄 들녘에서 나물 캐본

경험이 거의 없을 듯한데 그래도 좀 연배가 있으신 분들은
이 '나물 캐내는' 감각을 알 것 같습니다. 아무튼 나물 캘 때
주로 호미 같은 기구가 쓰이지요. 호미로 나물을 캐본 사람
만이 이 미묘하고도 날카로운 구절의 뜻을 알지요. 나물 캐
듯 오빠의 '그런' 마음을 콕 찍어내는 시인의 깜찍하고 발랄
한 솜씨를 인정하는 분들은, 이 구절이 너무나 정확해서 아찔
하다 느낄 것입니다. 미국 아마존에서 '영주호미'가 불티나게
팔린다 하지요. '가드닝(정원 가꾸기)'의 이노베이션을 이끈다
고 할 정도로 호미가 혁신적인 기구라고 인식된다고 하더군
요. 안 써본 사람은 있어도 한 번만 써본 사람은 없을 정도라
는데, 아마 이 '영주호미'에 대한 찬사 역시 '나물 캐는' 솜씨
에 그 기원이 있겠지요.

'오빠'라는 발음의 이미지 역시 참 좋은데, 그것은 '오' 할
때 입을 오므린 상태의 깜찍발랄함과 이어 한껏 움츠렸던 혹
은 아껴두었던 소리를 '빠' 할 때 한꺼번에 쏟아내는 팽창과
확산의 무한 에너지 때문이지요. '오빠'에 대한 한없는 애정
과 신뢰가 이 발음 이미지에 있는 것이지요. '오빠'라 불러주
면 한 방에 무너지고 또 꽃이 되는 이유겠지요. '나물 캐듯'의
이미지는, '오빠'라고 발음할 때의 '발음 이미지'와 함께 이
시에서 한국어의 아름다움을 말할 때 꼭 언급해야 할 대목입

니다. 중년 오빠의 마음을 읽어내는 '나'의 솜씨를 이보다 더 멋지고 아름답게 표현할 수 있을까요? "그 마음을 / 어찌 나물 깨듯 캐내어 주지 않을 수 있으랴." 시인은 '어느 순간 신이 도와주는 대목'이라는 말로 이 구절의 경이로움을 말하더군요. 시의 '뮤즈'가 있다면, 이 구절의 주인은 '시인'이 아니라 '신(뮤즈)'이라 시인은 겸손하게 말합니다.

마지막 연도 참 멋집니다. '오빠'라는 단어 하나에 오빠는 거의 완전히 무장 해제됩니다.

> 오히려 두둑한 지갑을 송두리째 들고 와
> 비단구두 사주고 싶어 가슴 설레는
> 오빠들이 사방에 있음을
> 나 이제 용케도 알아버렸다.

이미 불혹의 나이에 들어선 이 '늙은 누이'를 위해서 오빠는 맹목적이고도 허술하게 지갑을 여는군요. 아니 오빠는 이미 지갑을 열 준비를 하고 있었는지도 모르겠습니다. '오빠'라 불리고 싶어 안달이던 '오빠'가 "비단구두 사주고 싶어" 가슴 설레고 있습니다. 참 너그럽고 따뜻한 마음을 가진 오빠는 한편으로는 어리숙하고 맹목적이기도 하네요. 하지만 인간미 넘치는 이 우둔함이, 앞뒤 재지 않는 이 관용이 '오빠'의 진면목입니다. 오빠는 기어이 '비단구두'를 사줄 요량입니다. 이 '늙은 오빠'는, 어린 누이에게 비단구두 사주던 이십 대 청춘 시절을 떠올리고 있는지도 모릅니다. 그러면서 자신의 청춘 시절로 시간을 되돌리고 있는지 모릅니다. 아 그리운 청춘의 시간들!

그런데 '명품 가방'이 아니라 '비단구두'라는 것이 핵심입니다. 오빠가 사주는 '비단구두'는 원본이 존재합니다. '비단구두'의 원본은 동요 「오빠 생각」입니다. 「오빠 생각」은 최순애의 노랫말에 작곡가 박태준이 곡을 붙인 동요입니다. 최순애가 열두 살의 나이로 잡지 『어린이』(1925.11)의 노랫말 공모에 입선한 것인데, 일제시대 소년운동에 투신하고 출판편집자로 활동했던 오빠 최영주를 그리워하며 만든 동요입니다. 최순애의 남편은 「고향의 봄」을 작사한 이원수입니다. 동요 「오빠 생각」에는 멀리 돈 벌러 나갔는지, 외국에 공부하러 갔는지 어찌 되었든 돌아올 때 '비단구두를 사주겠다' 약속한 오빠가 등장합니다.

최순애 여사는 후일 오빠가 '비단댕기'를 '비단구두'로 바꾸어버렸다고 애석해했다고 합니다만. '비단댕기'는 어린 소녀들이 머리를 땋은 뒤 그 끝을 묶는 일종의 장식용 끈입니다. '리본' 같은 것이지요. 사상운동, 출판운동을 하느라 최영주는 늘 서울에 머물러 있었을 듯하고 어쩌다 한 번 고향(수원)에 내려왔겠지요? 오빠와의 이별을 아쉬워하는 어린 누이를 달래기 위해 오빠는 약속했겠지요? 귀향할 때 서울에서만 파는 신식 물건들, 댕기든 구두든 무엇인가를 사 오겠다 약속하고 이별을 서러워하는 혹은 울고 있는 어린 누이를 달랬겠지요? 「오빠 생각」에는 '오빠-누이' 간의 애틋한 사랑이 깊고 진하게 녹아 있습니다.

그런데, '비단구두'와 '비단댕기' 중에 어느 쪽이 더 시적인지요? 저는 비단구두가 더 로맨틱하면서도 에로틱하다 생각합니다. 오빠가 수정한 '비단구두'가 더 좋다는 생각이 들지요. 최영주가 출판언어, 문자언어에 일가견을 가지고 있었으니 '비단댕기'보다 '비단구두'가 더 시적인 메타포가 있고 또 문화적 생명력을 지녔을 것이라 예상했는지 모르겠습니다만. 어쨌든 '오빠가 비단구두 사주는' 문화적 콘텍스트가 이 시에 있습니다. 사실, '구두'는 정신분석학에서 성적 메타포로 분석되는 경우도 있지요.

아무튼 동생은 비단구두 사 가지고 돌아올 오빠를 눈이 빠지게 기다리겠죠? 어린 누이를 향한 오빠의 그 애잔하고 따스한, 은닉된 애정이 이 시에 있습니다. '오빠' 손을 잡고 함

께 서울 가는 기차를 타는 것이 가장 드라마틱하겠지요. 하지
만 그럴 수는 없고, 적어도 서울의 신문물, 신문명 세계로부
터 온 선물 하나 얻는다면 그것만큼 즐겁고 신나는 일은 없
지요. 그것은 '오빠'로서도 오빠의 능력을 '자랑질'할 수 있는
최상의 방법이지요. '직구하면 되지!' 이런 생각하시는 분들
은 없겠지요? 앞서 언급했던 백석의 연인 김영한은 "이 자야
는 마치 모처럼 서울 가시는 오빠(백석)의 손을 잡고 마냥 즐
거워서 덩실덩실 춤을 추면서 따라가는 모습의 순진하고 귀
엽기만 한 소녀였다"라고 썼더군요. 이 증언에도 우리의 '오
빠'에 대한 짙은 정서와 문화적 콘텍스트가 녹아 있습니다.

　'오빠-누이'의 고전적인 관계를 잘 보여주는 또 다른 예
는 「홍도야 우지 마라」입니다. 그 무엇과도 비교가 안 될 정
도로 우리에게 '오빠'라는 이름의 향수를 불러일으키는 콘텐
츠입니다. 「홍도야 우지 마라」는 1930년대 최고의 극작가 임
선규의 희곡을 저본으로 제작, 공연된 가장 유명한 신파극으
로 그 원제목은 「사랑에 속고 돈에 울고」(희곡 원제는 「내가 사
랑하는 사람들」)입니다. 이 연극을 보기 위해 일종의 '연극 훌
리건'들이 동양극장에서 난리를 쳤다고도 하고 당시 박진이
라는 연극평론가가 '신파 비극 48수가 다 들어 있다'고 평가
절하하기도 했습니다. 순결한 우리의 누이, 홍도가 오빠의 학

비를 대기 위해 기생이 되지 않을 수 없었는데, 대학생 영호의 간절한 구애를 뿌리치지 못하고 결혼을 하나 결국 가정불화로 살인미수에 처하게 되지요. 신분상, 계급상, 애초에 홍도의 사랑은 비극성을 품고 있지요. 오빠는 이 가엾은 누이를 위해 후일 변호사가 되어 최고의 변론으로 홍도의 무죄를 이끌어낸다는 내용인데, 신파극 냄새가 확 나지요?

「오빠 생각」에서도, 「홍도야 우지 마라」에서도, 한국 가족주의와 '오빠'의 전형적 타입을 읽을 수 있습니다. 한국인에게 '오빠'란 무엇인가 생각하지 않을 수 없지요. 외부의 침략을 많이 받은 한국에서 아버지는 부재하기 일쑤입니다. '아버지'는 일제시대에는 사상운동으로 감옥에 갔거나 징병 나가 행방불명되었고, 6·25 전쟁 때는 전장에 나갔다 전사했거나 또 행방불명이 됩니다. 1960년대 근대화 이후에는 도시로 돈 벌러 나갔다 소식조차 알지 못하게 된 존재입니다. '오빠'는 그 '아버지'를 대신해 우리 집의 가장이 됩니다. 한 가족의 생계뿐 아니라 동생들의 교육을 책임져야 하는 존재, 정신적, 물질적 책임을 동시에 져야 하는 그런 존재입니다. 한없는 삶의 무게와 그 무게로 인한 실존적 고통을 묵묵히 감내해야 하는 존재가 '오빠'인 것이지요.

1970년대 이후에는 그 역할을 딸들이 대신하기도 합니다.

오빠는 공부해야 하니 특히 맏딸은 자신은 제대로 교육받지 못하고 대신 오빠를 공부시키는 책임을 떠안지요. 도시나 대처의 공장에 나가 돈을 벌어 오빠의 학비를 대고 부모와 동생들을 먹여 살립니다. 우리의 눈부신 경제 발전의 그늘에 이들의 거대한 희생이 있지요. 그러니까 한국에서 '맏이'는 희생과 감당의 운명을 지니고 있었습니다. 오빠든 언니든 그들이 우리의 생애를 책임진 시대가 있었고 그것이 한국의 근현대사와 함께 자리하고 있습니다. 그러니까 '오빠'란 어린 누이에게는 무염無染의 존재, 무조건의 존재, 부성애와 모성애를 동시에 가진 존재인 것이지요. 가족의 생계를 꾸려가는 아버지의 대체 존재로서, 어린 동생의 완벽한 보호자 내지 수호자, 원탁의 기사 같은 존재로서 오빠는 살아갑니다. '오빠'라는 말에는 그러한 따뜻한 가족주의가 흐르고 있습니다.

오빠의 헌신과 오빠를 향한 어린 누이의 사랑이 「오빠」에는 있습니다. 이른 나이에 어른이 되었던 오빠들과, 귓갓길의 그 오빠들의 손에 들려 있을 '비단구두'를 손꼽아 기다렸던 어린 여동생들이, 자신들의 유년과 청춘을 기억하면서 읽는 시입니다. '오빠-누이'의 관계가 '가족'에서 '사회'로 옮겨온 것이라고나 할까요? 그런 오빠들과 누이의 마음으로부터 우리는 이제 너무 멀리 떠나와 버린 것일까요?

「오빠」는 결국 중년의 인생들이 불러보는 '사랑의 찬가'입니다. 적막하고 쓸쓸한 중년의 자신을 들여다보며 문득 어린 누이로 되돌아가 시인은 유머러스하고도 앙증맞게 '오빠'의 이름을 부르고 있습니다. 시인은 어린 누이의 마음을 에로틱하게 변형해 '불혹의 에로티시즘'을 말하고 있습니다. '도처의' 오빠들이 누이가 돼줄 자세로 무장한 시인의 이 에로틱하면서도 간절한 부름에 기꺼이 응답을 할까요?

잠깐 시인의 말을 들어볼까요? 이 시는 '남녀 간의 우정은 존재하는가'라는 질문에 이어져 있다고 시인은 말합니다. '오빠'의 이름 아래에 '우정'과 '에로티시즘'이 미묘하게 겹쳐 있다는 뜻과 통하지요. 전통적인 가족주의의 질서 내에서 여성은 가정을 지키고 자녀를 양육하는 역할을 했지만 현대 교육을 받은 여성은 자신의 활동 무대를 가정에만 한정하지 않지요. 사회적인 관계 속에서 여성 간의 우정뿐 아니라 남성과의 우정 또한 자연스러운 것으로 인식한다는 것입니다.

시인은 "불사不死의 신들이 인간에게 베푼 것 가운데 가장 아름답고 즐거운 것이 우정"이라는 고대 로마의 작가 시세로의 말을 빌려옵니다.(문정희, 『살아 있다는 것은』, 생각속의집, 2015) 우정을 갖는 것은 하나의 또 다른 태양을 갖는 것이고 남성과의 우정은 여성과의 우정에서는 얻을 수 없는 또 다른 의미의 '태양'을 갖는 것입니다. 그런데 문정희는 여기에 단서를 달아둡니다. 이성 간의 우정은 항상 연인으로 변할 가능성을 내재하고 있기에, 그같이 아슬아슬한 순간을 가볍게 물리치고 또 그 가능성을 아끼면서 우정을 다져가야 한다는 것입니다. 같이 공부하면서, 또 그림이나 음악, 문학 등의 취미를 공유하면서 서로 공감하고 성장하는 관계라야 이성 간의 우정을 지속할 수 있다는 뜻이죠. 이성 간의 우정은 누구에게나 다 가능한 것이 아니고 일종의 '자격'이 필요하다는 것입니다.

'가족주의 드라마'로부터 '이성 간의 사랑과 우정'이라는 주제로 '오빠'의 이름이 옮겨진 듯합니다. 문정희는 '오빠'의 가치를 무엇인가 정신적이고 예술적인 공감이 가능한 이른바 '남자사람 친구'의 맥락에서 설명하고 있습니다. '사랑의 영원성'과 '우정의 영원성' 사이에 '오빠'의 이름이 놓여 있는 격이지요. 이성 간의 우정이란 인내와 절제가 필요한 관계라는 뜻일 듯한데, 그런 골치 아픈 문제는 날려버리고 시「오빠」나 낭송하는 것이 마음 편하겠습니다. 명랑하고 알뜰하게 말입니다.

●

    문정희의 이 시에서 '오빠'는 사십 대 무렵의 여성이 부르는 '오빠'의 이름에 가깝습니다. 동양에서는 나이 마흔을 가리켜 '불혹의 나이'라고 합니다. 일제시대에는 '인생은 40부터'라는 말이 유행했습니다만, 옛날 평균수명이 짧을 때에야 '40'은 인생의 반 이상을 넘어선 나이이니 인생과 인간, 부와 명예에 대해 좀 초탈한 마음을 가질 수 있었을 터이지요. 평균수명 100세를 공언하는 요즘의 인생 연대기로 보면 '마흔'은 너무 이른 나이지요. 일에 대한 열정도, 인간에 대한 관심도 여전히 눈부시게 불타오르는 연대이기 때문입니다. '인생은 40부터'가 '인생은 60부터'라는 말로 바뀐 것도 아마 이 때문이지 않을까요?

    '나이 40에 청춘이 없으랴! 에로티시즘이 없으랴!' 문득 길을 걷다 이런 억울한 심정이 들기도 할 것입니다. 100세 수명을 지루해할 필요도 없고 더욱이 나이 들어감에 회한의 심정을 호소할 필요도 없지요. 늙는 것이 축복은 아니지만 그렇다고 청춘을 시샘할 아무런 이유도 없고 아무런 논리도 필요치 않다는 것이죠. 늙어가는 인간 존재의 마지막 자존감을 부러 무너뜨리고 살 수는 없지요.

문정희의 「오빠」가 아름다운 것은 그것이 청춘을 읊은 것이 아니라 그 마음을 읊은 덕분일 것입니다. 어쨌든 아름답습니다. '오빠'라는 이름 한번 부르는 것으로 위안이 되었던 여성 독자들에게, 그리고 '오빠'라는 이름이 '나물 캐이듯' 불리기를 고대하며 골목길을 건들거리고 서성댔던 남성 독자들에게 이 시를 권합니다. 청년 시절의 '오빠-누이'가 어느덧 '남녀 간 사람친구'로 우아하고 숭고하게 나이 들어 있군요. 이 우아하고 숭고한 '늙음'만으로도 이미 아름다운 것이니까요.

7.

윤동주

×

사
랑
스
런
추
억

○

연애도 없이
저만치 떠나가는
청춘을 위해

●

    윤동주만큼 우리를 사무치게 하는 시인이 또 있을까 생각합니다. 윤동주만큼 순결하고 순수하고 맑은 눈을 가진 시인을 본 적이 없습니다. 그의 사진을 바라보고 있는 것만으로도 위안이 되고 무엇인가 순결하게 살고 싶다는 착한 감상에 젖게 하는 시인이 윤동주입니다. 순결하기 그지없는 그의 영혼에 고요히 깃들어보고 싶다는 열망은 오직 윤동주에게서만 가능하지요. 그의 시는 이 순결하고 맑은 영혼이 어떤 존재론적인 모순에 부딪히면서 치열하게 써 내려간, 어쩌면 영혼의 사투라고 할 만한 그런 것입니다. 연애 한 번 없이, 어설픈 사랑 하나 없이 저 멀리 젊음을 떠나보내는 청춘에게 사랑은 존재할까요? 그 사정을 윤동주에게서 확인해볼까 합니다.

    정지용이 그랬다지요.

    청년 윤동주는 의지가 약하였을 것이다. 그렇기에 서정시에 우수한 것이겠고 그러나 **뼈**가 강하였던 것이리라. 그렇기에 일적日賊에게 살을 내던지고 **뼈**를 차지한 것이 아니었던가?

무시무시한 고독에서 죽었고나! 29세가 되도록 시도 발표하여
본 적도 없이!

— 정지용, 「윤동주 시집 서序」, 『정지용 전집 2』, 민음사, 2016

정지용의 이 회고에 뼈가 아프지 않을 독자가 있을까요?
윤동주는 '뼈'로 시를 쓴 시인이기보다는 뼈로 청춘을 기록
한 시인이라 말하는 것이 옳지 않을까요? 윤동주는, 오직 고
독 속에서 시를 써두기만 했지 발표한 적이 없었습니다. 일적
에게 살을 다 내주고 오직 그에게 남은 것은 이 물기 하나 없
는 시들, 건조한 뼈의 시들입니다. 순결하기 그지없고 서정적
이기 또한 누구에게도 뒤지지 않고 질척거리는 법조차 없지
요. 오직 뼈로 쓴 탓입니다. '뼈시'라는 것입니다. 윤동주가 그
고독 속에서 써 내려간 '뼈시'들의 모음이 바로 『하늘과 바람
과 별과 시』이고 그것은 그가 남긴 유일한 시집이자 그의 사
후 출간된 유고시집입니다. 윤동주는 생전에 동시와 산문 몇
편을 제외하고는 시를 발표하지 않았습니다.

『하늘과 바람과 별과 시』는 사실 표지(화) 그 자체만으로도
참 아름답습니다. 잎이 다 떨어진 나뭇가지 위로 어두운 하
늘만 도드라진 화면畵面이 특징적입니다. 바람은 영혼을 실어
나르는 배와 다를 바 없는 종류의 물질인데, 바람은 침묵하는

시인의 영혼 속에서나 고요히 흐르고 있을 듯하고 그러니 표지에 가시적으로 나타나 있지는 않습니다. 별 또한 어둠 속에서 남몰래 빛나고 있습니다. '꿈꿀 때' 우리는 '별'을 품지요. 아무에게도, 아무 데서도 가슴속에 숨겨둔 '별'을 보여주지 않는 법이지요. 윤동주의 가슴속에 은닉된 채 밤하늘을 흐르고 있을 '별'이 표지화에는 보이지 않는 것은 그러니 당연한 이치지요.

이 아름다운 표지화는 출판편집에 인생을 바쳤던 이정[李靚, 본명 이주순(1924-1995)]이 24세 때 창작한 판화 작품입니다. 윤동주의 시가 유명한 탓에 표지 장정을 했던 이주순의 이름은 거의 알려지지 않았습니다만, 이제는 우리가 기억해야 할 장정가 이름입니다. 우리 근대 출판물들, 시집이나 소설집, 잡지 들은 문인과 화가가 함께 만든 융합 창작물인데, 이 책들의 표지화나 삽화가 참 아름답습니다. '아름다운 책 만들기'의 풍경은 우리 문학의 거대한 뿌리이고 우리 문학의 질과 수준을 그대로 보여주는 것이라 하겠지요.

시집의 제목은 연희전문 동창 정병욱이 정했다고 합니다. 제목 자체도 아름답지만, 이 제목이 시의 특허이자 연애시의 독점물이기도 한 '은유 방정식'의 전부를 말하고 있다는 것이 더 흥미롭습니다. 보르헤스는 이 세상에 존재하는 은유의 종류는 유형화하면 사실 몇 가지밖에 안 된다고 말합니다.(호르헤 루이스 보르헤스, 『보르헤스, 문학을 말하다』, 박거용 옮김, 르네상스, 2003) 은유가 일정한 틀을 가진다는 것이죠. 사랑하는 대상을 말할 때 '장미'나 '태양'에 비유하는 것과 유사한 이치입니다. '밤'과 '별' 그리고 '눈'이 결합된 은유는 일반적이고 유형적인 것이라 합니다. 예컨대 '밤에 별은 빛나고', '밤이 우리를 내려다본다' 같은 표현들은 관용적으로 쓰이는데, '별'에는 '꿈'과 '동경', '사랑'의 의미가 담겨 있습니다. '별'은 하늘에 있지만 사실은 인간의 내면 깊숙이에서 꿈을 충동하지요. 저 하늘에서 나를 내려다보는 '별'은 내 가슴속에 살아 있는 '그대'이기도 한 것이지요.

중국 강소성 연운항시의 암각화에는 별 무리와 인간 꽃의 황홀한 결합이 있지요. 정지용의 「백록담」에서도 이 기진할 정도로 아름다운 백록담 정상의 별 무리, 뻐꾹채꽃 무리를 볼 수 있습니다. 천상의 별이 지상에 내려와 뻐꾹채꽃 무리가 되고 그것에 혼연일체가 된 인간의 영혼이 거기 있습니다. 별들이 지상에 내려와 꽃이 되고 그 꽃은 또 인간 얼굴의 형상을 합니다. 꽃이나 별이나 인간이나 다 우주의 생명을 품은 개체로서 그 자체로 존엄하고 숭고하지요. 별이 하늘에서 인간을 내려다보고 인간이 지상에서 하늘을 올려다보는,

그 서로 반조하고 반사하는 장면을 상상해보세요. 별빛을 생각하면 얼마나 황홀한지 표현하기 어렵습니다. 별 무리나 꽃 무리나 인간 무리나 다 아름답습니다. "사람이 꽃보다 아름다워"라는 안치환의 노래가 언뜻 생각날 텐데, 이런 유의 말들은 '은유의 방정식'에 그 기원을 갖습니다. 굳이 '꽃보다'라는 비교급으로 이해할 것은 아니고 그 꽃만큼 아름답다는 뜻입니다. 절대적으로 천상적으로 아름답다는 뜻입니다. 별이 지상으로 내려오면 꽃이 되고 그 꽃의 숨 쉬는 형상이 인간인 것입니다.

윤동주의 「별 헤는 밤」은 한 고독한 인간의 꿈과 사랑과 그리움에 관한 이야기를 담았습니다. 고흐의 「별이 빛나는 밤」의 저 아름답기 그지없이 황홀한 심혼의 움직임과 다를 바 없습니다. 어쨌든 저는 지금 별의 은유가 얼마나 일상적인지 그러나 그것이 얼마나 기진할 정도로 아름다운지 말하고 있습니다. 윤동주의 '별'은 너무나 일반적인 은유의 방정식에 기인하나, 또 그만큼 섬세함과 예민함을 달리 언급할 필요가 없을 지경인 것이지요.

별, 달, 태양, 강, 대지, 바람, 하늘처럼 태곳적부터 인간 주위에 있던 것들은 인간의 심혼을 투영한 자연물이었을 테고, 거기에 우리의 마음을 실어 언어로 다시 조직해내니 그토록 아름다운 것입니다. 실제로 '강의 흐름'에 대한 은유, '꿈'에 대한 은유, 잠과 죽음, 여자와 꽃, 시간과 강, 인생과 꿈, 죽음과 잠, 불과 전투, 달과 시간 등을 연결하는 말법이 다 은유에 속합니다. 상투적인 표현인데도 그것이 우주 만물의 원리이기에 아름다운 것이겠지요. 그러니까 은유의 유형들을 보면 시인들이 말을 쓰는 방법을 이해하게 되지요. 은유의 말법을 이해하면 시를 읽는 것이 그다지 어렵지 않다는 것입니다.

시의 말은 결국 동일한 은유의 틀 내에서 움직이고 이 유형적인 말법을 '은유의 방정식'이라 칭합니다. 은유란 '죽은 말법'인데, 시인들은 죽은 은유들을 살려내 의미의 진폭을 확장해 독자들의 상상력을 자극하면서 영혼을 충동하지요. "암시된 것은 단호히 주장된 것보다 훨씬 효과적이다. 인간의 마음은 진술을 거부하는 경향이 있다"라는 에머슨의 말도 있습니다. 논증은 아무도 납득시키지 못한다는 것인데, 다소 폭력적인 주장이기는 하지만 은유의 말이 갖는 가치를 극대화하기 위한 진술로 이해하면 될 듯합니다.

윤동주의 시집 제목에 이미 '은유'로 가장 흔하게 쓰이는 '하늘', '바람', '별'이 포함돼 있다는 것이 놀랍지요? 마지막에는 '시'라는 단어까지 있으니, 윤동주가 얼마나 내밀하게 자기 시의 말을 닦고 닦은 인간인지를 콕콕 인증하고 있다고나 할까요? 윤동주의 시집은 '은유의 방정식'을 인증합니다. 윤동주는 『하늘과 바람과 별과 시』이 시집 한 권으로 '시를 말했다' 즉 '시학을 완성했다' 이렇게 말할 수도 있습니다.

윤동주가 필사한 자신의 시집 세 부 중 한 부가 겨우 살아남았고 그것을 그의 연희전문 시절 후배 정병욱이 기적처럼 간직했다 출간한 것이 오늘 우리가 보고 있는 『하늘과 바람과 별과 시』인 것입니다. 그러니 이 시집의 가치에 대해서는 달리 무엇을 덧붙일 필요가 없을 정도입니다. 은유의 유형, 은유의 방정식을 제목으로 턱 내세운 정병욱의 솜씨가 또한 놀라운 것이지요. 그러니까 이 시집의 가치는 다른 한편으로는 후배 정병욱이 이 시집의 제목을 이토록 멋지게 잘 지었다는 데도 있습니다. 이 시집이 우리 시사의 대표적인 시집이 될 것임을 시집 타이틀로 이미 인증한 것입니다. 개별 시인의 시집이기보다는, 시의 은유를 총괄하는 시집, '시라는 물건은 이것이다'를 증명하고 시의 은유를 입증한 '총괄시집'이라고나 할지요?

어쨌든 친구든, 후배든, 훌륭한 지인을 가까이 두는 것이 이렇게 중요합니다. 카프카가 자신의 원고를 불에 태워달라고 했을 때 불태우지 않고 출간한 카프카의 친구 막스 브로트의 예지, 이를 친구와의 신의를 돈과 교환한 상업적 계산이라 비난하는 사람도 있습니다만. 그것이 상업적인 이용이든 우정에 의한 것이든 간에, 브로트의 예지와 선구안이 없었다면 오늘날의 '카프카'는 존재하지 않았을 것이고 그리되었다면 세계문학사는 얼마나 공허했을까요? 윤동주의 필사본을 소중히 간직하고 또 그것의 가치를 인지한 정병욱의 예지도 놀랍고, 출간한 시집에 멋진 이름을 붙인 정병욱의 네이밍 감각도 경이롭기 그지없습니다. 정병욱이 없었다면 오늘날 윤동주는 존재하기 어려웠겠지요? 윤동주 없는 한국 시사는 얼마나 쓸쓸하고 공허할지요? 이 세상의 모든 은유를 한 구절로 요약한 시집이 『하늘과 바람과 별과 시』이고 그것을 한 편의 시로 요약한 것이 「별 헤는 밤」입니다. 시집 자체가 명작이 아닐 수 없고 윤동주의 시들이 명품이 아닐 수 없는 이유지요.

●

윤동주의 '연애시'에는 '연애'가 부재합니다. 젊은이가 내뱉는 '늙어버린 청춘'의 사랑과 회한에 귀를 기울이면서 연애의 부재로 연애시를 쓰는 이 돌연함, 이 의외성을 생각해보기 바랍니다. '연애'의 부재를 증언한 뒤 남겨둔 '그리움'이란 실체는 또 무엇일지요?

　봄이 오던 아침, 서울 어느 조그만 정거장에서
　희망과 사랑처럼 기차를 기다려,

　나는 플랫폼에 간신한 그림자를 떨어뜨리고,
　담배를 피웠다.

　내 그림자는 담배 연기 그림자를 날리고
　비둘기 한 떼가 부끄러울 것도 없이
　나래 속을 속, 속, 햇빛에 비춰, 날었다.

　기차는 아무 새로운 소식도 없이
　나를 멀리 실어다 주어,

　봄은 다가고 ― 동경 교외 어느 조용한 하숙방에서, 옛 거리
에 남은 나를 희망과 사랑처럼 그리워한다.

　오늘도 기차는 몇 번이나 무의미하게 지나가고,

오늘도 나는 누구를 기다려 정거장 가차운 언덕에서 서성거
릴 게다.

— 아아 젊음은 오래 거기 남아 있거라.

1942년 5월 13일

— 윤동주, 「사랑스런 추억」 전문, 『윤동주 전집』, 문학사상, 2017

　시 끝에 "1942년 5월 13일"이라는 날짜가 부기되어 있습
니다. 윤동주는 대부분의 시에 날짜를 부기해두었는데 그가
얼마나 섬세하고 꼼꼼한 성격의 소유자였을지 짐작됩니다.
연희전문을 졸업한 뒤 윤동주는 입교入敎대학 영문과에 입학
하기 위해, 고종사촌인 정몽규는 교토대학 서양사학과에 입
학하기 위해, 둘이 함께 동경으로 갑니다. '도동渡東한다'고 하
죠. 그 뒤 동경 교외 어느 하숙집에 머무르게 됩니다. 이 시는
그러니까 '동경 교외 어느 하숙방에서' 쓴 것으로, 연희전문
시절의 친구 강처중에게 보낸 편지 가운데 들어 있던 시 중
의 한 편이라고 합니다.
　강처중은, 시집 한 권 없이 가버린 윤동주가 이 세상에 존
재할 수 있게 한 인물이며, 윤동주의 시가 세상의 빛을 볼 수

있게 한 인물입니다. 후배 정병욱만큼이나 중요한 인물, 윤동주의 친구라 할 수 있겠지요. 강처중은 연희전문 문우회에서 활동했고 경향신문 기자 활동도 했는데, 이념의 혼란 한가운데 있던 해방 공간에서 남로당 활동 등을 한 탓에 처형된 현대사의 비극적 인물입니다. 윤동주의 동생 윤일주, 후배 정병욱과 함께 윤동주의 시를 세상에 알린, 기억해야 할 인물입니다.

당시 공용어인 일본어(국어) 상용정책의 환경에서 한글시를 대놓고 쓰기란 쉽지 않았는데, 윤동주는 강처중에게 편지를 보내면서 한글로 쓴 시들을 끼워 넣었다고 하죠.「흰 그림자」,「흐르는 거리」,「사랑스런 추억」,「쉽게 씌어진 시」,「봄」이렇게 동경 시절의 시 다섯 편을 윤동주가 강처중에게 보냈고 이것들을 간직한 강처중 덕에 이 시들이 빛을 보게 된 것입니다.(송우혜,『윤동주 평전』, 서정시학, 2014)

서두를 보겠습니다.

봄이 오던 아침, 서울 어느 조그만 정거장에서
희망과 사랑처럼 기차를 기다려,

나는 플랫폼에 간신한 그림자를 떨어뜨리고,

담배를 피웠다.

내 그림자는 담배 연기 그림자를 날리고
비둘기 한 떼가 부끄러울 것도 없이
나래 속을 속, 속, 햇빛에 비춰, 날었다.

　동경과 서울, 플랫폼과 하숙방, 젊음과 늙음이 서로를 거울
처럼 비추고 있습니다. 공간의 차이가 곧 시간의 차이임을 알
수 있지요. 서울이라는 공간은 과거의 것이고 동경은 시인이
머무르고 있는 현재의 공간인 셈이죠.

　담배를 피워 문 채 서울 조그만 정거장을 서성이는 청춘이
등장합니다. 희망과 사랑을 실은 기차가 곧 도착할 것 같은
설렘이 묻어 있기는 하지만 그 기대나 소망은 너무나 미약하
게 대기에 가라앉아 있는 듯 보입니다. "간신한 그림자"라는
구절은 마치 시인의 가라앉은 초상, 내면의 말을 함축하는 듯
하지요. 이 젊은 친구는 청춘이 다 가버렸음을 회한에 잠겨
토로합니다. 희망과 사랑을 다 잃어버렸기 때문이고 그것을
가져다줄 봄이 다 가버렸기 때문입니다.

　참고로, 윤동주가 담배를 피웠겠느냐 의문을 가지실 법한
데, 담배 피는 '불량한 청년'의 이미지와 '순결한 청년' 윤동

주의 이미지 사이에 너무나 큰 간극이 있다 생각한 탓이겠지요? '담배'와 '불량기'를 연결하는 방식은 지나치게 '현대화된' 것입니다. 역전驛前 혹은 후미진 골목길 근처에서 담배를 피워 문 채 서성이는 청년들은 '마초'이거나 지역 불량배 보스쯤 되거나 뭐 그런 이미지가 있습니다. 하지만 현재 우리가 가진 그 같은 담배 피는 불량 청년이나 혹 가출 청소년의 이미지는 영화를 너무 많이 봤다는 증거일 수도 있습니다. '담배 피는 초상' 혹은 '담배'의 이미지는 예술가적 감성 가득한 인간형의 초상이거나 일상의 삶이나 관습에 저항하는 전위 예술가의 이미지이기도 합니다. 그러니 그런 불량기 있는 보스 기질의 인간형이 아니라 삶에 고민하고 청춘에 번뇌하는 시인의 초상을 담배를 피워 물며 역전에서 서성이는 윤동주의 이미지에 대입시켜야 합니다.

무슨 연유인지 몰라도 후일 정지용은 윤동주의 아우 윤일주에게 묻지요.

"담배는?"
"집에 와서는 어른들 때문에 피우는 것 못 보았습니다."

윤동주가 담배를 피웠을까 피우지 않았을까 하는 질문은

별로 중요하지 않을 것입니다. 다만 사랑과 희망을 실어다 줄 기차를 기다리며 담배를 입에 문 채 플랫폼을 서성이는 아픈 청춘의 이미지를 느껴보는 것은 중요합니다. 고통과 번민의 아우라가 짙으니 담배 연기 역시 아마 지독하게 짙고 고뇌의 덩어리로 엉겨 붙어 있었겠지요. 몽상의 경쾌한 구름을 타고 자유롭게 하늘 저편으로 비상하는 보들레르나 마야콥스키의 담배 연기의 정취는 아닐 것 같습니다.

　하지만 이 청춘의 사랑과 희망은 가능할 것 같지 않습니다. 시인은 "간신한 그림자를 떨어뜨리고"라고 그 희박한 가능성, 아니 불가능성을 암시해두었습니다. 그 그림자는 그의 절망의 무게만큼이나 길게 늘어져 있고 그것은 저 날아가 버리는 담배 연기의 무상함만큼이나 가엾고 허무합니다. 햇빛 속에서 속속 날아오르는 비둘기의 그 명랑하고 쾌활하고 당돌한 이미지와, 무겁고 길게 추락하는 이 청춘의 그림자는, 얼마나 확연히 대조되는 그림인지요? 그 명랑한 햇빛 속에 선 청춘은 그 빛에 반사돼 튕겨 나오는 아픔과 회한을 가눌 길 없습니다. 윤동주의 비극적 세계는 이것 때문입니다. 그는 대낮의 햇빛에 쉽게 적응하기 어려울 듯합니다. 그가 밤과 어둠에 휩싸여 뼈를 갈고닦았던 것도 낮의 이 경쾌하고 명랑한 공기를 쉽게 허용할 수 없었던 탓에 있을 것 같습니다.

기차는 아무 새로운 소식도 없이

나를 멀리 실어다 주어,

봄은 다가고—동경 교외 어느 조용한 하숙방에서, 옛 거리
에 남은 나를 희망과 사랑처럼 그리워한다.

오늘도 기차는 몇 번이나 무의미하게 지나가고,

오늘도 나는 누구를 기다려 정거장 가차운 언덕에서 서성거
릴 게다.

—아아 젊음은 오래 거기 남아 있거라.

'나'는 서울로부터 멀리 떠나와 있다는 것이 확인됩니다.
'기차'는 아무 새로운 소식을 싣고 오지 않았고 결국 '나'는
멀리 동경으로 떠나왔습니다. "간신한 그림자를 떨어뜨"린 이
유도 알겠고 떠나온 이유도 설명되겠지요? '서울의 정거장'
은 과거의 공간이고 동경 교외의 하숙집이 현재의 공간임을
여기서 알 수 있지요. 동경 교외 하숙집 근처에 기찻길이 있
었을 테지요. '기차'를 보고 '나'는 문득 "서울 어느 조그만 정

거장"에서 서성이던 시간을 회상했겠지요. 하숙집 근처의 정거장에 오가는 기차를 보면서 이 젊은이는 과거의 시간으로 자신을 데려가게 되지요.

현재의 '나'는 동경 교외 후미진 하숙방에서 서울에서의 시간을 그리워하고, 또 잃어버린 청춘을 아파하며 깊은 회한에 잠깁니다. 육신은 '현재'에 있으나 '시간'은 옛날의 그 거리에 그대로 남아 있군요. 과거로 돌아갈 수도 없고 또 '현재'가 '과거'일 수도 없지요. 그러니 이제 기차가 오든 가든 무의미한 것입니다. 동경 교외 어느 조용한 하숙방에 늙어버린 청춘이, 비애 가득한 윤동주가 있습니다. 서울의 작은 기차역 플랫폼도 아니고 그렇다고 동경의 기차역도 아니고, 겨우 "정거장 가차운 언덕"에서 '나'는 누군가를 기다리고 있습니다. 기다리는 것은 연애와 사랑과 희망, 뭐 이런 달콤하고 낭만적인 종류의 것들이었을까요?

윤동주가 궁극적으로 그리워한 것은 그 누구도 그 무엇도 아니었을 듯합니다. 혹은 연애도, 사랑도, 심지어 희망도 아니었을지 모릅니다. 청춘의 시간일까요? 그것도 아닌 것 같습니다. 지나가 버린 젊음, 그 젊음이 정지되는 한순간을 그는 환각처럼 본 것 같습니다. 일종의 '판단 정지'의 순간이라고 할까요? 담배를 피워 물고 기차역을 서성이는 시인에게 청춘의 시간이 환각처럼 나타났다 사라집니다. 순간적이고 찰나적인 순간, 섬광처럼 젊음이 그에게 왔다 사라집니다.

절체절명의 찰나적 황홀의 한순간을 시인은 이렇게 표현합니다.

─아아 젊음은 오래 거기 남아 있거라.

시인은 꿈같은 목소리로 내뱉습니다. 잃어버린 가능성을 되돌릴 수 없고 회복할 수 없다면 시간을 중지시키는 수밖에 없겠지요. 윤동주가 원했던 가장 최후의 것은 '불타는 청춘의 정열'이지 않았을까요? 키르케고르는 '청춘'이란 '사랑과 희망의 가능성'에 있는 것이라 하고 '청춘의 정열'을 '사랑과 희망에 대한 가능성의 정열'이라 풀이하고 있더군요. 윤동주는 이십 대 초반의 나이에 사랑과 희망의 모든 가능성을 포기한 듯 말합니다. 그러니 그런 것들을 실어다 주는 기차를 몇 번이나 무의미하게 보낼 수밖에 없었던 것이죠. 모든 것이 사라졌다고 느낀 순간, 윤동주는 찰나적으로 그 같은 청춘(젊음)의 가능성을 잠깐 불러보게 되었던 것 아닐지요? 그것의 실현 가능성과는 상관없이 말입니다. 아무리 늙은 청춘의 심정을 지녔더라도 그는 청년이었으니까요. 그때 시인의 영혼은 낮고 가냘픈 목소리로 "아아 젊음은 오래 거기 남아 있거라" 말합니다. 그것은 낮고 가냘프지만 가장 깊은 울림으로 우리의 영혼을 공명합니다.

청춘은 무엇인가. 사랑과 희망을 가져다줄 기차를 기다리며 정거장에 홀로 서성이는 시간이자 존재입니다. 그 서성임 자체가 젊고 불타는 정열, 가능성의 정열이지요. 그 가능성의 정열이 희미해지다 사라지는 순간 우리는 이미 늙어 있지요. 청춘이 다 가버렸다고, 가능성의 정열이 다 사라졌다고 시인은 한숨짓습니다. 그러나 그는 분명 청춘이지요. "아아 젊음은 오래 거기 남아 있거라"라고 체념하듯 시인은 내뱉습니다. 놀랍게도 이 젊은 친구, 스물두 살밖에 되지 않은 청년이 늙은이마냥 청춘을 애달파하고 젊음을 아파하고 있습니다.

늙어서야 청춘과 그때의 첫사랑을 생각하는 법입니다. 청춘의 욕망은 강렬했으나 이제 늙어버린 인간에게는 청춘 시절의 그리움만 남은 거지요. 청춘을 그리워하는 것이 아니라 그리움을 그리워한다고 키르케고르는 말합니다. 청춘이란 무엇인가 꿈이라고 합니다. 사랑이란 무엇인가 꿈의 실체라고 합니다. 늙어서 꿈을 잃어버린 자가 그 꿈과 꿈의 실체를 그리워한다고 키르케고르는 덧붙이고 있습니다. 윤동주는 젊어서 이미 늙어버렸습니다.

윤동주의 다른 시 「위로」에는 이런 대목도 있습니다. "나이 보담 무수한 고생 끝에 때를 잃고 병을 얻은 이 사나이를" 말입니다. 연애를 할 수 없는 나이라고 시인은 자신의 청춘과 청춘에게 주어진 최대한의 가능성인 연애를 포기해버립니다. 그에게 연애는 부재했고 그 연애의 부재가 그의 병의 원인인 것 같습니다. 연애가 부재하니 청춘이 없고, 젊음이 다 소멸해버린 것입니다. 꿈이 사라지고 그리움이 사라지고 가능성의 정열도 스러져버린 것이지요.

정지용이 윤일주에게 다시 묻습니다.

"무슨 연애 같은 것이 있었나?"
"하도 말이 없어서 모릅니다."

우리 역시 그 이유를 묻는 건 부질없을 듯합니다. 청춘의 늙음과 연애의 부재가 윤동주의 「사랑스런 추억」에 있습니다. 이쯤 되니 제목의 '사랑스런'은 역설이지요. '연애의 부재'를 뼈아프게 보여주는 은유의 말법이지요. 젊어서 늙어버린 청춘이 '젊음의 정열'을 환각처럼 불러오는 제목이지요. 이 젊은 청춘의 시인, 윤동주의 연애의 부재가 새삼 가슴을 아프게 합니다.

윤동주에게 연애가 부재했다는 것은 윤동주의 시에 '여성'
이 거의 등장하지 않는 것과도 연관이 있습니다. '누나', '어
머니', '할머니'가 등장하기는 하지만 이들은 '생물학적 여성'
이기보다는 오히려 '무성적인 존재들'처럼 보입니다. 「별 헤
는 밤」의 패, 경, 옥은 어릴 때 시인이 알던 이국 소녀들의 이
름입니다. 「소년」, 「사랑의 전당」에 나오는 '순이'는 소년 시
절 시인이 알던 '순이'와의 경험이 기반이 되었을 수는 있습
니다만, 어쩐지 '육체'를 가진 인간이기보다는 숭고하고 영원
한 사랑이라는 다소 추상적인 주제를 말하기 위해 설정한 가
상의 존재처럼 느껴집니다. 「새로운 길」에는 '아가씨'가 등장
하지만 그것은 이국적 언어 같은, 무성적인 존재를 가리키는
단어처럼 느껴지지요. 관념으로 존재하는 대상에 붙이는 호
칭 말입니다.

정지용과 윤일주의 대화를 다시 한번 인용해보지요.

"술은?"
"먹는 것 못 보았습니다."
"인색하진 않았나?"
"누가 달라면 책이나 샤쓰나 거저 줍데다."
"심술은?"

"순하다 순하였습니다."

집에서는 여전히 말이 없었군요. 하지만 밖에서도 그다지 말이 없었을 것이고, 연애가 있었다 해도 윤동주는 말하지 않았을 것입니다. 어찌 되었든 정지용과 윤일주의 대담은 말 그대로 '인간 윤동주'의 초상입니다. "손목을 잡으면 / 다들, 어진 사람들"(「간판 없는 거리」)이 된다는 인식의 범주에 윤동주의 인성이 있지요.

「병원」이라는 시를 보면서 윤동주의 순하디 순하고 여리기 그지없는 심성과 거기에 투영된 연애의 부재를 생각해보기로 하지요.

살구나무 그늘로 얼굴을 가리고, 병원 뒤뜰에 누워, 젊은 여자가 흰옷 아래로 하얀 다리를 드러내 놓고 일광욕을 한다. 한나절이 기울도록 가슴을 앓는다는 이 여자를 찾아오는 이, 나비 한 마리도 없다. 슬프지도 않은 살구나무 가지에는 바람조차 없다.

나도 모를 아픔을 오래 참다 처음으로 이곳에 찾아왔다. 그러나 나의 늙은 의사는 젊은이의 병을 모른다. 나한테는 병이

없다고 한다. 이 지나친 시련, 이 지나친 피로, 나는 성내서는
안 된다.

　여자는 자리에서 일어나 옷깃을 여미고 화단에서 금잔화 한
포기를 따 가슴에 꽂고 병실 안으로 사라진다. 나는 그 여자의
건강이 — 아니 내 건강도 속히 회복되기를 바라며 그가 누웠
던 자리에 누워본다.

1940년 12월

— 윤동주, 「병원」 전문, 『윤동주 전집』, 문학사상, 2017

　이미지를 생각하면서 시를 읽어보아야 합니다. 이 시가 어
떻게 해석되는지 인터넷에서 찾아보았더니, 일제시대에 나온
시에 대한 대부분의 독법이 그렇듯, 이 시 역시 '암울한 식민
지시대'를 상징한다는 식의 해석이 많았습니다. 그러고는 이
렇게 해설을 붙여두었더군요. 1연은 병원에서 일광욕을 하는
여자 환자를 관찰한 내용, 2연은 여자를 보며 자신의 병을 생
각하는 시인의 내면을 기술한 것이고, 3연은 여자와 자신의
건강이 회복되기를 기원한 내용이라는 식입니다. 이런 정도
의 의미를 담기 위해 굳이 '시'를 쓸 필요는 없겠지요. 겉으로

드러난 문맥을 읽는 것은 시를 읽는 좋은 방법이 아닙니다.

머릿속에서 '언어의 원추'를 한번 그려볼까요. 원추의 제일 아랫바닥은 '일상어'의 바닥이고 그 꼭짓점은 일상어의 '의미'가 초월되는 지점입니다. 일상의 언어에서 저 초월의 언어로 시인의 언어는 오르내립니다. 가장 바닥에 있는 정보의 말이 곧 시가 가리키는 목적지가 아닙니다. 그렇다고 이 시를 시대의 상징으로 읽는 것이 좀 더 원추의 꼭짓점 혹은 원추의 중간 단계에 해당할까요? 저는 그렇게 생각하지 않습니다. 일제시대의 모든 시가 '암울한 식민지시대'를 가리키기 위해 쓰였다면 우리 시사가 너무 시시하거나 천편일률적인 것의 보자기가 됩니다. 시의 언어가 가리키는 것, 의미하는 것이 동일하다면 시인들이 굳이 개별 언어로 시를 쓸 이유가 없지요. 창의성, 독창성 없는 시대의 언어가 되니까요.

그것뿐이겠습니까. 시대를 앞서가지도, 미래를 말하지도 못하고 그저 시대에 억눌려 현재의 삶을 반영하는 데 시가 머무르겠지요? 시라는 물건이 이 정도 수준이라면 시의 세계는 얼마나 적막하고 쓸쓸할까요? '밤'을 '일제시대를 상징하는' 시어로 이해하기 시작하면 시 읽기의 루저가 됩니다. 난독증이 올 수 있습니다. 좀 더 세심하고 깊이 읽는 연습을 하면 새삼 시 읽기가 즐거워집니다. 인간이란 존재가 오묘해지고 우리말이 참 신비하게 느껴질 것입니다.

그럼 이 시는 어떻게 읽으면 좋을까요? 내가 곧 윤동주이고 의사도 모르는 병을 앓고 있다는 심정으로 이 시를 다시 읽어보세요. 겉으로 드러나는 문맥이 아니라 깊고 오묘하게 숨어 있는 시인의 영혼이 찾아올 것입니다. 공감의 스펙트럼을 시의 언어에 갖다 대어보세요.

살구나무 그늘로 얼굴을 가리고, 병원 뒤뜰에 누워, 젊은 여자가 흰옷 아래로 하얀 다리를 드러내 놓고 일광욕을 한다. 한나절이 기울도록 가슴을 앓는다는 이 여자를 찾아오는 이, 나비 한 마리도 없다. 슬프지도 않은 살구나무 가지에는 바람조차 없다.

젊은 여자의 얼굴은 살구나무 가지에 가려진 채 보이지 않고 그녀의 하얀 다리만 보입니다. 가슴을 앓는다니 결핵 환자일지 모르고 거기다 햇빛을 쐬지 않아 그녀의 다리는 더욱 창백했을 테지요. 그 젊은 여자를 관찰하는 윤동주의 시선이 느껴집니다. 동병상련의 연민과 아픔이 느껴지는지요?

나도 모를 아픔을 오래 참다 처음으로 이곳에 찾아왔다. 그러나 나의 늙은 의사는 젊은이의 병을 모른다. 나한테는 병이 없다고 한다. 이 지나친 시련, 이 지나친 피로, 나는 성내서는 안 된다.

2연에서는 절규하듯 윤동주가 자신을 향해 토로하지요. 햄릿의 죽음을 앞에 둔 절규처럼 말입니다. 살 것인가 죽을 것인가의 생존과 실존이 뒤엉켜 있는 구절입니다. 시 전체에서 보면 가장 압도적인 구절일 수도 있습니다. 배우라면 나지막하나 절규하듯 말해야 하고 피로하나 격정적으로 토로해야 하겠지요. 오래 아프다가 참다못해 의사에게 달려왔으나 의사는 병명조차 모르겠다고 합니다. 늙은 의사나 늙어버린 청춘의 환자나 다 실존이 피로한 그런 시대… '암울한 식민지'로 이 시를 읽는 것보다 더 암울하고 더 막막하지요?

이 막막한 피로감을 느껴보는 것이 그리 어렵지는 않습니다. 피로는 꼭 육체가 피로해서 오는 것이 아니라 지나친 시련, 지나친 정신적 괴로움 때문에도 오지요. 인간은 열이 없어 얼어 죽는 것이 아니라 빛의 부재가 인간을 얼어 죽게 한다는 스페인 철학자 우나모노의 말도 있으니까요. 이 연의 마지막 문장을 보세요. 시인의 분노 게이지가 급격하게 올라갈 듯하지만 윤동주는 스스로를 다독입니다. 그의 시 전편에 그의 인성이 투영되어 있지만, 그것이 집약된 구절이 "나는 성내서는 안 된다"입니다. 윤동주의 고통스런 인내와 자기 절제가 2연의 마지막 문장에 있습니다.

마지막 장면은 이미지상으로 압권입니다.

　여자는 자리에서 일어나 옷깃을 여미고 화단에서 금잔화 한 포기를 따 가슴에 꽂고 병실 안으로 사라진다. 나는 그 여자의 건강이 — 아니 내 건강도 속히 회복되기를 바라며 그가 누웠던 자리에 누워본다.

여자가 금잔화 한 포기를 꺾어 가슴에 안고 병원 안으로 들어갑니다. 금잔화는 이 여자의 유일한 희망, 생의 마지막 한 점 희망을 상징하는 꽃인지도 모르지요. 제일 아름다운 장면은 그 여자가 누웠던 바로 그 자리에 윤동주가 누워보는 대목입니다. 「위로」에 유사한 구절이 있고 '젊은 사나이'의 병이 "나이보담 무수한 고생 끝에 때를 잃"은 데서 왔다는 진단도 있지요.

　거미란 놈이 흉한 심보로 병원 뒤뜰 난간과 꽃밭 사이 사람 발이 잘 닿지 않는 곳에 그물을 쳐놓았다. 옥외 요양을 받는 젊은 사나이가 누워서 치어다보기 바르게—

나비가 한 마리 꽃밭에 날아들다 그물에 걸리었다. 노오란 날개를 파득거려도 파득거려도 나비는 자꾸 감기우기만 한다. 거미가 쏜살같이 가더니 끝없는 끝없는 실을 뽑아 나비의 온몸을 감아버린다. 사나이는 긴 한숨을 쉬었다.

나이보담 무수한 고생 끝에 때를 잃고 병을 얻은 이 사나이를 위로할 말이—거미줄을 헝클어버리는 것밖에 위로의 말이 없었다.

1940년 12월 3일

— 윤동주, 「위로」 전문, 『윤동주 전집』, 문학사상, 2017

가슴 앓는 여자, 하얀 다리의 여자가 환각처럼 누워 있던 그 자리에, 온기가 채 가시지 않은 그 자리에 시인은 누워봅니다. 고독과 피로와 막막함에 휩싸인 한 인간이, 병명조차 모르는 병에 걸려 아무것도 할 수 없는 한 인간이 거기에 누워봅니다. 그 여자가 남기고 간 온기가 그의 육신에 전해집니다. 그의 영혼이 잠깐 위로가 되었을까요? 사소하지만 강렬한 장면입니다. 이제 여러분도 윤동주가 누운 그 자리에 누워봐야 합니다. 단 한 가지 할 수 있는 것이라곤 그 여자가 누웠던 자리에 누워보는 것뿐인 그런 인간을 공감해보면 이 시가 얼마나 아름다운지 문득 깨달을 수 있지요. 윤동주의 소심하고 고독한 사랑이 눈에 보이는지요? 젊음이 이미 가버렸다 회한에 잠긴, 연애의 부재에 아파하는 윤동주의 내면에 다가가지지요? 눈에 보이듯 상상하고 내면을 공감할 수 있어야 시를 제대로 이해할 수 있습니다.

「사랑스런 추억」에서 밑줄 치고 무조건 외워두는 구절은 마지막에 있습니다. "아아 젊음은 오래 거기 남아 있거라." 뼈 아픈데도 참 멋진 구절입니다. 윤동주가 자신의 살을 다 발라내고 마지막 남은 뼈로 쓴 구절입니다. 외워두면 나에게 뼈가 되고 살이 되겠지요. 윤동주처럼 멋진 시인이 되지는 못해도 적어도 윤동주의 마음에 깃들 수는 있으니까요. 영혼의 순환이 된다고나 할까요.

또 다른 시에는 이런 구절이 있습니다.

나는 나에게 작은 손을 내밀어
눈물과 위안으로 잡는 최초의 악수.
— 윤동주, 「쉽게 씌어진 시」 부분, 『윤동주 전집』, 문학사상, 2017

풀 한 포기 없는 이 길을 걷는 것은

담 저쪽에 내가 남아 있는 까닭이고,

내가 사는 것은, 다만,

잃은 것을 찾는 까닭입니다.

— 윤동주, 「길」 부분, 『윤동주 전집』, 문학사상, 2017

위의 구절들은 그 자체로 하나의 에피그램이 됩니다. 쉽게 읽히지만 심사숙고해서 들여다보면 철학을 품은 문장이지요. 외워두면 좋은 구절입니다.

「아우의 인상화」에 나오는 구절 역시 압도적입니다. 동시가 동시가 아닙니다. 저는 어릴 때 트리나 폴리스의 『꽃들에게 희망을』이라는 책을 보았는데 나중에 보니 그 책은 어른을 위한 동화더군요. 노란 바탕에 큰 나비가 있는 그 책 표지가 아직도 제 기억에 분명하게 남아 있습니다. 단순하고 쉽게 읽히는 글에 숨겨진 심오한 뜻이 동화와 철학 사이를 오르내리고 있는 형국입니다.

달빛이 서늘하게 비치는 길을 아우와 걷다가 시인이 아우에게 묻습니다.

"늬는 자라 무엇이 되려니"

"사람이 되지"

— 윤동주, 「아우의 인상화」 부분, 『윤동주 전집』, 문학사상, 2017

예능에서 '인간이 돼라'고 할 때 그 '인간' 정도의 의미를 지닌다고 봐도 큰 문제는 없습니다. 윤동주는 이 뒤의 구절에서 "아우의 설은 진정코 설은 대답이다"라며 '설은'을 두 번이나 강조했습니다. '사람이 되는 것'에 얼마나 많은 의미와 철학이 함축되어 있습니까? '사람이 된다'는 것이 얼마나 어려운 일인지, 그러니 그것은 본질적으로 비극적인 세계관을 투영합니다. 시인이 '서럽고 서러운 것'임을 강조한 이유가 짐작됩니다. 삶이란 참 살기 어려운 것이지요. 나병 환자 한하운이 울며 울며 서러운 인간사의 고갯길을 넘어간다고 피맺힌 목소리로 읊던 「보리피리」의 정서와 유사합니다.

윤동주는 "사람이 되지"라고 아우가 대답하자 순간 "슬며시 잡았던 손을 놓고 / 아우의 얼굴을 다시 들여다본다"라고 했습니다. 이 천진난만한 아우가 얼마나 위대한 성자聖者처럼 느껴졌을지 짐작되지요.

순결한 눈빛을 품은 윤동주의 「사랑스런 추억」을 읽으면 윤동주가 새삼 그리워집니다. 시를 읽다 시인을 사랑하게 되는 순간입니다.

굳이 사랑의 대상이 존재할 필요는 없지만 무엇인가 그리움에 가슴을 끓이는 분들이 윤동주의 시를 읽어보면 좋겠습니다. 청춘이, 젊음이 다 가버렸다 생각하는 '피로한 청춘들'에게 윤동주의 시가 위로가 될지 모르겠습니다. 키르케고르식으로 말하자면 꿈이 곧 젊음이고 그 꿈의 실체가 곧 사랑이니 꿈을 꾼다는 것 자체가 연애와 사랑의 가능성을 증명하는 것이고 그 '가능성의 정열'을 포기하지 않는다는 뜻입니다.

무엇인지 모를 그리움을 찾아 떠도는 분들, 추상적인 '연애'의 관념에 몰입되어 있는 분들에게도 윤동주의 시는 위로가 될 것입니다. 연애의 대상이 굳이 인간일 필요는 없으니까요. 오직 동경만이 존재하는 '낭만주의자의 하늘'을 가지신 분들이 주로 가슴속의 별을 셀 듯한데 그런 분들에게도 윤동주의 시가 꿈을 주겠지요. 혹시 외국 여행지의 여관방에서 하릴없이 몽상에 젖어 계신가요? 여관방의 한끝에서 저 끝으로 몸을 뒤척이며 이국의 하늘 아래서 갖은 상념에 시달리는 분들에게 이 시를 권합니다.

그냥 아무 생각 없이 그리운 것들이 존재했던 청춘의 시간을 그리워하는 분들, 청춘의 시간은 이미 흘러가 버렸으되 생각만 해도 청춘이 사무치는 분들에게도 권합니다. "아아 젊음은 오래 거기 남아 있거라." 이 한 문장이 늙고 초라해진 마음을 얼마나 황홀하게 들썩이게 할지요?

8。

김춘수

×

샤
갈
의
마
을
에
내
리
는
눈

○

사랑의 몽상,

비록

'충만한 현실'이 아닌

'텅 빈 이미지'일지라도

목하 열애 중이신가요? 연인과 함께 통영에 가보세요. 실연하셨나요? 마찬가지로 통영에 가보세요. 특히 봄에 가는 것이 좋습니다. 사랑의 울렁이는 마음도, 연애의 추억도, 사랑의 상실도 다 통영의 바다가 너그럽게 받아줍니다. 그것뿐 아닙니다. 통영에는 김춘수의 '여운이 있는' 바다가 있고, 백석의 "미역오리같이 말라서 굴 껍질처럼 말없이 사랑하다 죽는" 수많은 '천희'들이 있고, 박경리의 김약국의 딸들의 사랑과 청춘의 고뇌가 통영 바다에 잠들어 있지요. 봄에는 시간이 안 될 것 같다고요? 그럼 다른 계절이라도 상관없습니다. "봄에는 귤과 탱자가 익고 겨울에는 눈이 무릎까지 쌓이고 눈 개인 다음 날은 설청雪晴의 그 하늘 깊이 산다화가 지고, 바다가 눈부신 빛깔로 제 살을 드러내곤 하는 겨울날"(이남호, 『김춘수 문학앨범』, 웅진출판, 1995)이 통영의 사계절입니다.

통영에 가야 할 이유가 하나 더 있습니다. 김춘수의 '바다'가 거기 있어서입니다. 통영의 바다는 김춘수 '시의 뉘앙스'입니다. '뉘앙스'란 '이미지'입니다. 김춘수는 사랑조차 이미지라고 말합니다. 낯설고 신비스럽게 문득 우리를 혼동과 모순 속에 휩싸이게 하는 그것! 그래서 이미지는 실재보다 힘에 세다는군요. 통영의 바다에 뉘앙스가 있고 이미지가 있고 그래서 사랑이 있습니다. 이번 봄에는 통영에 가세요. 통영 바다에서 사랑의 이미지와 사랑의 뉘앙스를 느껴보세요. 이번 봄이 어렵다면 다음 봄도 상관없겠지요.

김춘수는 특이한 존재입니다. 그는 죽음 직전까지 '젊은 시', 좀 더 쉽게 말하면 모던하고 세련된 시를 썼습니다. 보통 시인의 생물학적인 연대와 시의 스타일은 평행하게 간다고 말합니다. 관례대로 한다면, 시인이란 모름지기 느지막한 나이에 이르러서는 모던한 시에서 손을 떼고 노장사상이 노니는 초월의 수풀로 들어가거나 시단의 원로로서 권위를 지키면서 대가급의 시론을 펼쳐야 옳다는 것이지요. 그런데도 김춘수는 그렇게 하지 않았습니다.

김춘수는 최후까지 우리말 이미지가 빛나는 시를 썼습니다. 언어란 무엇인가, 이미지란 무엇인가, 리듬이란 무엇인가 등에 대한 시인으로서의 일생의 고민을 끝까지 버리지 않았습니다. 그는 마지막까지 언어의 문제를 고민했습니다. 말의 긴장감 가운데 그의 삶이 존재했다고나 할까요? 피곤한 일이지요. 이상하게도 말이 말을 빛내는, 말이 시를 빛내는 그런 언어의 모험, 시의 모험을 하고 있었던 것이지요. 말은 언제나 미완으로, 여운으로 남는 물건입니다. 사랑하는 연인에게 '사랑한다' 간절하게 말해도 자신의 마음을 다 전할 수 없지요? 그런 것이 인간의 말입니다. 말은 다 전해지지 않고 그 나머지는 침묵 속에서 그저 빛나고 있지요. 말을 하되 말로써 다 전해지지 않는 것이 말의 본질이지요. 이것이 시학의 제1 원칙인데, 연애도 그렇지 않은가요? 김춘수가 연애시를 썼다면 이 말을 하고 싶지 않았을까요?

말년(1997년)에 출간한 시집(『들림, 도스토예프스키』)에서도 김춘수는 그가 젊었을 때 가졌던 시적 인식에서 그리 크게 벗어나지 않았습니다. 그는 여전히 시의 가장 근본적인 문제인 '언어'에 깊이 매달려 시적 긴장력을 거의 잃지 않고 있었습니다. 여기서 우리는 문득 두 가지 의문에 도달하는데, 그가 시적 긴장을 유지하는 동력은 어디로부터 온 것인가 하는 것, 그리고 그가 반세기 동안 매달린, 말라르메식으로는, '대문자 책Livre', '대문자 시'의 귀결점은 어디인가 하는 점입니다. 조금 어려운가요? 시란 말로 다 설명되지 않는 물건이니, 어렵더라도 그러려니 하고 지나가는 것도 방법입니다.

시인은 시의 시간과 인간의 시간 사이에서 홀로 싸우는 존재입니다. 이 말은 앞서 언급한 '시는 이십 대에 쓰는 것', '시

정신은 젊음에 있다'는 말과 비슷한 맥락을 가집니다. 즉 시는 이십 대의 열정으로 쓰는 것이지 인생에 대해 삶에 대해 달관한 듯한 포즈를 취하는 중년 이후에는 쓰기 어렵다는 말과 통합니다. 모든 인생의 원리를 다 알아버린 터에 굳이 시가 필요할까요? 늙어서는 도 닦듯이 살면 그만인데 굳이 시적 긴장을 유지해가며 골치 아프게 시를 쓸 필요는 없지요. 늙어서도 젊은 시를 쓰겠다는, 아니 실제로 그렇게 했던 시인이 바로 김춘수입니다. 경이롭고 또 의아하지요.

김춘수가 이룬 공적은 '무의미시'라는 용어로 포괄됩니다. '말'에는 '의미'가 따라붙지만 그 '의미'가 항상 말의 표면에 딱 달라붙어 있지는 않습니다. 의미 없이 그냥 쓰는 말도 있고 반어도 있고 위장의 말도 있습니다. 보통 길게 부연하는 사람들에게 우리는 차마 견디지 못하고 이렇게 딱 쏘아붙이지요? "마, 됐고! 그래 네가 말하는 바가 뭐냐?" 이 당돌한 질문에 대한 답을 고민하다 우리는 겨우 우회적으로 '별'을 덧붙여 "별 의미가 없다"라고 손사래를 치기도 하지요. 일상적으로 쓰는 말이야 '의미'를 찾을 수밖에 없다 해도 이 원칙을 시 장르에까지 끌고 와야 할까요? 아무리 천한 시라도 그것이 예술의 영역에 속하는 물건이니 만큼 시의 말은 일상의 말과는 좀 품격이 달라야 하지 않을까요?

시의 언어가 어떤 의미를 가진다고 할 때, 시인은 항상 언어의 구속, 의미의 구속에 갇힌 듯한 기분이 들 것입니다. 일상의 말과 시의 말이 어떻게 다른지 회의하기도 하지요. 시인은 '의미'로부터 자유롭고자 하지만 독자들은 시인의 말에서 언제나 '의미'를 찾고 '의미'가 찾아져야 제대로 시를 읽었다 생각하지요. 시의 말에 일상적이고 사전적인 '의미'를 갖다 붙이기 일쑤이지요. 시 교과서에서 시의 '주제'를 찾는 작업과 유사합니다.

시는 일상의 말을 가져다 쓰되 일상의 의미 그대로 두지는 않지요. 시에 맞게 색칠을 합니다. 다다이스트나 초현실주의자 들은 말을 이리 비틀고 저리 비틀어 사전적인 의미를 최대한 배제하고 심지어 '의미하지 않기' 위해 아예 글자를 해체해버리기도 했지요. 말하자면, 시에는 '의미가 없는 의미'도 있을 수 있습니다. '의미가 없는 시'가 하나의 시적 스타일일 수 있다는 뜻입니다. '시는 함축적 의미를 갖는다'는 말에서 '함축적 의미'란 시 스타일의(시에 맞는) '의미'를 갖는다는 뜻입니다. 싸이의 「강남 스타일」이 있듯 '시적 스타일'이 있는 것입니다.

언어는 의미를 실어 나르는 도구가 아닌 순수한 자신의 스타일로, 독립적으로 살고자 하는 자율적 존재이기도 합니다.

그러니 시의 언어가 일상어의 '의미'로부터 벗어나 독립적인 방식으로 '의미'를 창안하고 생산할 수 있는 것이지요. '의미 없는 시(무의미시)'가 존재할 충분한 이유를 여기서 확인하게 됩니다. '팥 없는 단팥빵'이 단순하고 담백하고 그래서 오묘하기 그지없는 것이나 마찬가지입니다. 악마가 '디테일'에만 있는 것은 아니고 '무의미'에도 있습니다.

김춘수는 '의미 없게 시 쓰기'라는 유례없는 시의 모험을 합니다. '의미'를 전복하고자 '무의미시'에 한동안 매달립니다. 김춘수의 늙어서도 사라지지 않은 '패기'의 밑바탕에는 '언어'라는 중요한 문제가 있었습니다. 김춘수에게 시란 '언어'로 오는 것이지 그 이상도 그 이하도 아니었던 것이지요. 그 어떤 것도 언어 '다음'에 존재하지 언어보다 앞에 존재할 수 없었던 것입니다. '의미'를 찾을 때 핵심인 '역사'나 '현실' 같은 문제들은 '언어'보다 앞설 수 없지요.

김춘수 시의 결코 늙지 않은 비법, 시의 긴장력이자 생명력은 '언어'에 있습니다. '언어'가 없다면 그에게는 '시'도 없습니다. 초기 시의 철학적 사유의 옷을 입은 것(「꽃」)에서부터, 역사의 '탈'을 쓴 연작시(「처용단장」)에 이르기까지, '언롱言弄'이라는 시의 극단적 형태를 취한 것, 그리고 산문시에 이르기까지, 그의 시의 근본 문제는 항상 '언어'의 주변을 맴돕니다. 이

언어에 대한 관심은 다른 시인들과 차별되는 김춘수 그만의
것이며 그를 청년시인으로 남아 있게 하는 내적 동력입니다.

●

　'언어'에 김춘수 시의 비밀이 있다면 연애시의 비밀도 그
러할까요? 김춘수는 '의미'가 배제된 시를 실험하다 '이미지'
로 존재하는 연애시를 씁니다. 「샤갈의 마을에 내리는 눈」은
사랑의 말이 이미지로 표현된 걸작입니다. '의미'를 파악하려
진땀을 뺄 이유가 없습니다. 이미지를 느끼는 것이 시의 뉘앙
스를 느끼는 일이고 그것이 말로 다 하지 못하는 말의 여백,
시의 진정한 읽기에 도달하는 길이기도 하지요. 통영에 가서
바다를 보고 그 바다의 뉘앙스를 느끼는 것이 곧 시를 이해
하는 것이듯 말입니다. 「샤갈의 마을에 내리는 눈」은 마음속
에 그림 그리듯 말을 이미지로 상상하면서 읽어보면 좋은 시
입니다. 그림보다 시가, 이미지보다 문자가 더 생생하고 아름
다운 사랑의 그림, 사랑의 풍경화를 보여줄 수도 있으니까요.
황동규의 「즐거운 편지」가 '경험'에서 '관념'으로 나아간다면,
김춘수의 「샤갈의 마을에 내리는 눈」은 '관념'에서 시작해
'경험'같이 느껴지는 '현실'을 보여주지요.

샤갈의 마을에는 삼월에 눈이 온다.

봄을 바라고 섰는 사나이의 관자놀이에

새로 돋은 정맥이

바르르 떤다.

바르르 떠는 사나이의 관자놀이에

새로 돋은 정맥을 어루만지며

눈은 수천수만의 날개를 달고

하늘에서 내려와 샤갈의 마을의

지붕과 굴뚝을 덮는다.

삼월에 눈이 오면

샤갈의 마을의 쥐똥만한 겨울 열매들은

다시 올리브 빛으로 물이 들고

밤에 아낙들은

그 해의 제일 아름다운 불을

아궁이에 지핀다.

— 김춘수, 「샤갈의 마을에 내리는 눈」 전문, 『김춘수 시 전집』, 민음사, 1994

　이 시의 이미지는 샤갈의 「나와 마을」로부터 온 것이라는 설이 있지만, 「도시 위에서」를 비롯 샤갈 그림의 이러저러한 이미지들이 다 함축되어 있는 듯합니다. '샤갈' 하면 우선 슬라브 지역 유대인 마을의 신비롭고 몽환적인 풍경들이 떠오릅니다. 초록색 옷을 입은 남자가 청색 옷을 입은 여성을 안고 지붕 위를 날아다니고 있습니다. 그 아래로 슬라브풍의 집들이 흰색 화면을 배경으로 아득하게 보이는군요. 어쩜 눈이 내렸는지도 모르겠습니다. 「도시 위에서」는 샤갈이 지극히 사랑했던 아내 벨라와의 추억이 가득 담긴 그림이라고 합니다. 붉고 뾰쪽한 지붕과 앙증맞은 창문들로 이루어진 러시아 유대인 마을의 풍경들, 첨탑이 솟은 시골의 작은 교회당, 까만 밤을 밝히는 별의 무리들, 몽환적인 푸른색들이 화면을 가득 채우고 있습니다.

김춘수 시의 천사 이미지, 올리브 열매 등은 샤갈의 그림과 관계 깊은 것들이겠지요? 압도적으로 전해지는 오브제의 '의미'를 이해하는 것이 샤갈 그림에 접근하는 좋은 방법인 것 같지는 않습니다. 이국적이면서 몽환적인 이미지 자체가 우리를 이미지의 꿈속에 살게 합니다. 주로 아담과 이브를 모티프로 성서적인 장면화를 구현해낸 샤갈의 이력을 떠올리지 않더라도, 그러니까 굳이 종교적 심성을 갖지 않더라도, 샤갈의 그림을 보고 있으면 무엇인가 현실의 어려움이나 고통으로부터 잠깐 벗어나 걱정 없이 사랑이 충만한 항구에 인생의 닻을 내려놓는 기분이 들지요. 문득 삶의 휴식 같은 시간을 얻고, 아름답게 꿈꾸는 것만으로 삶이 위로받을 수 있을 것 같은 생각을 하지요.

하늘(천상)은 오직 사랑과 행복으로 충만한 곳, 신의 공간일까요? 하늘을 떠다니는 혹은 날고 있는 아름다운 남녀를 굳이 성서의 아담과 이브로 볼 필요는 없으니, 이 사랑에 빠진 남녀 한 쌍의 아름다운 비행이 우리 자신의 그것인 듯 마음의 평화가 옵니다. 사랑이 없다면 삶도 죽음도 존재할 수 없고 그러니 사랑이 없으면 생명 자체가 지속될 수 없지요. 바그너의 「니벨룽의 반지」가 궁극적으로 말하고자 하는 바로 그 브륀힐데의 여성적 사랑과 구원의 이미지도 샤갈 그림에서 얻을 수 있지요. 사랑이라는, 인류 공통의, 동서고금 보편의 주제가 샤갈 그림의 핵심일 테지요.

이제 김춘수의 시로 시선을 옮겨보겠습니다. 시인은 첫 구절을 "샤갈의 마을에는 삼월에 눈이 온다"라고 씁니다. 한국의 계절 감각으로는 삼월에 눈이 오는 경우가 많지 않은데, 이 시의 공간이 한국이 아닌 샤갈이 살던 러시아 유대인 마을이니 삼월에 눈이 오는 것쯤은 일상다반사일까요? 아니면 이 공간이 일상의 공간, 현실의 공간과는 다른 공간, 즉 시적인 공간, 환상적인 공간임을 함축하는 것일까요?

앞에서 말했듯 샤갈의 그림 「도시 위에서」 등에서 온 듯한

'샤갈의 마을'은 아름답고 낭만적인 이미지로 차 있고 동화적이고도 신비로운 아우라가 깃들어 있지요. 꿈과 낭만이라는 것이 다 이 세상에는 없는 것, 저 먼 곳에 있는 것, 영원한 동경의 길 위에 있는 것이니, '샤갈의 마을'이 몽환적이고 신비한 아름다움을 띠고 있는 것은 당연하지요. 난장으로 어질러진 현실의 골방이 몽환적일 수는 없지요. 현실의 공간은 늘 그렇게 어수선하고 지저분하게 마련입니다. 생계와 일상의 때가, 삶의 지독한 땀내가 덕지덕지 묻어 있을 따름이니까요.

그러니 '샤갈의 마을'은 삶의 '여기'가 아니라 '저기'에나 있지요. 러시아 근역에 있고, 러시아 태생의 유대인 화가 마르크 샤갈의 그림에나 있는 공간인 것이지요. 수천수만의 날개를 단 눈이 내리고, 겨울 열매들이 올리브 빛으로 물드는 공간 역시 '이곳'일 수는 없습니다. 이국적인 것과 몽환적인 것이 한 가지 짝패로 낭만적인 아우라를 풍깁니다. 어쨌든 '여기, 현실의 공간'이 아닌 '저기, 동경의 공간'인 '샤갈의 마을'에 눈이 내리고 있습니다. 공간도 낯설고, 거기다 뜻밖의 상황이 펼쳐지고 있는 격이니 이중으로 '샤갈의 마을에 내리는 눈'은 현재 이곳의 일이 아닐 것 같습니다. 삼월의 눈은 신비하고 아름다운 이 이국적 공간을 더욱 내밀하게 만들고 있습니다. 무엇인가 심상찮은 일들이 계속 일어날 징조 같습니다.

봄을 바라고 섰는 사나이의 관자놀이에

새로 돋은 정맥이

바르르 떤다.

바르르 떠는 사나이의 관자놀이에

새로 돋은 정맥을 어루만지며

눈은 수천수만의 날개를 달고

하늘에서 내려와 샤갈의 마을의

지붕과 굴뚝을 덮는다.

한 사나이가 등장합니다. 삼월, 그 찬란하게 눈부신 꽃 피는 시절을 기대하고 있었는데 꽃 대신 눈이 오니 사나이가 긴장하겠군요. 시인은 의외의 상황에 놀란 사나이의 긴장감을 '관자놀이에 정맥이 새로 돋아 바르르 떤다'고 표현하고 있습니다. 눈이 긴장한 사나이의 관자놀이를 어루만집니다. 평화와 위안이 있습니다. 사나이는 다음에 나올 '아궁이 불을 지피는' 아낙의 존재와 함께 눈 내리는 공간에 사랑이 충만하게 합니다. "새로 돋은 정맥"이나 "바르르 떠는 사나이"의 이미지는 추위, 얼어붙음, 긴장, 생명력 등을 환기하는데, "새로 돋은 정맥"이라니, 차고 팽팽한 긴장감을 가진 빛의 이미지가 투영된 구절입니다. 그것은 '아낙들의 불'이 주는 열 이미지들과 반듯하게 대조돼 오히려 생명의 불을 더욱 강화시킵니다. 가장 오래되고 생명력 있는 것들은 바로 극과 극이 서로 맞상대하면서 서로를 반조하는 이 양극적 힘의 상생적相生的 에너지로부터 기인합니다. 빛과 열, 남성과 여성, 천상과 지상 같은 대극적인 대상들이 '생명'의 불을 더욱 붉게 피워 올리겠지요.

그런데 눈에 날개가 달려 있습니다. '천사'의 이미지가 겹쳐져 있지요. 김춘수는 '천사'란 온몸에 눈이 달려 있는, 인간의 몽환이 만든 존재라 쓴 적이 있는데, 수천수만의 날개를 단 천사는 수천수만의 눈을 가진 천사일 수 있습니다. 즉 눈雪이 눈目을 달고 내려오고 있군요. 세상의 모든 것들을, 가시적인 부분뿐 아니라 저 내밀한 곳까지도, 양심이라든가 무의식이라든가 하는 초월적인 영역까지도 천사는 볼 수 있습니다. 그런 천사인 눈이 샤갈 마을의 지붕과 굴뚝을 덮고 있습니다. 평화롭고 아름답고 또 몽환적인 샤갈 마을의 풍경이 고즈넉하게 자리 잡습니다.

삼월에 눈이 오면
샤갈의 마을의 쥐똥만한 겨울 열매들은
다시 올리브 빛으로 물이 들고

밤에 아낙들은

그 해의 제일 아름다운 불을

아궁이에 지핀다.

아낙들은 추위와 긴장으로 떠는 사내를 위해 불을 지핍니다. 여기서 지붕과 굴뚝을 덮는 눈이나 올리브 빛으로 물드는 겨울 열매들은 이 공간을 더욱 아름답고 몽환적으로 빛나게 합니다. 천사나 올리브 열매들은 신비로운 분위기를 한층 더 고조시킵니다. 눈과 올리브 빛 열매들과 아궁이에 피어오르는 불의 이미지들이 시각적으로 대조되면서도 향내가 풍기지 않나요? 따뜻하면서도 훈훈한 향훈이 느껴지지 않는지요?

'색향色香'이라는 용어를 쓰기도 합니다만 단지 색과 향뿐이겠습니까? 이미지를 느끼는 데는 '의미'가 아니라 색과 향과 감촉 등 여러 감각이 같이 작동하지요? 이 혼합 감각을 통해 느껴지는 아우라 덕에 이미지들이 손에 잡힐 듯 리얼하게 다가오지요. 말로써는 차마 설명 안 되는, 어쩌면 말이 필요 없는 '뉘앙스'가 느껴지는지요? 소금을 넣으면 단맛이 더 강화되는 맛의 이치나, 클래식 음악을 들을 때는 장막 뒤에서 귀로만 듣지 말고 눈으로도 같이 보아야 한다는 슈만의 말을 기억하면, 감각을 강화하는 것은 서로 다른 것(감각)들의 융

합과 조화라는 말이 이해됩니다. 시의 이미지는 융복합적인 감각의 기원이자 산물이니, 듣고 보고 향내 맡는 상상을 하면서 시의 뉘앙스를 느끼는 것이 시 이해의 핵심입니다. 각각의 감각이 서로 대조되고 섞이면서 시적 공간 자체를 충만하고 내밀하게 합니다. '보고' 있는데, 시각뿐 아니라 촉감과 후각이 동시적으로 달아오릅니다. 이미지를 '보면서' 동시에 '향내 맡고' 감촉하는 것이 핵심입니다. 그때 '문자'로 죽어 있던 시의 대상, 장면 장면들이 생생한 산말로 되돌아옵니다.

날개를 달고 사나이의 관자놀이에 내려앉는 눈도 아름답지만, 그보다 더 아름다운 장면은, '아낙들이 지피는 아궁이의 불' 이미지입니다. 아낙들이 지피는 불은 삼월에 내린 눈이 준 추위와 긴장을 녹입니다. 이 불이 진정 아름다운 것은 그것이 순수한 정념의 불이기 때문일 것입니다. 이 대목은 사랑의 추상성이나 관념성, 모호한 '사랑의 정의'를 넘어서 있습니다. '사랑의 영원성'이라는 관념이 이미지로 생생하게 구체화되는 것이라고 할까요. '불'의 이미지는, 앞부분에 제시된 삼월에 눈이 내리는 샤갈 마을의 동화 같고 천상 같은 풍경과 이어집니다. 사랑의 불은 영원의 꽃이 됩니다. 사나이들과 여인들이 함께 지피는 불이 마치 장미꽃처럼 타오릅니다. 불은 꽃이 되어 샤갈 마을의 삼월을 꽃 천지로 뒤덮을 것입니다. '삼월의 눈'은 '삼월의 장미꽃'이 아니었을까요? 삼월에 눈이 오는 이 '의외의 상황'은 눈이 장미꽃이 되고 장미꽃이 사랑의 불이 되는 이미지의 전환을 위해 필요했을 따름이지요.

'눈'에서 '꽃'으로, '물'에서 '불'로 이미지가 변환되면서 이 시는 절정의 연애시로 치닫습니다. 이미지만으로도 아름다운 연애시가 되는 사정을 우리는 김춘수의 시 「샤갈의 마을에 내리는 눈」에서 확인하게 됩니다. '이미지는 공허한데 실재보다 아름답다'는 것이 롤랑 바르트 이미지론의 핵심입니다. 이상하게 이 시에는 공허한 듯하면서도 꽉 차 있는 '사랑'의 이미지가 있습니다. 연애의 몽상만으로도 행복한 이유와 연애시를 읽는 것만으로도 내면이 충만해지는 이유를 이 시는 설명해줄지 모릅니다.

김춘수 하면 떠오르는 시가 있지요. 「꽃」입니다. 하이데거의 존재론, 실존주의 철학을 시로 쓴 것이라는 시연구자들의 해설은 잊어버리십시오. 그런 어려운 이야기를 몰라도 이 시를 즐기는 데 장애는 없으니까요. 독자로서 시가 좋으면 그만이지요. 요약하면 '너의 이름을 불러주기 전에 너는 다만 하나의 몸짓에 불과했는데 너의 이름을 불러준 후에야 비로소 너는 꽃이 되었다'라는 것인데, 편지로 연인에게 마음을 전하던 시절에는 연애편지에 단골로 등장했던 구절이기도 합니다. 어떻게 보면 모든 연인들의 욕망의 바탕에는 서로에게 다가가 '그대의 꽃'이 되겠다는 숭고한 성실성이 자리하고 있는 것 같습니다.

그런데 「꽃」의 아름다움은 오늘 읽은 「샤갈의 마을에 내리는 눈」의 아름다움과는 차이가 있습니다. 독자에게 읽히는 주된 '의미', 시인이 진술하는 '내용' 그 자체가 독자들의 공감을 이끌어내는 「꽃」과는 달리, 「샤갈의 마을에 내리는 눈」은 오히려 '의미'는 잘 알기 어렵고 그냥 시인이 묘사하는 어떤 정황, 풍경, 이미지가 두드러지는 시입니다. 「꽃」에는 '이미지'나 '풍경'이 거의 그려지지 않습니다. 그런데 풍경을 따라가면서 장면을 상상하면서 「샤갈의 마을에 내리는 눈」을 읽어 내려가다 보면, 그 아름다운 풍경 속에 독자도 '그냥' 함께 서게 되지요. 시인이 만드는 드라마의 주인공이라도 된 듯 말입니다. '그냥 느끼는 이 기분'은, '의미' 때문이 아니라 말(시어, 시 구절)의 주변에 무엇인가 뿜어져 나온 말의 아우라 때문입니다. 김춘수가 '통영'을 "내 시의 뉘앙스"라고 말할 때, 그 '뉘앙스'라는 것과 비슷합니다. '말은 말을 넘어선다', '의미는 의미를 넘어선다', '말은 침묵 속에서도 의미를 드러낸다' 등의 맥락과 유사합니다.

쉽게 말하면 「꽃」은 '의미'를 파악해서 읽는 시인데 반해, 「샤갈의 마을에 내리는 눈」은 제시된 이미지만으로도 아름답게 읽힌다는 뜻입니다. 이것도 어렵다면 '뭐 그냥 참 아름답다, 뭔지 몰라도'의 경지에 이 시가 있음을 이해하면 되겠습니다. '문자로 이렇게 멋지고 아름다운 사랑의 풍경이 그려질 수 있다니!' 이 정도로만 느껴도 충분합니다. '의미'를 일일이 좇아갈 필요도 없이 말이죠. '사랑에는 이유가 없다'는 인류가 쌓아온 사랑의 철칙과 마찬가지니, 재미있지요? '그냥' 느끼세요.

그러니 시를 읽든, 연애시를 읽든, 굳이 '주제'를 찾으려 하지 마세요. '주제도 없이' 혹은 '제 주제도 모르고' 우리는 '그대'를 사랑하지 않나요? 사랑에는 이유가 없지요. 그러니 시의 '주제'가 아니라 아우라, '의미'가 아니라 이미지, '문자'가 아니라 음향, 색향에서 연애시를 맛보기를 권합니다.

김춘수는 「처용단장」 연작시들에서 조금 과한 실험도 합니다. '의미' 없이 시를 쓰기 위해서 말이죠.

불러다오
멕시코는 어디 있는가,
사바다는 사바다, 멕시코는 어디 있는가,

사바다의 누이는 어디 있는가,

말더듬이 일자무식 사바다는 사바다,

멕시코는 어디 있는가,

사바다의 누이는 어디 있는가,

— 김춘수, 「처용단장 제2부 들리는 소리·5」부분, 『김춘수 시 전집』 민음사, 1994

ㅜㅉㅣ ㅅ ㅏ ㄹ ㄲ ㅗ ㅂ ㅏ ㅂ ㅗ ㅑ

ㅣ 바보야,

역사가 ㅕ ㄱ ㅅ ㅏ ㄱ ㅏ 하면서

ㅣ ㅂ ㅏ ㅂ ㅗ ㅑ

— 김춘수, 「처용단장 제3부 메아리·39」부분, 『김춘수 시 전집』 민음사, 1994

 일체의 관념, 사상, 의미, 설명이 배제되어 있습니다. 통일
된 어떤 아이콘을 이미지라고 한다면 여기에는 통일된 이미
지조차 없습니다. 일종의 주문이자 리듬만이 존재합니다. '멕
시코', '사바다' 같은 단어가 이국풍의 것이니 무엇인가 신비
로운 뉘앙스를 주기는 합니다만, 그것과 '일자무식', '누이'와
의 관계를 파악하기는 어렵습니다. '의미 찾기' 자체가 장애
물인 것이지요. '아르헨티나', '탱고'를 '멕시코'와 '사바다'에
각각 대응하면 어떨까요? 좀 '의미'라는 것이 달라지기는 하

겠지만 본질적으로 변하는 것은 없을 듯합니다. 결국 리듬만이 남으니까요. 리듬이란 영혼의 충동이자 심혼의 주술적 움직임입니다. 새의 울음소리를 '리트로넬로ritronello'라 부른 철학자가 있는데 이것이 가장 온전한 소리이자 순수한 육성 바로 그것이기 때문입니다. 더 이상 분절되지 않아 '의미'가 더 이상 담보되지 않는 상태! 「처용단장」 연작시에서 김춘수의 언어를 향한 고투는 결국 문자를 해체하는 단계로 갑니다.

줄글로띄어쓰기와구두점을무시하고동사를명사보다앞에놓고잭슨플록을앞질러포스트모더니즘으로존케이시를앞질러소리내지않는악기처럼미국의한병사가갖다준쓸개한쪽서럽고도서럽던

서기 1945년 8월 15일.

— 김춘수, 「처용단장 제3부 메아리·28」 전문, 『김춘수 시 전집』, 민음사, 1994

"줄글로띄어쓰기와구두점을무시하고동사를명사보다앞에놓고"이 대목을 보면 어떻게 말이 해체되고 의미가 배제되는지 이해되지요. 의도적인 것입니다. 김춘수는 이를 잭슨 플록에게서 배운 것이라고 하고 "그것은 궤적이다. 즉 운동이

다"라고 부연합니다. '생은 카오스'라는 명제는 역사 허무주의자, 역사 부정주의자로서 김춘수 인식의 핵심입니다. 중고등학교 시절 미술 시간, 마룻바닥에 화포를 펴놓고 공업용 페인트를 떨어트리는 '드리핑 기법(액션 페인팅)'을 시도하는 잭슨 플록의 사진을 본 적이 있으신지요? 잭슨 플록의 그림에서 우리가 보는 것은 결국 운동감 혹은 리듬감 아닐까요? 추상표현주의라 부르든 액션 페인팅이라 부르든 혹은 무엇이라 이름하든, 거기에는 '그냥' 움직임, 주술적인 리듬감, 물질성만 남아 있습니다.

「처용단장」의 대부분 시편들도 각각의 시에 제목이 없고 숫자만 붙어 있는데, 잭슨 플록의 그림도 마찬가지로 대개가 다 비슷비슷한 인상을 주는 선의 움직임이 있으면서도 별 다른 제목이 붙어 있지 않습니다. 사물이 재현되지 않으니 제목이 필요 없죠. 결백하고 순수한 선의 움직임 그 자체만으로도 존재성을 가진다는 의도일까요? 반복만 있는 것이니, 각 개체가 아니라 무언가 생명의 덩어리들이 한꺼번에 몰려갔다 몰려오는 느낌도 있지요. 결국 반복이 시간의 지속을 가능하게 하고 그것이 생명의 지속입니다. '은유'란 파도처럼 밀려갔다 밀려오는 것이라 멋지게 말했던 영화 「일 포스티노」 기억하시는지요? 말의 호흡이 곧 '리듬'이지요. 생명의 덩어리들은 반복과 재반복, 시간의 지속 위에서 움직입니다.

잭슨 플록이든, 김춘수든, 이들에게서 자존감 높은 예술가들의 표정이 엿보입니다. 굳이 '전위', '실험'이라 이름 붙이지 않아도 이해되는 예술가다운 태도입니다. 샤갈에게는 여전히 이미지가 있었는데, 플록에게는 더 이상 이미지도 없습니다. 물질만 있지요. 그림의 물질이 페인트 자국인 것처럼 시의 물질은 언어 나부랭이, 음절인 것입니다. 그것은 더 이상 소리로도 재현되지 않은 우리 저 심연의 웅얼거림, 바로 그것입니다. 「처용단장」 연작시의 '바보야'의 음절 해체와 플록의 흩뿌려둔 물감들이 서로를 가리키며 빛나고 있습니다.

인간의 한계가 곧 언어의 한계입니다. 시인의 극한적 모험은 언어의 극한까지 가보는 것입니다. 물론 극한까지 가면 죽음뿐이니 김춘수는 다시 '의미'로 돌아와 길고 긴 의미의 시 '산문시'를 쓰기도 하지요. 언어가 안 된다면 그다음은 무엇인가? 김춘수는 영화에 관심을 갖게 됩니다. 인간의 한계를 뛰어넘어 인간을 표현할 수 있고 그래서 인간을 꿈꾸게 하는 장르가 영화지요. 영화로는 무엇이든 다 표현 가능하지요. 「배트맨」, 「600만 불의 사나이」의 주인공들 같은 고전적 영웅들이든, '마블 히어로'들이든 그들은 천상과 지상, 죽음과 삶을 넘나들지요. 김춘수는 '두 발로 바다를 건너가는 예수'에게도 관심을 갖지요. 김춘수는 '시인 초인超人'을 꿈꾸었을 것입니다. 말라르메의 이 세상에 단 한 권 있는 책을 찾기 위한 모험을 김춘수는 한 편의 시를 통해 달성하고자 했는지 모릅니다. 의미를 드러내지 않겠다는 김춘수의 오기가 「샤갈의 마을에 내리는 눈」을 쓰게 한 것이지요. '썼는데' 결국 연애시의 이미지를 그린 것이 되었다는 점이 흥미롭지요.

그렇거나 말거나 독자들은 김춘수의 시에서 '아름다운 의미'를 찾아내려 합니다. 연애시의 비밀을 찾아내고자 합니다. 시인은 '의미'로부터 멀어지고자 하는데, 독자들은 그 달아나려는 시인의 허리춤을 붙잡고 '의미'가 무엇이냐 질문합니다.

어쨌든, 샤갈의 마을에 내리는 '눈'이 천사를 가리키든, 꽃을 가리키든, 그것도 아니면 불을 가리키든, 상관없습니다. 독자들은 그 장면에서 연애의 낭만적 몽상에 빠져듭니다. 시는 언제나 독자의 것이지요. 시인의 손을 떠나는 순간 시는 이미 독자의 편에 서지요.

●

아름다운 그대와 함께 하늘을 나는 상상은 사랑의 영원성, 불멸성에 대한 관념으로부터 옵니다. 그런 절대적 사랑이란 이 세상에는 없는 것 혹은 이 세상에서는 이루기 어려운 것이라는 관념을 바탕에 두고 있지요. 굳이 샤갈의 「도시 위에서」가 아니더라도, 또 클림트의 「키스」가 아니더라도, 하늘을 날아다니는 연인, 혹은 사랑의 몽상에 빠진 연인의 이미지는 우리에게 꿈과 사랑과 평화와 위안을 동시에 줍니다. 고구려의 덕흥리 고분벽화에서도 인간의 시간을 가로지르면서 천상과 지상을 오르내리고 은하를 미끄러질 듯 날아다니는 옥녀와 신선의 아름다운 이미지를 확인할 수 있습니다.

그대와의 영원한 사랑을 꿈꾸는 분들에게 김춘수의 아름다운 시를 권합니다. '무의미'도 어렵고, '해체'도 어렵고, '초인'도 어렵다면 그냥 우리는 시를 통해 사랑을 꿈꾸면 그만이지요. 연애시에서 연애의 몽상을 즐길 수 있다면 그것으로 족합니다. 덧붙인다면, 덕흥리 고분벽화의 아름다운 천상의 인물들을 상상하면서 「샤갈의 마을에 내리는 눈」을 낭송해보시기를 권합니다. 천상에서 온 듯한 목소리가 자신의 내부로부터 울려 나오는 경이로운 경험을 할 수 있을 것입니다.

9。

서정주

×

가
벼
히

○

도저히 참을 수 없는

사랑의 무거운 자세

•

　너무 무겁고 진지하게 만남을 이어가는 분들이 계신가요? 대화의 주제를 늘 철학적이고 지적인 데서 찾고 있으신지요? 그렇다면 사랑을 너무 무겁고 진지하게 생각하는 건 아닌지요? 너무 무거운 사랑은 연인을 지치게 하고 너무 가벼운 사랑은 연애를 황폐하게 하지요. 그럼 어떻게 할까요? 서정주의 「가벼히」가 연애 초보자들을 위한 문을 살짝 열어줄 것 같습니다.

　못난 놈들끼리 어울리며 서로 킬킬댄다던 신경림의 시 「농무」의 한 구절처럼, 나름 청춘을 낭비한다고 허세 부리며 몰려다니던 이십 대 이야기를 좀 하겠습니다. 프랑스 영화 보러 가자는 사람하고는 데이트하지 말라고 넌지시 충고하던 선배들의 말이 생각납니다. 영화 데이트란, 지적인 영화 감상평 한두 문장쯤 언급할 수 있는 자격을 갖추어야 가능한데, 프랑스 영화는 너무 철학적이고 심오하고 관념적이라 스토리 따라가기는 애초에 불가능하고 감독의 언어를 이해하기도 어려우니, 영화관 나서는 순간 이 데이트는 망했다는 생각이 든다는 것이죠. 선뜻 무어라고 먼저 말 꺼내기 두려울 정도로 프랑스 영화는 비평하기 어렵다는 것이었죠. 프랑스 영화라…, 그렇습니다. 어렵지요. 어렵고 말고요. 그 난해성이라니… 차라리 보지 말 걸 후회하게 됩니다. 할 말이 없을 지경인 것이죠. 영웅담 구조를 강고하게 유지한 채 등장인물의 확고한 성격에 따라 스토리가 진행되는 '마블 영화'에 익숙한 독자라면, 상징적인 의미를 도처에 깔아둔 프랑스 영화는 지루하거나 난해하거나 둘 다이거나 하지요.

프랑스 문학의 전통도 다소 그런 측면이 있는데, 이렇게 보면 '상징' 코드가 프랑스 문화의 본질처럼 생각됩니다. '상징'이란 보이는 것에서 보이지 않는 것을 말하는 방법인데, 그러니까 심혼의 영역에 존재하는 것의 기호적 표현이라 말할 수 있습니다. 프랑스 영화에서 상징적 문맥을 찾아내야 한다니, 어려운 과업인 것이죠. 질베르 뒤랑, 가스통 바슐라르, 앙리 베르그송, 폴 리쾨르 등의 철학적, 미학적 전통은 상징의 영역에 걸쳐 있지요.

시가 철학에 접근하는 경우는 어떻게 될까요? 역시 어렵겠지요? 철학하고 시 중에 무엇이 더 본질적인가 논쟁하는 사람들도 있는데, 당연히 시입니다. 그러니 시가 어렵다고 불평할 만하지요. 철학은 예전부터 시의 말을 모방하고자 했다고 하네요. 서정주 시를 읽다보면 '아, 시에 철학이 있네' 생각하게 됩니다. '서정주 시 잘 읽히는데? 거기에 철학이 있다고?' 의문을 가지는 분도 있을 것 같습니다만, '쉬운 말로 철학하는 시인'이 서정주입니다. 그렇다면 '쉬운 말로 연애철학을 펼쳐놓는 것'이 서정주의 '연애시'라는 말도 성립할까요?

서정주의 시는 김춘수와는 다른 방향에 있는 것 같습니다. 김춘수의 시는 일단 문을 열고 들어가기만 하면 별로 어렵지 않게 그 문을 나설 수 있는데, 서정주의 시는 반대로 들어가기는 쉬운데 빠져나오기가 어렵습니다. 난해한 시어나 심오한 비유가 없고 쉬운 언어로, 우리가 다 이해할 수 있는 문장으로 쓰였는데, 그럼에도 시를 읽고 나면 무엇인가 녹녹치 않은 기운이 느껴집니다. 서정주의 시가 탄탄한 시적 사유를 거느리고 있다는 반증이고, 시에 철학과 사상이 녹아 있기 때문일 테지요. 예컨대 '영원의 철학', '영원 회귀의 사상'과 같은 난해한 주제들이 서정주의 시에 녹아 있습니다.

시를 읽고 이해했다고 생각하고 고개를 끄덕이고 나면 시 읽기가 마무리되어야 하는데, 그것만으로는 '나의 이해'에 무엇인가 알맹이가 빠져버린 느낌이 듭니다. 성숙한 독자는 조금 더 깊숙한 단계로 진입해야 할 듯한 기분이 들지요. 이때 서정주 시의 문을 여는 열쇠를 가지고 있다면 조금 쉬워질 것입니다. 그것이 바로 '영원'입니다. '영원'이라는 단어가 대중적이면서 강박증적으로 쓰이는 예는 아마도 '영원한 사랑!' 이죠. 물론 '영원한 사랑'이란 '이' 세상에는 존재하지 않는 물건일지 모릅니다. 아니, 존재하지 않으니 그것에 집착하는 것이겠죠. 아무튼 '영원'의 맥락을 알면 서정주 시의 많은 부분이 해명됩니다.

서정주가 가장 좋아하는 단어, 아니, 서정주의 시에 가장 많이 나오는 시어가 '영원'일 것입니다. 서정주 시에는 득도한 노인의 말 같은 구절들이 자주 나옵니다. 마치 현자賢者처럼 시인은 '영원'에 대해 말합니다만, 한편으로 서정주는 그것을 '집착 버리기', '체념' 등으로 바꾸어 부르기도 합니다. 사랑에 빠진 연인들이 동경하고 갈구하는 그런 '영원'과는 좀 다르다는 느낌이 이 대목에서부터 이미 짐작되지요? 사랑을 시작하는 연인들은 항상 그 사랑이 영원히 계속될 것임을 믿어 의심치 않을 것이고, 좀 지독하게는 이 세상에서뿐만 아니라 저 세상에서도 지속될 것을 꿈꾸겠지요? 사랑을 시작하는 그 순간만큼은 영원불멸의 사랑, 끝나지 않을 사랑이 존재한다고 믿지요. 이 맹목적 믿음이 없다면 사실 사랑이란 것 자체가 존재할 수 없을지도 모르겠습니다.

서정주는 특별히 사랑이나 연애의 감정 또한 한 걸음 뒤로

물러나서 볼 필요가 있다 말합니다. 서정주는 자신의 시 「연꽃 만나고 가는 바람같이」를 해설하면서 '체념'과 '집착 버리기'에 대해 말합니다. 이 글을 읽다보면 왜 시의 제목이 '가벼히'인가도 살짝 드러나지요.

> 내 치열한 청년기의 모든 격랑들을 잔잔하게 가라앉게 해야 하고, 누구 특별히 정을 준 사람에게로 외곬으로 쏠리는 그리움 같은 것도 인제는 멀찍이 멎어 견디어 조용히 관망하게 견디어 만들고─요컨대 내 젊은 때의 못 견딜 여러 애인의 자격들을 졸업시켜 한 체념의 학위를 줄밖에 별 도리가 없는 것이다.
>
> (중략)
>
> 애인의 집을 가지 않고 에워싸고 맴돌기만 하는 연습을 해서 성공하고, 그와 나 사이에 있는 도중의 풀포기들에 주의력을 옮기어 성공하려 하고, 그래서는 마침내 애인의 자격을 진급시켜 할아버지의 자격으로 고쳐 가져야 하며, 마침내는 하늘 바로 그 자체와 같이 가장 머언 고향에 남아, 타관의 손자들을 생각하는 할아버지의 자리에 앉아 있어야 하는 것이다.
>
> ─ 서정주, 「애인의 자격-연꽃 만나고 가는 바람같이」,
> 『미당 서정주 전집 11 산문』, 은행나무, 2017

현자, 할아버지, 그림자는 무의식의 '나', 그러니까 '나'의 '아니마anima'라 부를 수 있을까요? '애인'을 바라보는 것은 자신의 심연의 그림자를 물끄러미 바라보는 것과 다르지 않습니다. 애인을 사랑하는 것은 나를 사랑하는 것이니, 애인을 미워하는 것 또한 마찬가지군요. 그러니 미워하기보다는 사랑해야 할 이유를 또 확인하게 되는군요. 아무튼 모든 사물을 할아버지와 같은 심사로 쳐다볼 수 있는 경지를 서정주는 '집착 버리기'라고 말합니다. 그래야만 물리적, 시간적 거리를 뛰어넘어 손자와 그의 손자들, 그리고 그다음의 손자들이 같은 자리에 앉아 있을 수 있다는 것이지요.

할아버지와 손자뿐인가요, 어디? 그 할아버지의 할아버지, 또 그 할아버지의 기원을 거슬러 올라가면 우리는 태초의 인간, 태초의 시간과 만납니다. 이쯤 되면 죽음 같은 것들도 '그래도 괜찮을 것'이 되며, 삶이 섭섭하긴 하지만 아주 섭섭한 것은 면하게 됩니다. 순간의 삶을 사는데 태초와 연결되니, 죽어도 죽지 않은 것이죠. '연애관'이 결국 '영원관'이 됩니다. '절대적인 사랑', '영원한 사랑' 같은 다소 추상적이고 공허한 말들이 '영원한 삶'의 이미지와 관련되어 있다는 뜻입니다.

서정주는 자신의 시를 '영원의 여행'의 기록이라 말하기도 합니다. 인간의 육체는 유한하고 그 유한성을 뛰어넘는 것은 영혼, 정신, 마음과 같은 비물질적인 것일 테지요. '마음의 시간'은 특별히 시간과 공간을 필요로 하지 않을 뿐 아니라 연대기적인 시간의 순서를 밟지 않습니다. 물질적인 '육체(몸)'는 한 번 태어나 죽으면 사라지지만 '마음'은 주위 사람들에게 남고 기억되면서 긴 영원의 시간을 이룹니다. 물질의 역사가 아니라 마음의 역사를 쓴다면 한 인간의 마음은 후대에 남아 다른 사람들의 마음과 함께 죽지 않고 영원할 것입니다. 우로보로스Ouroboros 뱀의 형상은 이 '영원의 마음'이라는 관념을 가시적으로, 물질적 형상으로 표현한 것이겠지요.

마음의 역사로 보면 태곳적 인간과 우리는 함께 살아가는 존재들입니다. 신라시대의 선덕여왕과 지귀, 조선시대의 황진이, 질마재에 살았던 진영이 아재가 다 필경 우리와 함께 살아가고 있습니다. 신라시대 선덕여왕의 마음은 우리에게 남겨져 '마음의 역사' 가운데 함께 이어져 있는 것입니다. 서정주가 왜 신라의 인간이나, 질마재 신화에 관심을 가지고 있었는지 이해할 수 있는 대목이지요. 모든 유한한 것들은 '마음의 역사' 가운데서 죽지 않고 '영원성'을 갖습니다. 그러고 나면 부나 명예, 외모 등등 우리가 세속적으로 집착해왔던 물질적 가치들에 대해 한결 너그러워지게 됩니다. 보톡스를 맞지 않아도 성형을 하지 않아도 언뜻 자신이 아름다운 인간인 것처럼 느껴지지요. 가진 것 제대로 없어도 고귀하게 느껴지지요.

이번 생은 영원 가운데 잠깐 소풍 나온, 찰나의 시간 여행일 뿐이죠. 먼지보다 작고 작은 한 찰나의 순간일 뿐이죠. 무수하게 회귀하는 영원의 삶 가운데 한 번은 영웅보다는 루저로, 미소년 나르시스보다는 추한 난쟁이 알베르히로, 엘리자베스 테일러보다는 '추녀' 박씨 부인으로 살아보는 것도 흥미진진하고 스펙터클한 모험이 아닐지요? 그런 존재들 모두 '특별히 나쁘지는 않을 것'이니 '괜찮다, 괜찮다' 너그러워질 수 있다는 것입니다.

현재는 과거와, 미래는 또 현재와 영원으로 이어지고, 시간은 순환하면서 처음으로 되돌아오고 되돌아 나갑니다. 우주가 탄생과 소멸, 재생과 회귀를 반복하면서 스스로 생명을 이어가는 것과 다르지 않습니다. 존재의 지속은 시간의 영원성의 다른 말입니다. 그러므로 우리가 사는 '현대'란 절대적인 진화의 끝도 아니고 가장 발전된 세계도 아니며 단지 찰나의 한순간에 지나지 않으니 우리는 더 겸손하게 살아야 하고 미움조차 포용할 수 있는 것이지요. '연애론'이 '연애론'이 아니군요. 사랑에 빠진 연인들이 생각하는 '영원'과 서정주가 말하는 '영원'이 이토록 차이가 있습니다. 어찌 되었든 연애시를 읽으면서 문득 철학자가 되어보는 것도 나쁘지 않은 경험일 듯합니다.

●

　기본기가 잘되어 있는 사람들은 부드럽고 유연하고 너그럽습니다. 세속적이고 현실적인 욕망들에 붙들려 있을수록 삶은 억압적이고 폭력적인 힘들에 노출되지요. 부드럽거나 유연하기 힘들지요. 그런 욕망과 힘들에 사사건건 이어져 있는 끈들을 가볍게 잘라버리고 작고 부드럽고 유연한 목소리로 '영원'을 말하는 솜씨가 서정주에게는 있습니다. 긴 요설과 장황한 수다가 필요 없지요.

　'소네트'는 사랑의 고백을 담은 '작은 연시'인데, 「가벼히」는 이 짧고 소박한 소네트보다 더 단순해 보입니다. 거기다 '영원하다' 말해야 할 대목에서 '가벼이' 생각하라 가르칩니다. 사정이 있을까요? 영원을 꿈꿀수록 가볍고 작게 사랑을 시작하는 것, 그것을 서정주는 '가볍다'고 말하는지도 모르지요. 왜 '가벼이'가 아니고 '가벼히'냐 맞춤법을 질문하는 분들이 있군요. 음절 하나, 표기 하나가 시의 결을 차이 나게 하지요. 시가 얼마나 완고하게 자기 영역을 지키고자 하는지, 자기 영역을 굽히지 않는지 확인되는 순간입니다. 예전의 맞춤법에 따라, '사이'보다는 '새이', '짓더래도'보다는 '짚더래도'로 표기해둔 시집들도 있습니다. '가벼히'도 재미있는 표현이지만, '풀잎사귀'나 '풀잎사귀 절'도 기막히게 앙증맞으면서도 적확한 표현이라 할 수 있겠습니다. 이 같은 서정주식 우리말 표현의 묘미를 즐기면서 시를 읽어보는 것이 좋겠습니다.

애인이여

너를 만날 약속을 인젠 그만 어기고

도중에서

한눈이나 좀 팔고 놀다 가기로 한다

너 대신

무슨 풀잎사귀나 하나

가벼히 생각하면서

너와 나 새이

절간을 짓더래도

가벼히 한눈파는

풀잎사귀 절이나 하나 지어놓고 가려 한다

　　　　　　　—서정주, 「가벼히」 전문, 『미당 서정주 전집 1 시』, 은행나무, 2018

이 시는 1행부터 7행까지와, 8행에서 11행까지 두 부분으로 나누어볼 수 있는데, 후반부는 전반부의 내용을 약간 변용했다고 할 수 있습니다. '너 대신 풀잎사귀 하나 가벼히 생각하면서 한눈 좀 팔고 놀다 간다'는 내용에 시적인 색채를 가감해 "가벼히 한눈파는 / 풀잎사귀 절이나 하나 지어놓고 가려 한다"로 부연, 변형했다고나 할까요. 평면적인 진술을 살짝 비틀고 그것을 약간 변형하고 반복한 것이 오히려 시 읽기의 묘미라고나 할까요.

이 시는 무심코 읽으면 애인을 만나러 가는 도중에 '한눈파는', 그러니까 세속적으로 말하자면 '바람 피는' 이야기를 하는 것처럼 보입니다. 학생들에게 이 시의 내용이 무엇인가 질문하면 대개 '바람 피는 시'라는 대답이 돌아오더군요. 윤리적, 도덕적으로 온당하지 않은 시인의 품성을 비판하면서 분노하기도 하지요. 윤리적인 삶을 살라고 독자들을 계몽할 필연적 이유도 없고 혹 있다 해도 굳이 그것을 시로 말할 이유는 없으니, 이 시는 좀 다른 맥락에서 읽어주는 것이 필요하겠군요.

가볍고 상쾌하게 산보하듯이 혹은 보무당당하게 애인을 만나러 가는 길에 시인은 서 있습니다. 사랑하는 사람을 만나러 가는 길이란 격렬한 마음의 움직임으로 대지가 출렁이고 하늘이 아크로바틱을 하듯 춤추겠지요. 얼마나 황홀하고 설 렐지 짐작할 수 있습니다. 이 순간만큼은 길가의 모든 풀포기 들과 나무들과 꽃들이 시인을 향해 인사하겠지요. 애인 만나 러 가는 시인을 위해 그들은 따뜻하고 공손한 표정으로 길을 비켜줄 것입니다. 그런데 시인은 중간에 마음을 바꾸어버립 니다. "도중에서 / 한눈이나 좀 팔고 놀다 가기로 한다"라고 넌지시 운을 뗍니다.

'한눈팔다'라는 말은 한국어 관용구이지요. 재미있는 표현 입니다. '한 눈만 파니까' '다른 한 눈'은 원래 있어야 할 자리, 보아야 할 자리에 그대로 두고 있는 것이고, 그러니 마음이 완전히 떠나지는 않은 것이고, 원래 제자리로 돌아올 예약을 하고 있는 상황을 암시한 표현이지요. 말하자면 '한눈파는' 마음 자체가 머뭇거리고 있는 형국이지요. 인생의 길이 그런 것 아닐까요? 또 연애의 길이 그런 것 아닐까요? 이도 저도 못하고 이렇게 해도 후회하고 저렇게 해도 후회하는, 인간의 마음이 이 '한눈파는' 관용구에 있습니다. 익히 알려진 "살 것 인가 죽을 것인가 이것이 문제로다"라고 번민한 햄릿의 고뇌 와, "이것이냐 저것이냐 결국 마찬가지다"라는 철학적인 주제 를 던진 키르케고르의 허무가 이 관용구에 그대로 있습니다. 동서고금 공히 인간의 숙명을 이도 저도 못하고 머뭇거리는

데 두는 것은 공통적인 것 같습니다.

어쨌든 애인을 만나러 가는 도중에 슬쩍 한눈을 팔겠다고 시인은 작정합니다. '다른 여자(남자)를 만나러 가나?' 가끔 독자들이 분노하는 장면입니다. 사랑의 절대성, 완전성, 영원성을 생각하면 화가 날 법도 하지요. 그렇게 읽어버리면 이 시는 '삼류 연애시'가 될 것입니다. '일류 연애시'로 만드는 비결은 결국 독자의 지적 사고에 있습니다. 시인이 한눈을 판 것은 '풀잎사귀 하나' 때문입니다. '애인'을 대체(대신)하는 대상이 '풀잎사귀 하나'인 것이 핵심이자 이 시의 결정적인 장면입니다. 꽃도 아니고 나무도 아니고 풀잎사귀라니! 대지에 뿌리내리고 있는 것들 중 '풀'이 최하위고 그것도 '풀잎' 하나라면 보잘것없는 것 중에서도 보잘것없는 것 아닌가요? '(풀)꽃다발'이라도 억울할 법한데, 그것도 아니라면 적어도 '꽃송이' 정도는 되어야 하지 않나? 독자들이 불만을 가질 법도 하지요. '풀잎사귀', 그것도 '하나'를 보러 가기 위해서 '한눈을 팔다니' 말입니다.

이뿐 아닙니다. "무슨 풀잎사귀나 하나"라고 시인은 단도직입적으로 말합니다. '무슨'이라는 미지칭 관형사를 붙여두었군요. '이름도 모르는', '그냥', '미지칭의' 이런 맥락도 있고, '그것이 뭐가 되었든 중요하냐?', '어쨌든 풀잎사귀 하나' 이

런 우연성과 사소함의 맥락이 이 구절에 있지요. '이름 모를'
혹은 '이름 없는' 풀잎사귀 하나, 이 "무슨 풀잎사귀나 하나"
에는 너무나 흔하고 평범하고 사소해서 그 가치 또한 가볍고
물렁하기 그지없다는 뜻이 포함돼 있습니다. '바위'처럼 무거
워야 하는데 '바위'가 아니라 '깃털'의 정도일 뿐이라는 것이
문제입니다. 가볍고 가벼워서 먼지처럼 저 대기 속으로 빨려
들어갈 것 같은, 그런 '깃털'의 존재가 '풀잎사귀'에 있습니다.
영원성과는 정반대의 가치를 갖는 것처럼 보입니다. 어찌 되
었든 '무슨 풀잎사귀'에서 가볍고 가벼운 느낌을 받았다면 일
단은 시 읽기에 성공했다고 할 수 있습니다. 둔중하고 엄숙한
것이 아니라 가볍고 낮고 어쩌면 미약한 것이 그 '풀잎사귀'
에 깃든 무게, '가벼움의 무게'인지 모르겠습니다. 이것이 핵
심입니다.

시인은 "풀잎사귀나 하나 / 가벼히 생각"한다고 말합니다.
풀잎사귀 하나이니 가볍고 가벼운 것이지요. 지당합니다. 두
말할 필요가 없지요. 그러고는 "너와 나 새이 / 절간을 짓더
래도" "풀잎사귀 절이나 하나 지어놓고 가려 한다"라고 결론
을 내립니다. '절간'에서 어떤 중량감과 엄숙함이 느껴지나
요? 그것은 삶의 무게와 존재의 무게와 숙명의 무게를 동시
에 거느리고 있습니다. 그러니 '절간'과 '풀잎사귀 절' 사이의

거리는 심리적으로도 공간적으로도 너무 멀고, 그것들은 질량감으로도 너무나 큰 간극을 가집니다. 하나는 너무나 무겁고 다른 하나는 너무나 가볍습니다. '무거움'과 '가벼움'의 완벽한 대비가 있지요?

이 두 극성은 우주만물 천지에 놓여 있는 사물들의 두 가지 극성과 다르지 않습니다. 남과 북, N극과 S극, 남과 여, 찬 것과 뜨거운 것, 하늘과 대지, 음과 양 등 양극성의 무수한 조합들을 생각할 수 있지요. 흥미로운 점은 이 양극성의 존재들이 서로 반대의 힘으로 서로를 밀쳐내는 게 아니라 사실은 서로 맞서 있으면서도 서로를 빛나게 한다는 것입니다. 하나가 없으면 다른 하나는 존립할 수 없습니다. 애초에 N극이 없다면 S극이 존재할 수 없는 이치이지요. 그러니 이 양극적인 것들은 서로가 각기 존재하면서 또 다른 존재를 찬란하고 눈부시게 합니다. 이 세상에서 가장 아름다운 풍경은 남녀가 함께 있는 풍경이라고 밀란 쿤데라가 말했던가요.

이 세상에서 '너'와 '나'가 만나기 위해서는 우주가 도와주어야 가능하다는 시도 있지요. 또 김광섭은 「저녁에」라는 시에서 저 우주 바깥에서 별 하나가 나를 내려다보고 나는 그 별을 우러러보는 그런 존재론적 숙명에 대해 이야기합니다. 그러니 '만남'의 무게는 본질적으로 참 무겁습니다. '절간'의 이미지가 우리에게 어떤 것을 가져다주는지 생각해봐도 이 시를 이해하는 데 도움이 됩니다. 엄숙함, 종교적 신성함, 성숙함, 장엄함, 인생, 번민, 고뇌, 의식, 형식 등과 같은 경건하고 무거운 이미지가 일단 떠오를 것입니다. '너와 나 사이에 절간을 짓는다'는 것은 이 같은 엄숙하고 장엄한 인생의 통과의례를 의미한다고도 볼 수 있겠습니다. '너'와 '나'가 만나 사랑을 하고 결혼을 하고 인생의 여러 고비마다 함께 그것을 통과하면서 어떤 궁극적 지점에 이르는 것이지요. 인생의 길을 함께 통과해나간다는 것은 그래서 참 책임져야 할 일이 많은, 무겁고 무거운 길이기도 합니다.

그런 무거운 길을 앞에 두고 시인은 잠깐 툭 뒤처져서 한눈을 팔고 있는 격이지요. '한눈을 파는 것'은 이 같은 무거운 삶을 가볍게 한번 들어 올리는 몸짓 같은 것입니다. 온몸으로 한번 움찔하는 것, 그 무거움에 저항하는, 반동의 몸짓이지요. 이 저항, 이 작은 반동 없이 어떻게 그 무거운 삶을 차마 온전히 받아들일 수 있을까요? 일평생 지탱할 수 있을까요? 이 나약한 인간의 몸이 어떻게 그 무거운 삶을 차마 엄숙하게 견딜 수 있을까요? 무거운 짐을 진 채 황량한 사막을 건너는 낙타의 삶을 살 수 있을까요? 휴식 없이 축제 없이 일탈 없이 사는 삶은 너무 무겁습니다.

시인의 '풀잎사귀 절 하나 짓는' 몸짓이 어쩐지 무거운 삶에 대한 하나의 반동, 무거움에 대해 가벼움으로 응수하는, 그런 깜찍한 위트로 보이는지요? 그래서 이 시의 마무리는 참 경쾌하고 즐겁습니다. '애인과 절간을 짓더라도 잠깐 한눈 파는 일을 하고 말겠다.' 그러니까 "가벼히 생각하면서 (중략) 풀잎사귀 절이나 하나 지어놓고 가려 한다"가 그토록 경쾌하게 읽히는 것입니다. '무겁지 않고 엄숙하지 않게', '가볍고 경쾌하게'가 핵심입니다. '풀잎사귀 절'에 깃든 시인의 이 위트와 기지 넘치는 말솜씨가 참 재미있습니다. "'영원'이라는 무거움의 철학이 '가벼이' 풀리는 시"라고 말할 수 있을 것 같지요?

이 시는 무거움과 가벼움이 함께 어우러져 찬란하게 눈부신 '연애의 한 장면'을 그리고 있습니다. '애인 만나러 가는 길'이란 풀잎사귀 절 짓는 마음으로 경쾌하게 나서야 하는 것이군요. 너무 진지하거나 너무 엄숙하거나 너무 무거운 연애란 어쩌면 쉽게 서로를 지치게 할지도 모릅니다. 한 번쯤 한눈팔면서 쉬어가는 것, 불타오르는 열정에 한 박자 늦춰서 따라가는 것, 질주하다가도 뒤돌아보는 것, 이런 것들이 '애인 만나러 가는 길'에 놓여 있어야 할 연인의 자세가 아닌가 싶기도 하지요.

이왕 이야기가 나왔으니, 조금만 더 나가보겠습니다. 서정주가 프랑스어도 배우고 보들레르도 열심히 읽고 또 니체도 열심히 탐독했다 하지요. 니체는 니체철학의 핵심인 '영원 회귀'를 '가장 무거운 무게'라 지칭했다고 합니다. 그럼 가장 가벼운 것은 무엇일까요? 저는 대학 때 밀란 쿤데라의 소설『참을 수 없는 존재의 가벼움』을 읽고 '참을 수 없는 가벼움'이라는 구절에 오래 '꽂혔'습니다. 철학적 개념어로 이것만큼 오묘하고 난해하고 황홀한 것은 생각할 수 없다, 이렇게 결론 지었지요. 후일 쿤데라의 소설을 저본으로 영화가 제작되었는데, 당대의 '만인들의 연인' 다니엘 데이 루이스와 줄리엣 비노쉬가 각각 남녀 주인공으로 나왔지요. '가벼운' 남자와 '무거운' 여자의 조합이 예상되는지요?

쿤데라는 이 '무거운 무게' 앞에서 우리 삶은 가장 가벼운 것으로 찬란하게 빛난다고 말하고 대체로 다음과 같은 구분을 해두었습니다.

무거운 것: 무서운 것, 질식시키는 것, 집약적인 것, 충족, 땅(바닥)

가벼운 것: 찬란한 것, 동경하게 하는 것, 탈속적인 것, 비상, 공기

기원전 5~6세기 철학자 파르메니데스는 이 세상이 빛/어둠, 섬세/난삽, 따뜻함/차가움, 존재/비존재 등 여러 가지 대립쌍으로 이루어져 있다고 보았다는데, 사실 양과 음의 양극으로 세상을 분할하는 동양사상과 다르지 않은 듯합니다. 어쨌든 파르메니데스는 가벼운 것을 '양'으로, 무거운 것을 '음'이라 생각했다 합니다. 쿤데라는, 파르메니데스의 이 대답이 옳고 그른지는 말할 수 없지만 확실한 것은 한 가지뿐, '가벼운 것과 무거운 것의 대립쌍은 모든 대립들 중에서 가장 신비스럽고 타의적이다' 하고 말합니다. 저는 이 대목이 참 아름답게 느껴집니다.

그러니까 세상의 가장 아름다운 풍경은 이 무거운 것과 가벼운 것들 간의 대립 가운데 있습니다. 세상의 모든 풍경은 반은 실재적이고 반은 이상적이며 우리는 이 서로 모순되고 어긋나는 것들 가운데 실존하고 있는지 모르겠습니다. 서정주의 「가벼히」는 그런 무거움과 가벼움의 양극에서 지속되는 삶의 원리를, 그의 용어대로 하면 '영원의 철학'을 말하고 있습니다. 연애시가 하나의 철학담론이 되었군요.

이왕 시작했으니 '가벼움과 무거움'이라는 주제를 좀 더 '은유'라는 시의 문법으로 이해해보도록 하지요. 가벼움과 무거움의 양가성에 대한 관념을 가장 잘 보여주는 그림이 있습니다. 벨기에 화가 르네 마그리트의 「피렌체의 성」인데요. 일본 애니메이션 「하울의 움직이는 성」의 모티프가 되었다고도 하지요. 파도가 휩쓸려 갔다 되돌아오는 바다 위에 거대한 바위가 떠 있고 그 아득한 저편에 신비하고 고독하게 고성이 자리잡고 있는 그림입니다. '깃털'이 아니라 '바위'가 떠 있는 것이 경이롭지요.

멕시코의 시인 옥타비오 빠스는, 은유의 세계는 '돌은 깃털이다'라는 진술이 모순되고 갈등하거나 '거짓 화해'하지 않는 세계라고 말합니다. '은유는 A, B 사이의 모순이 전혀 문제되지 않으면서 C라는 독특한 세계를 창조해내는 방식'이라는 것입니다. '돌'과 '깃털' 사이의 '모순' 곧 '비양립성 incompatibilité'은 은유의 핵심 요소입니다. 은유는 논리상 갈등이나 모순을 내재적으로 극복하면서 A와 B 그리고 C 사이의 독특한 관계를 창출하니까요. '돌은 깃털이다'라는 진술에서, 돌과 깃털은 그 자체로 내재하고 있는 특질들을 독자적으로 가지고 있으면서 동시에 그 둘의 관계에 의해 새로운 의미들이 생성됩니다. 시의 독자는, 돌이나 깃털에서 연상되는 기존의 이미지를 지우지 않으면서도 이러한 진술을 통해 새로운 이미지를 얻고 그것에 어떤 맥락들을 위치시킬 수 있는 것이지요.

일제시대 시에서 '밤'이나 '어둠'을 부정적인 맥락에 위치시키고, 그것의 의미를 대체로 '일제 치하의 암울한 현실'로 읽어내는 독법은 이것이 시적 언어임을 고려하지 않은 해석이며, 은유의 세계가 갖는 다층적이고 창조적인 맥락들을 놓친 것이 아닐 수 없습니다. A, B의 세계를 C로 이끌어내기 위해서는 해석자의 사고의 유연성과 창의적 발상을 필요로 하는 것이지요. 「가벼히」에 '바람 피는 가벼운 남자' 이야기가 있는 것이 아니라 '진짜 연애'가 있고 '인생'이 있고 '시'가 있음을 알아차리는 그 명민함이 바로 'A'와 'B'로부터 'C'를 얻어내는 힘이지요.

이 작고 가벼운 시에 이렇게 긴 시간의 관념과 심오한 철학이 있다니 경이롭다는 생각이 드시지요? '연애시'라 해놓고 '철학'을 논하다니… 아무튼 시가 철학을 이기고 있습니다. 관념(잠언)을 저작咀嚼(씹어 먹음)할 수는 있으나 시는 저작할 수 없고 구체적으로 표현해야 시 맛이 나는 법이지요. 작고 가볍기 그지없는 이 시에 감동하고 공감하는 이유입니다.

●

밀란 쿤데라의 『참을 수 없는 존재의 가벼움』이라는 이 양가적이면서 기묘한 소설의 제목을 겨우 이해할 때쯤, 서정주가 말하는 "가벼히 한눈파는" 경지도 조금은 알아차릴 수 있지 않았나 기억됩니다. 너무 가볍지도 혹은 너무 무겁지도 않은 연애, 저울추같이 불안하게 흔들리다가 균형을 잡는 사랑, 연애나 사랑이 그렇다면 우리 인생도 그렇지 않을까. 이 세상의 모든 존재들이 다 그러한 불안과 불균형에 시달리면서 균형점을 찾아가는 도정에 있는 것 아닐까. 사랑의 일이나 인생의 일이나 다 마찬가지인 것 아닐까. 그러니 "괜찮다, 괜찮다"라는 관용과 허용이 가능한 것 아닌가 문득 깨닫게 됩니다.

이 시는 연애를 갓 시작한 연인들이 같이 읽어보면 좋을 듯합니다. 사랑이 곧 집착이 아니고 구속이 아님을 서로가 배워가면서 조금 더 성숙한 사랑을 할 수 있으리라 생각됩니다. 서로가 서로에게 겸허해지고 관용하게 되지요.

'집착하는' 연인과 그 '집착' 때문에 현재의 '사랑'을 회의하고 있는 분들께도 권합니다. 한편으로 무거운 사랑을 놓아주고 다른 한편으로는 그 무거움을 조금 떠안으면서 같이 '영원한 사랑'의 길을 찾아보는 겸허와 헌신이 동시에 필요하겠지요. 연애로 철학하는 연인의 마음을 갖는 것이 그 연인에 대한 집착보다 '영원한 사랑'에 더 가까이 가는 길이지 않을까 생각됩니다.

10。

한용운

×

사
랑
의
측
량

○

디지털 시대의

사랑법에 대해 질문하다

●

 '거리가 멀어지면 사랑도 멀어진다Out of sight, out of mind.'
『성문 기초영문법』에 나오니 '절대 진리'라 믿었던 구절, 첫
사랑의 애틋한 마음이 싹트던 그 시절 죽자고 외웠던 기억이
납니다. 그 구절의 대립 명제, '가까이 있을수록(있어야만) 사
랑은 힘이 세다.' 이 명제가 사랑의 진리를 대변할까요? 가상
으로 거리를 축소하고 실재와 똑같은 현실을 축조해내는 디
지털 시대입니다. 그런데 즉시, 곧바로, 시시각각, 실시간으로
사랑을 확인하는 것, 즉 '거리를 축소하는 것'이 정말 사랑을
지켜주는 힘이 될지요? 일거수일투족을 동영상으로 전송할
수 있는 디지털 문명이 우리의 사랑을 보다 공고하게 흔들림
없이 지켜주는 '사랑의 묘법'일 수 있을지요? 연인들을 더욱
가까이 있을 수 있게 해주는 디지털 문명 앞에서 나는 나의
사랑을 더욱 확신하고 있을까요?
 '사랑'은 '거리'가 핵심인가 봅니다. 늘 '그대 곁에 있는 것'
이 사랑을 온전하게 지키는 방법이라 보통 생각하지요. 그런
데 한 승려시인이 100년을 건너뛰어 우리 시대의 사랑법에

질문을 던지고 있습니다. 한용운의 「사랑의 측량」은 아날로그적인 사랑의 가치를 대변합니다. 종이 편지로 마음을 전하고, 잡음 섞인 전화기 저 너머에서 들려오는 그대의 목소리로 그대의 마음을 짐작하던 그런 시대의 사랑이 더 애잔하고 더 가엾고 그래서 더 절박하다고 말합니다. 역설적으로 사랑은 '거리'를 가져야 한다는 것, '거리'를 좀 갖고 그대를 사랑해야 한다는 것을 한용운은 가르치고 있습니다. 그러니 '그대'가 멀리 있다고, 사랑이 멀어졌다고 슬퍼할 일은 아니라고 우리를 다독입니다.

사랑의 말은 눈으로 먼저 한다고 하지요? 형형한 눈빛 때문에 그를 사랑하지 않을 수 없는 두 시인이 있습니다. 만해 한용운과 김수영이 그들입니다. 3·1 운동으로 서대문형무소에 수감되었을 때 찍은 청년 시절 한용운의 사진에서 그 눈빛은 강렬하다 못해 사진을 뚫고 나올 듯 강한 에너지로 차 있습니다. 한용운은 이미 눈빛에서 어떤 불의와도 타협하지 않을 것임을 분명하게 선언하지요. 총독부가 꼴 보기 싫어 심우장을 북향으로 앉혔다든가, 평생 냉방에서 지내면서도 한 치 흐트러짐 없이 꼿꼿해 '저울추'라는 별명을 얻었다든가 하는 일화들이 이 '형형한 눈빛'을 대체하는 언어들입니다. 구차한 말이, 군더더기의 수사가 필요 없는 것이지요. 말없이 말하는 자의 언어를 그는 '눈빛'으로 보여줍니다. 언어(문자)가 없었다면 한용운은 그의 말을 눈빛으로도 충분히 타인에게 전달할 수 있었을 듯합니다. 문자를 음악으로 변형해냈던 니체보다 어쩌면 한 단계 위에 그의 언어가 놓여 있을지 모릅니다. 승려였으니 세속인의 말을 뛰어넘는 선승禪僧의 언어를 그는 소유하고 있었지요.

김수영은 어떤가요? 그는 늘 언어의 유희에 대해, 은유에 대해 말했고, 냉소적으로, 말하자면 반대의 것(의미)으로 대상을 표현했지요. 그는 위선보다 위악을, 진담보다는 농담을, 표면적인 언어보다는 이면적인 언어로 말하지요. 그러니까 직설보다는 역설을, 진지함보다는 유희를 택합니다. 그는 자신의 결점과 오점을 최대한 폭로함으로써 세상의 허위를 고발합니다. 위악이나 역설의 말은 시의 언어로 치면 '유희'의 말을 가리키는데, 이것이 바로 시의 본성과 통합니다. 그는 스스로 범죄자가 됨으로써 악인이 됨으로써 나쁜 남자가 됨으로써 사랑의 역설을 증명합니다. 표면적인 것 뒤에 숨겨진 진실을, 피상적인 것 뒤에 감춰진 비밀을 폭로합니다. 자신을 희화화함으로써, 자신을 말의 "책형대" 위에 올려둠으로써, 사랑을 살아나게 하지요. 킬킬대며 스스로를 어릿광대로 만들면서 사랑을 말합니다. 찰나의 순간에 찍힌 사진 속 김수영의 눈은 형형하기 그지없습니다. 마치 종이를 뚫고 심장을 뚫을 듯한 기세로 그의 시선은 독자의 폐부를 뚫고 들어갑니다.

두 시인의 눈빛은 현재를 사는 자가 아닌 미래를 사는 자의 것이라는 점에서 그것은 시간을 '압축한 자'의 것입니다. 현재에 과거와 미래가 동시에 있으니 '압축'이라는 개념이 이해될 듯도 하지요. 죽음을 감수한 자의 절박성이 없을 리 없지요. 사진은 먼 미래의 추억을 위한 물건이라는 점에서 사진가의 시간이 그러하고, 죽음을 눈앞에 둔 예수의 시간이 그러하고, 현재가 아닌 미래의 언어를 말하는 시인의 시간이 그러합니다. 과거와 현재와 미래가 뒤죽박죽되는 바로 그 절박성과 긴박감 아래에서 인간은 두려움과 숭고함과 종교적 구원을 동시에 느끼게 됩니다. 한용운의 말은 자신의 시대가 아니라 항상 미래로 탈주하는 언어입니다. 그의 시는 가장 고루하고 고답적으로 디지털 시대의 사랑법에 대한 화두를 던집니다. 가장 예스러운 것이 가장 전위적인 것이지요.

한용운이 남긴 불세출의 시집 『님의 침묵』(1926)에 대해 말해둘 것이 있습니다. 시집의 표제시인 「님의 침묵」도 좋지만 그 시집 맨 앞에 일종의 서문 격으로 실린 「군말」이라는 단상斷想은 특히 멋진 글입니다. 그 시집에서 가장 중요하고 핵심적인 글을 '군말'이라는 간판을 턱 내걸고 시에 대한, 시적 언어에 대한, 글쟁이로서의 철학에 대한 모든 말을 거기에 다 담아두었다니, 놀랍지요. '쓸데없는 말'이라 해두고는 중요한 키워드를 다 장착해둔 것이죠. '승려'에게는 어울리지 않는 '위악적인 수법'이라 평할 정도입니다. '군말'이라는 말의 표면이 아니라 그 안에 담긴 뜻을 잘 봐야겠지요? 상대의 숨겨진 마음을 잘 이해하는 것이 사랑을 잘 지켜내는 것이라는 점에서 사랑시와 사랑의 말은 결국 동일한 말법이 아닐까요? 시인이란 존재는 언제나 우리 같은 범인凡人들의 허리춤을 잽싸게 찌르고 달아나는 묘기를 지닌 자가 아닌가 생각되지요.

'님'만 님이 아니라 기룬 것은 다 님이다. 중생이 석가의 님이라면 철학은 칸트의 님이다. 장미화의 님이 봄비라면 마치니의 님은 이태리다. 님은 내가 사랑할 뿐 아니라 나를 사랑하나니라.

연애가 자유라면 님도 자유일 것이다. 그러나 너희는 이름 좋은 자유에 알뜰한 구속을 받지 않느냐. 너에게도 님이 있느냐. 있다면 님이 아니라 너의 그림자니라.

나는 해 저문 벌판에서 돌아가는 길을 잃고 헤매는 어린 양이 기루어서 이 시를 쓴다.

— 한용운, 「군말」, 『님의 침묵』, 태학사, 2011

「군말」은 『님의 침묵』 맨 앞 장에 있는 글입니다. 누군가에게 그리움을 주는 대상, 그러니까 동경의 대상이자 절대적인 신념의 대상이 되는 것이 다 '님'이라는군요. 칸트에게는 철학이, 꽃망울을 피워야 할 장미화에게는 봄비가, 이태리의 독립운동가이자 정치가인 마치니에게는 이태리가 '님'이니까요. '마치니'란 인물이 좀 생소하지요? 그는 '조국'의 개념을 '영토'보다는 '이념', '공동체'에 두고 이를 '사랑의 사상'이라 요약한 인물입니다. 한용운이 마치니에게서 어떤 정신적 지표가 될 만한 사상의 끈을 찾았을 것 같은 생각도 들지요. 절대적인 것, 자신이 가장 사랑하는 것, 자신의 가장 강력한 신념의 대상이 바로 '님'입니다.

이 시집의 서문 격이라 할 만한 이 단편에는 한용운의 언어관, 시학, 사랑학 등이 다 들어 있지요. '나는 너다, 너는 나다'라는 '타자의 철학'(님은 내가 사랑하는 대상이자 나를 사랑하는 주체다)이 있지요. '자유와 구속의 인식론적 상호 충돌과 화해'(연애가 자유면 님도 자유다. 너희는 이름 좋은 자유에 알뜰한 구속을 받지 않느냐)도 있고, '구원의 시학'(길을 잃고 헤매는 어린 양을 그리면서 시를 쓴다)도 있지요.

한용운의 서문을 우리 책의 주제에 맞게 '사랑에 관한 말'이라 좀 좁혀서 해석해볼까 합니다. "모든 것에 다 '님'이 깃들어 있다. 내가 님을 사랑하는 것은 곧 님이 나를 사랑하는 것이다. 누가 님인가? 님은 나를 사랑하는가?"와 같이 요약할 수 있겠지요. 불교적 용어로는 "분별하려 하지 마라. 그 같은 분별은 말의 허상에 지나지 않는다. 사랑은 결국 구원이다. 시의 말은 구원의 언어다. 연애시는 구원의 말이다" 이렇게 말할 수 있겠지요. 그러니 "'님'은 무엇을 가리키는가"와 같은 교과서적인 질문은 사랑을 확인하려 하는 것만큼이나 어리석은 일입니다. 연애시를 읽자 했더니, 한용운은 님(연애)의 철학을, 사랑의 시학을 설파하고 있습니다.

일찍이 한학을 공부했고 한문에 능통했던 한용운이 이렇게 입에 딱 달라붙는 우리말 구어체 문장으로 아름다운 시를 썼다니 놀랍지 않을 수 없습니다. 1920~1930년대 우리말 문장을 잘 썼던 문인들은 대체로 청소년기나 청년기에 일본 유학을 가 모국어로 신문학(근대문학)을 하는 것의 중요성이나 그 가치를 배웠던 탓에 '조선문(한글) 쓰기'에 공을 들이지요. 그 이전 조선에서 '문학의 문장'이란 한자문이었고, 유학 경험을 가진 문인들에게 그것은 일본어 문장이었지요. 근대 들어 처음으로 한글 구어체의 근대적 문장에 대한 자의식이 문인들에게 생겨납니다.

그런데 한용운은 유학파도 아니었고 근대문학을 배운 적

도 없지요. 그러니 유려한 우리말 문장에 심오한 철학적 의미까지 깃든 우리말 시를 한용운이 썼다는 것은 거의 기적에 가깝습니다. 사상과 정서와 철학과 말이 늘어지게 어우러진, 형이상학적인 고품격 시를 썼다는 것이 경이롭습니다. 『님의 침묵』이 없다면 우리 문학의 역사는 얼마나 쓸쓸하고 적막할지요? 한용운에게, 그의 시에 고개 숙여 존경의 마음을 표현할 만하지요.

한용운 시학의 핵심에 '언어의 침묵'이라는 개념이 있습니다. '말은 말을 다 드러내지 못한다. 인간의 언어는 불충분하다(신의 언어만이 완전하다)'는 그 개념 말이지요. 언어의 불완전성, 불명확성 때문에 시인은 고뇌할 수밖에 없고 그러니 완전한 표현이 될 때까지 계속 쓸 수밖에 없는 언어의 무한 지옥이 시인의 운명인 것이죠. 이를 '언어의 감옥'이라고 합니다. 언어의 창조자이자 언어로부터 절멸당하는 시인의 숙명은 피할 수 없는 모순에 갇힌 자의 그것이지요. 그가 이 중요한 시학의 핵심을 뽑아내 역설적으로 '군말'이라 이름 붙여두고 있습니다. 독립운동가의 실천과는 다른 차원의 숭고한 업적이 바로 일제시대 문인들의 우리말 쓰기에 있습니다. 『님의 침묵』이라는 시집의 출현 자체가 대단히 상징적인 사건이었다고 할 수 있지요.

●

   서두에 던진 질문, 『성문 기초영문법』에서 밑줄 긋고 외웠던 명제문 '거리가 멀어지면 사랑도 멀어진다'가 사랑의 본질인가 하는 질문으로 되돌아가 봅니다. 사랑의 '거리'에 대해 생각하는 시간입니다. 디지털 시대에는 물리적 거리마저 축소되는데, 이 시대의 사랑법 역시 '거리'에 구속되는지, '거리'란 무엇인지 생각하게 되지요. 이 난해한 사랑법의 질문에 대한 답을 「사랑의 측량」에서 구할 수 있을까요?

   한용운의 시 대부분은 '님', '당신'을 대상으로 말을 건네는 방식으로 구성됩니다. '님', '당신'이 무엇을 가리키는가에 대한 질문은 다소 지루합니다. 시인의 사적인 연인으로 보아야 하나, 승려인 그의 신분에 비춰 부처로 보아야 하나, 식민지 치하에서 독립운동가의 삶을 살았던 그의 이력에 비춰 '조국(나라)'으로 보아야 하나, 어떻게 보면 별로 중요하지 않은 문제를 한용운 시의 핵심인 양 공부하곤 합니다. 이런 질문 자체는 한용운의 시를 이해하는 데 거의 도움이 되지 않습니다. 앞서 밝힌 그대로, 연애시는 정치시이자 혁명시이며 시인의 말은 현실을 말하면서 또 은유를 품고 있으며 현재에 서서 과거를 품고 미래를 예언하는 것이기 때문입니다. 시대를 앞서가면서 시대를 초월하면서 시가 존재하는 이유지요. 「사랑의 측량」을 보겠습니다.

> 즐겁고 아름다운 일은 양이 많을수록 좋은 것입니다.
> 그런데 당신의 사랑은 양이 적을수록 좋은가 봐요.
> 당신의 사랑은 당신과 나와 두 사람의 사이에 있는 것입니다.
> 사랑의 양을 알려면, 당신과 나의 거리를 측량할 수밖에 없습니다.
> 그래서 당신과 나의 거리가 멀면 사랑의 양이 많고, 거리가 가까우면 사랑의 양이 적을 것입니다.
> 그런데 적은 사랑은 나를 웃기더니 많은 사랑은 나를 울립니다.
>
> 뉘라서 사람이 멀어지면, 사랑도 멀어진다고 하여요.
> 당신이 가신 뒤로 사랑이 멀어졌으면, 날마다 날마다 나를 울리는 것은 사랑이 아니고 무엇이어요.

— 한용운, 「사랑의 측량」 전문, 『님의 침묵』, 태학사, 2011

어렵지 않습니다. 다 이해되는 일상적 우리말이죠. 그런데 이런 단순 정보나 계몽적이기까지 한 말들, 그러니까 도덕선

생님 같은 말을 한용운이 했을 리는 만무하니, 좀 자세를 다르게 고쳐 앉고 시를 들여다봐야겠지요?

사물을 측정할 때 편한 기준은 양적인 것(영토)과 질적인 것(깊이)으로 나눠보는 것일 듯합니다. 기쁨과 슬픔을 각각 여기에 대응시켜 보겠습니다. '기쁨은 나눌수록 커진다'는 말이 있으니, '슬픔'은 그 명제와는 반대편에 둬야 할 것 같습니다. '슬픔'을 나누는 것은 '민폐'에 가까우니까요. 함께 나눌수록 커지는 '기쁨'을 '크기', '양'이라 한다면, '슬픔'은 '깊이'이자 '질(밀도)'입니다. 그러니 '슬픔'이란 홀로 저 내면의 심연(깊이)에서 다독이면서 인간적으로 성숙(밀도)하는 자양으로 삼는 것이 맞겠지요. '슬픔'은 결코 타인에게 전가되지 않는 고독하고 적막한 자기만의 일입니다. '슬픔'은 자신의 내부에서 바닥으로 침잠하는 것이니 양의 영토적 확장과는 무관합니다. '슬픔'이 얼마나 깊은 감정의 일인지, 인간에게 주어진 감정의 최고봉이자 신이 인간에게 부여한 절대적 혜택 같은 것이 '슬픔'의 가치에 있다는 말을 떠올려보면 이해되지요.

'슬픔' 때문에 예술이 탄생합니다. 그래서 슬픔은 종교적인 감정입니다. 몬테베르디, 스카를라티 같은 서구 작곡가들이 '비탄에 빠진 성모(스타바트 마테르)'를 주제로 종교성이 깃든 음악을 남겼지요. 인간의 가장 깊은 곳에 있는 근원적인 감정이 '슬픔'입니다. 오르페오는 슬픔에 젖어 유리디체(에우리디케)를 찾아 명부를 떠돌며 신에게 탄원합니다. '슬픔'으로부터 그의 사랑을 확인하고, '슬픔'으로부터 지옥까지 그녀를 찾아가는 용기를 구하고, '슬픔'을 통해 신의 자비를 얻고 구원에 이릅니다.

한용운은 놀랍게도 「사랑의 측량」에서 사랑을 '질'의 문제로, '깊이'의 문제로, 울음(슬픔)의 문제로 이해합니다. 이것이 디지털 시대에 더 어울리는 사랑법이라 말하고 있습니다. 한용운이 시대를 건너뛰어 우리 시대 사랑법을 '참교육' 하고 있는 형국이지요. 사랑론은 기쁨론이 아니라 슬픔론임을 다시 한번 확인하게 되지요. '슬픔'은 '기쁨'과 반대편에 있고 그러니 그것은 '거리'의 역설을 통해 명확하게 증명되지요. 그가 말하는 '거리'는 '양'과 '크기'의 문제가 아니라 '깊이'와 '밀도'의 문제입니다. 그대와의 '거리'가 멀어지면 사랑이 멀어지는 것이 아니라 사랑이 커지는 것이고, 그대와의 '거리'가 가까우면 사랑이 가까워지는 것이 아니라 사랑이 적어지는 이른바 '사랑의 역설'을 한용운은 증명합니다. 그가 말하는 '거리'는 말 그대로 '거리'가 아니라 '깊이'인데, 사랑이란 '슬픔'을 통해 확인되는 물건인 까닭이지요.

1행을 볼까요. "즐겁고 아름다운 일은 양이 많을수록 좋은 것입니다." 이 구절은 '기쁨론'의 일반론입니다. 기쁨론은 양의 문제에 속하니까요. 그러나 다음 연에서 일종의 '엎어 치기'를 하겠죠? 2행에서는 '당신의 사랑'에 대한 진단이 이루어집니다. "그런데 당신의 사랑은 양이 적을수록 좋은가 봐요." 아마 이 말은 사랑 때문에 울고 있을 당신을 향해 던질 말을 암시적으로 깔아둔 것일 듯합니다. 사랑이 멀어졌다고 울고 있는 당신을 향해 '사람이 멀어졌으면 거리가 커진 것이니 곧 사랑이 커진(깊어진) 것인데 왜 우느냐'고 되묻고 있지요. '가까우면 적어지고 멀어지면 커진다'고 했을 때, 그 '크기'란 '깊이'라고 했던 말 기억하시지요? '크기'를 '깊이(밀도)'로 바꿔버린 것에 한용운의 사랑론의 역설이 숨어 있지요. '사랑론'은 '슬픔론'이기 때문이지요. 그러니 사람이 멀어졌다고 우는 것은 어리석은 일이라는 것이지요.

이어서 3, 4, 5행을 볼까요.

당신의 사랑은 당신과 나와 두 사람의 사이에 있는 것입니다.

사랑의 양을 알려면, 당신과 나의 거리를 측량할 수밖에 없습니다.

그래서 당신과 나의 거리가 멀면 사랑의 양이 많고, 거리가 가까우면 사랑의 양이 적을 것입니다.

사랑은 궁극적으로 '사이'에 있다고 말합니다. 명제이자 철칙이군요. 사랑은 '나'에게도 그리고 '당신'에게도 없고, 단지 나와 당신의 '사이'에 있습니다. 그러니 '거리'가 문제가 되고 '거리'가 문제가 되니 그 거리를 '측량할' 수밖에 없게 되지요. 그런데 이때 '거리'는 역설적인 차원이거나 존재론적인 차원에 있습니다. '거리'가 멀어질수록 사랑도 멀어지는 것이 우리가 생각하는 사랑의 방정식인데, 한용운은 그것을 전도합니다. 다시 말하지만 사랑론은 슬픔론에 기반하지요. 우리는 어쩌면 사랑할 때가 아니라 사랑이 만드는 슬픔의 심연 때문에 비로소 사랑을 알아차리는지 모릅니다. 그러니 당신이 멀리 떠난 후에야 우리는 문득 사랑을 깨닫는 것이지요. '거리가 멀면 사랑이 커지고 거리가 가까우면 사랑이 적어지는' 이 사랑의 원리는 슬픔(비극)을 원천적으로 품고 있습니다.

사랑의 본질은 '기쁨'이 아니라 '슬픔(비극)'에 있지요. 사랑은 상실에서 오는 비극적인 것에 그 본질이 닿아 있습니다. 그대가 떠난 뒤 슬픔 속에서 문득 당신 혹은 당신의 사랑을 깨닫게 되지요. 사랑은 슬픔에 있고 그 슬픔의 '크기'가 '거리'이자 '밀도'이며 또 사랑의 '깊이'인 것이지요. 그대가 떠나간 뒤에 우리는 문득 그대와의 '거리(크기)'를 느끼고 밀도 있는 '슬픔'에 빠져들지요. 멀어져야 사랑이 커진다는 것은 참 당연한 이치고 지극히 합리적인 결론이지요. 그런데도 대부분 사랑을 희열이나 기쁨에서 찾기 때문에 이 비극적인 사랑의 본질을 망각하지요.

"당신과 나의 거리가 멀면 사랑의 양이 많고, 거리가 가까우면 사랑의 양이 적을 것입니다"라고 한용운은 말하지만, 대부분은 '(거리가) 적은 사랑은 나를 웃기더니 (거리가) 많은 사랑은 나를 울립니다'에 공감 버튼을 마구 누르지요. 그 유명한 명제 '거리가 멀어지면 사랑도 멀어진다'를 우리는 사랑의 절대 진리처럼, 절대 명제처럼 생각하니까요. 어쨌든 우리는 거리가 가까워야 사랑이 많고 거리가 멀면 사랑이 적다고 생각하는 편입니다. 한용운식 사랑법은 사랑의 통념이나 일반적으로 생각하는 사랑의 '거리(크기)'라는 관념과는 정반대편에 있는 듯합니다.

2연은 앞의 말들에 대한 요약본이자 '사랑론의 결말'입니다. '물리적으로 멀어지면 사랑도 멀어지게 된다'는 사랑의 통념을 나무라듯 그는 마지막 부분에서 결정타를 날립니다.

누라서 사람이 멀어지면, 사랑도 멀어진다고 하여요.
당신이 가신 뒤로 사랑이 멀어졌으면, 날마다 날마다 나를 울리는 것은 사랑이 아니고 무엇이어요.

이 말을 하기 위해 한용운은 한 행을 비워두었습니다. 이 빈 행간에, 얼마나 많은 침묵의 말이 숨어 있을지 상상해보세요. 한참을 침묵하고 독자에게 '생각 좀 해보라' 시간을 준 뒤, 그는 우리가 생각하는 사랑의 통념을 보란 듯이 뒤집습니다. 날카롭다 못해 눈부신 '역설적 사랑'의 증거를 단 한 문장으로 요약합니다. "사랑하는 그대가 떠난 뒤 사랑이 멀어졌다면 네가 울 이유가 없잖아. 네가 울고 있으니 그것은 아직도 네가 그대를 사랑하는 증거 아니냐"고 말합니다. "누가 사람이 멀어지면 사랑이 멀어진다고 했느냐? 네가 울고 있는 그것이 사랑의 증거 아니냐"고 말이지요.

정말 딱 맞는 말이지요. 너무나 논리 정연해서 의문을 0.1도 가질 수 없을 지경입니다. 사람이 멀어지면 거리가 커지니 사랑이 커진 것입니다. 이 위대한 사랑의 본질(철학)을 깨닫는 것은 '당신이 멀어진 후'에야 가능한 것이죠. 울고 있는 너 자신을 봐라, 사랑하니 울고 있지 않느냐? 한용운은 묻고 있습니다. 사랑이 멀리 떠난 후 '내'가 울고 있습니다. 그는 사랑은 '거리(부재)'를 통해 깨닫는 것이고 그대와의 거리가 멀어질수록 더 절박하고 절실하게 사랑을 확인하게 된다는 투로 말합니다. 결국 사랑은 '부재'나 '결핍' 같은 사랑의 상실을 통해 그것을 확인하는 것이지요. '사랑론'은 '슬픔론'인 것이지요. 한용운은 참 평범하면서도 심오하게, 참 쉽고도 황홀하게, 이 난해한 연애의 철학, 사랑의 논변을 정리합니다.

한용운은 승려 이전에, 독립운동가 이전에 이미 '시인'입니다. '연애시인'이라 감히 말해도 좋습니다. 불교철학, 형이상학 이런 어려운 용어 없이도 그의 시는 참 아름답게 이해됩니다. 한용운의 시를 연애시로 읽어도 아무런 문제가 없지요. 성聖과 속俗이 하나이고 인간적인 것이 곧 종교적인 것이지요.

재미있는 것은, 한용운의 시를 읽다보면 사랑의 철학자가 될 수도 있겠구나 느끼게 된다는 점입니다. '당신의 부재'를 깨닫고 흐느끼면서, 잠깐, 본의 아니게, 우연히, 사랑의 철학자가 될 수 있을 듯도 합니다. 그래도 우리 대부분 '당신'의 부재를 견디며 슬픔 속에서 '사랑의 철학자'가 되기보다는 당신 곁에서 당신과 함께 영원한 사랑의 말을 속삭이는 행복한 '사랑의 사도'가 되겠다 다짐하지요. 사랑론을 '슬픔론'보다 '기쁨론'에 두고 싶은 까닭이고 처음 이 시를 마주했을 때 시가 쉽게 납득되지 않았던 이유이기도 하지요.

그럼에도 한용운의 사랑의 철학이 우리 시대 사랑법에 던지는 화두를 그냥 넘길 수는 없지요. '거리'라는 개념이 참 역설적으로 이해되지요? 그러니 그의 사랑론은 아날로그적인 시대보다는 디지털 시대에 더 가까이 있다고도 할 수 있습니다. 디지털 시대 화두는 공간의 확장과 거리의 축소입니다. 디지털 기계가 거리를 축소하고 인간의 공간 경험을 무한 확장하지요. 아무리 멀리 있어도 서로 가까이 있는 듯 느끼는 것은 디지털 기기 덕분입니다. 현대 뉴미디어 이론가들은, 영상 통화하기, 실시간 메시지 확인하기, 실제 목소리처럼 듣기(HD 보이스), 실제 모습(장면)처럼 보기, 바로 곁에 있는 것처럼 느끼기 등은 디지털 기술을 통한 '거리감'의 축소라 설명합니다.

물리적 '거리'가 '거리'가 아니고, 계량적인 '크기'가 '크기'가 아닌 것이지요. 시각적, 촉각적, 청각적 한계도 무화되지요. 디지털 문명이 누구나 600만 불의 사나이, 원더우먼이 되게 하지요. '범인'을 '초인'으로 만드는 격이지요. 부재나 결핍을 느낄 틈이 없는 것이지요. 그렇다고 '사랑의 파라다이스'가 도래할지는 의문입니다. 디지털 기기가 더욱 혁신적으로 발전할수록 사랑을 실시간으로 확인하고 '그대'가 있는 장소를 확인하는 방법은 더 수월해지겠지만, 이처럼 '거리'가 작아진다고 '사랑'이 더 커지기는 할까요?

한용운은 '거리를 갖는 것'이 '사랑이 커지는 것'이고 그것이 '진짜 사랑'이라 말합니다. 발터 벤야민이라는 미학자가 한용운에게 한 표 던지고 있군요. 벤야민은 '아우라' 개념을 설명하면서 아우라가 생기는 것은 '면대면 접촉'이 아니고 '시각적 거리감'이 핵심이라는 투로 말합니다. '멀어져야 사랑이 커지는 것'인데, 오히려 디지털 기기는 '가까이 있게' 하고, 더 긴밀하게 접촉하게 한다는 것이지요. 디지털 기기 덕에 축소된 '사랑의 거리'를 우리는 '사랑의 크기'라 우기고 있지는 않는지요?

그대가 멀리 떠나 있습니다. 슬프지요. 새삼 그대와의 물리적 '거리'를 가지고, 즉 그대의 부재를 견디면서 그대를 생각해보는 것이 사랑의 거리이자 크기이며 사랑의 자세라고 한용운은 말하고 있습니다. 그대의 부재를 통해, 그대와의 물리적 '거리'를 통해 사랑을 확인하는 것이 사랑의 일이라는 것입니다. 시시각각, 즉각적으로 디지털 문명이 베푼 '거리의 축소'가 사랑의 핵심은 아니군요.

'거리의 축소'가 일상화된 디지털 시대, 사랑을 지키는 것은 오히려 '디지털 블랙아웃'을 실천하는 데 있을지 모르겠습니다. 그러니 사랑을 위해 일주일에 한 번은 휴대전화를 내려놓고 사는 방법도 고려하는 것이 어떨지요? '아우라'라는 말은, 봄바람처럼 우리를 아득한 그리움으로 향수에 젖게 하는 그런 인간적인 기품을 뜻하기도 합니다. 액자로부터 좀 떨어져서 다소 거리를 두고 관조하듯 바라보아야 그림이 잘 보이지요. 화가의 마음이, 대상에 대한 화가의 애정이 더 진득하게 전해지지요. 멀리서 불어오는 봄바람 느끼듯 그렇게 아득한 향수에 젖어 그림을 봐야 한다는 것이죠. 그런데 디지털 기기가 이 '거리'를 빼앗고 아우라를 소멸시키고 인간적이고도 신비로운 사랑의 품격을 앗아갈지도 모르겠습니다. 가상적으로 축소된 거리는 신비감, 그러니까 '아우라'를 소멸시킵니다. 약간 거리를 두는 것이 신비감을 생성하는데, 자꾸 거리를 축소시키고자 하니 신비감이 없어지고 그러니 사랑도 식어가는 것이죠. 이쯤 되면 한용운의 말이 맞다는 생각이 들지요? 거리감이 곧 '인간적 기품'이자 사랑의 품격 아닐까요? 그런 인간 기품 따위는 "아날로그 꼰대들에게나 줘라" 하면 할 말 없지만 말입니다.

'당신'이라는 말에 대해 이야기 좀 해볼까 합니다. 한용운의 특허처럼 알려진 단어 중에서 가장 아름다운 사랑의 말은 '당신'이 아닐까요? 사실, 연인들 혹은 부부들 간에 쓰는 말이 '당신'입니다. '당신'이라는 이 평범하기 그지없는 호칭이 참 아름답구나 느끼는 것은 한용운 덕인데, 한용운의 후예가 허수경입니다. '당신'이라는 말이 그토록 아름다운 장미꽃의 말임을 한용운이 깨우쳐준 셈인데, 그 '당신'이라는 말의 아름다움을 시인 허수경이 이어받았다 저는 생각합니다. '당신'이라는 말의 아름다움을 읊어주고 이제는 저 세상으로 떠나버린 허수경의 「혼자 가는 먼 집」을 소개할까 합니다.

　당신……, 당신이라는 말 참 좋지요, 그래서 불러봅니다 킥
킥거리며 한때 적요로움의 울음이 있었던 때, 한 슬픔이 문을
닫으면 또 한 슬픔이 문을 여는 것을 이만큼 살아옴의 상처에
기대, 나 킥킥……, 당신을 부릅니다 단풍의 손바닥, 은행의 두
갈래 그리고 합침 저 개망초의 시름, 밟힌 풀의 흙으로 돌아감
당신……, 킥킥거리며 세월에 대해 혹은 사랑과 상처, 상처의
몸이 나에게 기대와 저를 부빌 때 당신……, 그대라는 자연의
달과 별……, 킥킥거리며 당신이라고……, 금방 울 것 같은 사
내의 아름다움 그 아름다움에 기대 마음의 무덤에 나 벌초하
러 진설 음식도 없이 맨 술 한 병 차고 병자처럼, 그러나 치병
과 환후는 각각 따로인 것을 킥킥 당신 이쁜 당신……, 당신이
라는 말 참 좋지요, 내가 아니라서 끝내 버릴 수 없는, 무를 수
도 없는 참혹……, 그러나 킥킥 당신

　　— 허수경, 「혼자 가는 먼 집」 전문, 『혼자 가는 먼 집』, 문학과지성사, 1992

　허수경은 "당신……, 당신이라는 말 참 좋지요"라고 '당신'
이라는 말의 시적인 아름다움에 대해 말합니다. 많은 쉼표와

말줄임표가 '당신'을 향한 나의 망설임, 애달픔, 조심스러움, 안타까움, 아득함 같은 것들을 표식하고 있습니다. 문자는 사실 죽은 물건인데, 이 문자에 시인의 목소리가 실려 있으니 지금 바로 우리 코앞에서 허수경이 말하고 있는 듯합니다. 시인은 자신의 목소리를 후대에 남기기 위해 이처럼 부호에조차 생생한 목소리와 표정을 남겨두었답니다.

시인은 '당신'을 부르는 것은 한때의 적요의 울음이 있었던 때, 슬픔이 슬픔을 부르는 그런 상처에 깃드는 때라 말합니다. 그 '당신을 향한 사랑'이 병을 넘어 비극적인 죽음(의식)으로 끝내 마무리됩니다. '당신'은 아름답기 그지없지만 그에 비해 '나'는 처연하고 초라한 존재군요. '당신'은 "자연의 달과 별"의 존재, '아름다운 사내'인데, '나'는 마음의 무덤에 벌초하는 자, 진설 음식(제사 때 놓는 음식)도 없이 술 한 병 옆에 끼고 마음의 무덤에 제사 지내러 온 병자에 지나지 않는다는 것이지요. 이토록 깊은 슬픔, 이토록 짙은 비극성이 이 시의 아름다움이고 그 아름다움을 더욱 아름답게 하는 것이 그대를 부르는 이름, 그대의 응답을 소망하는 '당신'이라는 호칭이지요.

사랑을 잃은 뒤, '나'는 적요하고도 허무하게 '킥킥'거릴 뿐입니다. 자신을 희롱하는 이 웃음 가운데 끝을 알 수 없는 고통과 스스로의 처연함에 대한 깊은 가엾음, 연민이 뒤따릅니다. 시인은 자신을 달랩니다. "당신 이쁜 당신……, 당신이라는 말 참 좋지요, 내가 아니라서 끝내 버릴 수 없는, 무를 수도 없는 참혹……, 그러나 킥킥 당신." '나'는 '나'를 버릴 수도 무를 수도 있지만 '당신'이기에, '이쁜 당신'이기에 그럴 수 없어 참혹하다 말합니다. 이 '킥킥거리는 웃음'에 '절규'가 보이는지요? 당신을 원망하기보다는 스스로를 나무라면서 시인은 허무하기 그지없는 웃음을 웃습니다.

한용운의 "당신이 가신 뒤로 사랑이 멀어졌으면, 날마다 날마다 나를 울리는 것은 사랑이 아니고 무엇이어요"라는 말을 증거하듯, 허수경이 사랑을 잃고 '당신'을 사랑한다고 울고 있습니다. '울음'의 방식이 다를 뿐이죠. '울음'보다 더 진하고 더 참루한 것이 '웃음'이죠. '나'는 웃지만 사실 울고 있습니다. 그 '아름다운 사내'와 멀어진 후 '나'는 '당신'과의 사랑을 증거하듯 울고 있습니다. 선승이었던 한용운은 그 역설을 말할 수 있었는데, 세속의 거리에서 아름다운 사내와의 사랑을 잃은 허수경은 울고 있습니다. 한용운의 시가 허수경의 사랑의 상실을 달래줄 수 있을지 모르겠습니다. 시인은 "내가 아니라서 끝내 버릴 수 없는, 무를 수도 없는 참혹"이 사랑의 비극이자 사랑의 본질이라고 말하는 듯합니다.

'참혹한 비극'이 '사랑' 앞에 놓여 있습니다. '이쁜' 바로 그 '당신'이라는 멋진 말에 사랑의 상실이, 참혹한 비극의 깊이가 이미 잠겨 있습니다. '당신'이라는 말은 일상적으로 흔하게 쓰이는 호칭인데, 사랑의 비극적 운명감이 이 흔하고 평범한 단어를 시적인 언어로 격상시키고 있습니다. 비극의 심정을 겪는 자만이 말을 길들이고 말을 아름답게 가꾸는 것 같습니다.

●

가수 윤복희는 오래전 「여러분」이라는 노래에서 "내가 만약 외로울 때면 누가 나를 위로해주지?"라고 대중(여러분)을 향해 절규하듯 노래를 불렀습니다. 그 노래를 듣고 냉소적인 사람들은 "아무도 '나'를 위로해줄 수 없다. 이것이 참혹한 진실이다" 말했습니다. '그 누구도 궁극적인 위로를 줄 수 없다'는 것이 결론입니다. 하지만 한용운의 시를 읽으면 울음은 사랑이 되고 슬픔은 위안이 됩니다. 무엇인가 숭고함 같은 것들이 참혹한 슬픔에 놓여 있는 인간을 위로하고 위무하지요.

영원히 '모태 솔로'의 동굴에서 나오지 못했던 분들에게는 이 시가 사랑을 시작할 수 있는 용기를 줄 것 같습니다. 그동

안 실패할까 두려워 '모태 솔로' 생활을 청산하지 못했던 소심한 청춘들이 '인간적으로 연애라도 해야지!'라는 비장한 결심을 할 수도 있겠지요. 사랑의 상실은 예정된 것이고 사랑이 본질적으로 슬픔을 품고 있다면 실패가 뭐 그리 대수냐 하고 미리 위안받을 수 있을 것이니 말입니다.

멀어진 사랑을 부여잡고 슬픔에 빠진 분들께는 당신에 대한 원망 없이 두려움 없이 미움 없이 당신이 멀어진 상황을 수용할 수 있는 관용을 줄 것도 같습니다. 너무 오래 사랑한 연인들, 사랑하다 지친 '사랑의 피로자들'에게는 한용운의 시가 '거리'를 갖고 자신들의 사랑을 되돌아볼 수 있는 계기가 되지 않을까 생각됩니다.

이별한 뒤 아직도 울고 있나요? 그것은 아직 당신이 '그대'를 사랑하고 있다는 증거이니, 누적된 사랑의 피로를 씻고 다시 사랑을 시작하는 것은 어떨지요.

11.

김소월

×

개
여
울

○

2AM,

소월의 '사랑의 결정장애'에

응답하다

●

　결단력 부족, 확신 부족, 그러니 늘 이러지도 저러지도 못
하는 인간 유형이 있습니다. 일상적인 삶이야 그렇다 쳐도,
일상에서보다 더 심각하고 빈번하게 '결정장애'의 한가운데
서게 하는 것이 사랑의 일이고 연애의 일이니 만큼, 결정장애
를 달고 사는 유형의 인간이라면 더더욱 '연애의 루저'가 아
닌가 자신을 책망하게 되지요. 헤어지는 찰나에 그대를 쿨하
게 떠나보내지 못하는 자신을, 미련을 접지 못하고 우물쭈물
하는 자신을, 나무라지요. 100년 전의 시인 소월이 이런 분들
을 위해 하나의 해답을 알려줄까요? 아니면 동병상련의 작은
위로라도 건네줄까요?

　이 책의 제일 마지막 장을 우리 근대시의 첫 장을 열었던
김소월에게 바치게 되었습니다. 최후의 인간은 최초의 인간
이라는 말이 있지요? 세상을 원환의 세계로 그려보면 끝은
처음이고 처음은 끝입니다. 우로보로스 뱀의 형상이 이 같은
원환의 세계를 상징한다고 이미 앞에서 말했지요? 이 책을
차마 끝내고 싶지 않은 저의 염원이자 영원히 생명력을 가지

고 나아가는 한국시의 미래를 말하고 싶기 때문입니다. 끝나지 않은 연애시, 무한히 계속되는 우리 시인의 이야기라는 뜻을 강조하기 위한 것입니다. 애정을 가지고 시를 읽어주시는 분들과 무한 공감을 나누고 싶기도 하고요.

한국 현대시사의 첫 장을 열면 아주 분명한 윤곽으로 얼굴을 드러내는 시인이 김소월입니다. '북에 김소월, 남에 서정주' 같은 말이 회자되었는데, 이는 김소월과 서정주가 한국적인 서정과 한국어의 특징을 아주 잘 살려낸 시인이라는 뜻도 포함하고 있습니다. 앞에서 서정주의 「가벼히」를 공부한 것도 이유가 있었던 것이지요.

그런데 놀랍게도 김소월의 삶의 흔적은 잘 드러나 있지 않고 그러니 그의 생애 자체가 희미합니다. 소월 시의 성과는 분명하나 그의 삶은 신비하게 가려져 있습니다. 요절한 데다 그의 고향이 북한이라는 사실이 한 가지 이유일 것입니다. 특히 그의 삶이 신비한 것은 그의 사인死因이 분명하지 않다는 데도 있습니다. 오산학교 시절 소월의 스승이자 시인 소월을 발굴하고 키워냈던 안서 김억은 후일 소월의 사인이 저다병樗多病, 그러니까 팔다리 등이 퉁퉁 붓는 각기병 때문이었다고 언급했고 또 뇌일혈 때문이었던 것 같다는 언급도 했습니다. 이래저래 분명하지 않았던 것이죠. 그런데 후일 소월의 아들은 소월의 사인을 '아편 음독'이라 했고 이후 이것이 정설로 굳어지기도 했습니다. 한 북한 매체는 '복어알 중독설'을 전하기도 했다는데 정확한 소식인지 확인할 수 없습니다. 확실한 것은 죽음 전후 소월의 삶은 아주 불행했고 소월은 거의 술에 의지해 겨우 말년의 삶을 지탱했다는 것입니다.

어쨌든 소월의 사인은 정확하게 규명되지 않았고 그만큼 그의 삶도 신비에 가려져 있습니다. 소월 시 연구논문이 그렇게 많은데도 그의 시는 여전히 다양한 해석의 여지를 남겨두고 있습니다. 아무리 밝혀도 명료하지 않은 느낌이라고 할까요. 참 쉬운 말로 쓰인 시인데도 신비한 비밀 같은 것이 여전히 숨어 있지요. 시라는 물건, 참 오묘하다는 생각이 들지요. 소월 시는 아무리 시간이 흘러도 독자들을 울리고 독자들의 심장에 다가갑니다. 그러니 소월의 시를 읽으려거든 머리가 아니라 심장으로 읽을 준비를 해야 합니다. 이지理智의 칼을 벼르기보다는 심장의 불을 켜기를 권합니다.

소월의 고향은 평안북도 구성입니다. 정주, 영변이 다 평안북도 내의 서로 근거리에 있는 지역인데, 이 근방에서 태어난 근대 문인들이 꽤 있습니다. 시인 백석, 소설가 이광수, 문학평론가 백철 등이 다 이곳 출신입니다. 소월은 정주 오산고등보통학교에 입학하는데, 그의 생애에서 결코 잊을 수 없는 두

사람을 거기서 만납니다. 교장 고당 조만식과 문학의 스승 안
서 김억입니다. 조만식은 백석과도 관계가 깊은 인물인데 해
방 후 백석이 북한에 머물면서 조만식의 비서로 활동하기도
하지요.

어쨌든 후일 소월은 조만식을 기리는 시를 쓰기도 했습니다.

　　평양서 나신 인격의 그 당신님 제이, 엠, 에스,
　　덕없는 나를 미워하시고
　　재조 있던 나를 사랑하셨다.
　　오산 계시던 제이, 엠, 에스
　　십년 봄 만에 오늘아침 생각난다

　　근년 처음 꿈없이 자고 일어나며.
　　얽은 얼굴에 자그만 키와 여윈 몸매는
　　달은 쇠끝같은 지조가 튀어날 듯
　　타 듯하는 눈동자만이 유난히 빛나셨다,
　　민족을 위하여는 더도 모르시는 열정의 그 님,

　　소박한 풍채, 인자하신 옛날의 그 모양대로,
　　그러나, 아 ― 술과 계집과 이욕에 헝클어져

십오년에 허주한 나를

웬일로 그 당신님

맘속으로 찾으시오? 오늘아침.

아름답다, 큰 사랑은 죽는 법 없어,

기억되어 항상 내 가슴속에 숨어 있어,

미쳐 거츠르는 내 양심을 잠 재우리,

내가 괴로운 이 세상 떠날 때까지.

— 김소월, 「제이, 엠, 에스」 전문, 『삼천리』, 1934. 8

현재 남겨져 있는 조만식 선생의 사진을 보면 확연하게 드
러나는데, "얽은 얼굴에 자그만 키와 여윈 몸매"는 리얼하게
그의 외모를 확인해줍니다. 소월은 이 시에서 그것보다는 조
만식의 인격과 풍모를 "큰 사랑"이라는 말로 축약하고 있습
니다. 큰 사랑은 영원하고 아름답다는 것이죠. 그런 조만식이
"술과 계집과 이욕에 헝클어져" 있던 소월의 잠결에 문득 찾
아온 것입니다. 무엇인가 애잔하고 슬픈 그런 감정, 깊은 심
연으로부터 차고 올라오는 슬픔이 어둠 속에서 반짝하고 사
라집니다.

김소월의 내면을 가장 잘 읽은 사람은 안서 김억입니다. 오
산학교 때의 스승이었고 또 소월의 시재詩才를 발굴해냈던 탁

월한 비평가였기도 합니다. 김억은 소월(시)을 한마디로 '냉정하고 검은 낙망落望'이라 규정합니다. '검은 것'은 '우울', '음울', '심연'을 연상시키는, 깊고 차고 건조한 느낌을 주는 색채인데, 거기에 '냉정하다'는 수식어가 붙었으니 소월의 서정이 얼마나 저 심연의 깊은 곳에서 올라오는 냉기로부터 시작되는지를 짐작할 수 있지요? 소월을 흠모했던 일제시대 시인 오장환은, 자신도 모르게 절망까지를 긍정하는 소월 같은 위인은 구제할 수 없다고, 굳이 점쟁이가 아닌 사람들도 확신할 수 있다고 그의 시재와 요절을 애달파했습니다.

소월 나이 이십 대 초반 정도였을 때입니다. 소월은 유장경 劉長卿의 시를 우리말로 번역했는데, "해다지고 날점으니 / 프른산은 멀도다 / 날이 하도 치우니 / 집은 가난하도다 / 챕싸리 문밖에서 / 개가 컹컹 짖음은 / 아마 이 눈 속에도 / 제집가는 이로다(풍설야귀인風雪夜歸人)"(김억, 「기억에 남은 제자의 면영面影」, 『조광』, 1939.10-11)가 그것입니다. 유장경의 시는 "풍설야귀인"이라는 구절로 유명한데, 이 구절을 화제로 삼아 조선시대 기인奇人 화가 최북이 그림을 남기기도 했습니다.

다음은 유장경의 한시를 번역한 것과 함께 김억에게 보냈다는 편지의 한 구절입니다.

창을 열어 놓아두면 불길도 없는 등잔은 나비가 건드리고 뜰 앞 그늘진 데서는 들우래 소리가 밤을 새우는 철입니다. 개구리가 알을 까는 철입니다. 밤은 점점 깊어집니다. 식구도 없이 느렁찬 집에는 어린 아기의 잠들은 숨소리도 하염없는 슬픔만을 말하는 듯합니다. 근래에는 별로 보지도 아니하는 案頭(안두)의 책 몇 권이 어수선한 제목을 드러내 놓고 있습니다. (중략) 차차로 서산에 날이 저무니 가던 길이 끝나는 듯한 느낌이 있습니다. 사람은 결국 다 이러할 것입니다. ― 만나는 사람들은 무엇이나 하여보라고들 합니다. 그러나 듣고 싶지 않습니다. 건드리면 구적물이 일어납니다. 그러나 이대로 가만히 앉아 있더래도 가라앉고 말기는 할 것입니다.

― 「기억에 남은 제자의 면영」

'검고 검은' 소월의 마음, 김억이 '검은 낙망'이라 언급한 그런 마음이 느껴지는지요? "가던 길이 끝나는" 낙망의 마음인지, 사람은 결국 그렇게 다 끝난다는 허무인지, 비극적 기운에 휩싸인 소월의 심정이 손에 잡힐 듯 느껴지는지요? 타인의 눈에는 소월의 형세가 공연한 심사나 게으른 버릇 때문으로 보일 수도 있지요. 그러니 '뭐든 좀 해보라' 말합니다. 무엇이든 하면 살 힘이 생긴다는 충고이지요. 그런데 소월은 아무것도 못하겠다 말합니다. 이리해도 또 저리해도 "건드리면 구적물이 일어"나고 만다는 것입니다. 생존의 움직임이 곧 구정물의 원인이니 아무것도 할 수 없는 처지에 있는 것이지요. 그러니 가만히 있을 수밖에 없습니다. 문제는 바로 그 '가만히 있다 해도 결국은 바닥으로 가라앉고 만다는 것'에 있습니다. 소월은 이 절망적인 심정을 전하면서도 슬프다, 힘들다 하지 않습니다.

소월의 이 심사를 김억이 '냉정하고 검다'라 읽었던 것이지요. 차고 건조하게 소월은 자신의 절망을 인용합니다. '결코 남에게 구구한 말을 하지 않는 소월'이 이 정도 말했다는 것은 필시 무슨 사정이 있기 때문이라 김억은 짐작합니다. 그 '사정'이란 것이 무엇인지는 잘 알려지지 않았습니다. 단순히 소월이 '동아일보' 남시지국을 경영하다 실패한 것(당시 신문사의 지방 지국을 경영하는 것은 돈 되는 '사업'이었습니다) 혹은 고리대금업에 손대었다가 실패한 사정을 말하는 것인지 확인하기는 어렵습니다. 소월은 배재고보를 거쳐 일본 동경 상과대학 예과에 입학했다 관동대지진으로 귀국했던 이력이 있습니다. 그러니까 '상업'에도 관심이 있었지요.

어쨌든 사업 실패에서 오는 경제적 고통이나 실의 때문에 이토록 검게 낙망하지는 않습니다. 인간은 죽음에 이르는 것일지라도 고뇌의 병을 앓고자 하는 기묘한 '동물'이지요. 슬픔은 인간에게 고유한 것입니다. 키르케고르가 말한 '죽음에 이르는 병'이 바로 인간의 턱없이 빠지게 되는 고뇌, 이 실존의 고뇌지요.

소월은 깊이를 헤아리기 힘든 절망적인 상황에 처해 있으면서도 그지없이 냉연한 태도로 이 지저분하게 분출하려는 감정들을 막아내고 참으로 담담하게 말했다고 김억은 전하고 있습니다. 너무나 어둡고 어두워 그 바닥의 깊이를 알 수 없는 상황에서도 소월은 자기의 내면을 깊고 우울한 시선으로 들여다봅니다. 그리고 그 심정을 그의 유일한 스승이자 시혼의 동업자인 김억에게 전합니다. 깊은 우물 속에 비춰진 절망의 깊이를 김억은 '냉정하고 검은 낙망'이라 읽어줍니다. 어둠이 품은 진주, 검은 진주가 더 매혹적인 것이지요.

김억은 소월의 요절을 '성격상 어쩔 수 없는 것'이라 했습니다. 무척 심하게 깨끗하고 지나치게 한 면만으로 세상을 보았으니 결국은 허무 속으로 침잠할 수밖에 없었다는 것입니다. 결벽증과 극단적 자책감과 고독이 소월 자신에게 독이 된 것이지요. 스무 살이 채 되기 전, "죽으면? 죽으면 도로 흙 되지 / 흙이 되기 전前, 그것이 살음"(「죽으면」)이라 '죽음'과 '삶'을 정의했을 정도로 조숙했던 소월은, 1934년 12월 24일 곽

산에서 돌연 삶의 끈을 놓고 저 깊고 검은 낙망의 강으로 돌아가게 되지요.

●

소월의 시는 단순하고 쉬운 우리말 노래체인데도 무엇인가 깊은 심연을 울리는 공감의 언어가 있습니다. 거의 모든 시들이 다 그러한데 여기서는 「개여울」을 소개할까 합니다. 「개여울」은 잡지 『개벽』(1922. 1)에 발표되었으니 그때 김소월의 나이는 겨우 스무 살을 넘기고 있었군요. 각자 한번 생각해보십시오. 스무 살 때 무엇을 하고 있었는지. 김소월의 이 시를 보다 저의 스무 살 때를 생각하니, 아! 부끄럽습니다. 대학 입시, 고달픈 서울살이, '몰래바이트'라 불렀던 과외…. 뭐 이런 아주 실제적이고 현실적인 문제들에 둘러싸여 있었던 기억이 제게 있지요. 당연히 연애사업은 생각조차 할 수 없던 그런 시절이 있는 것이지요. 미숙하기도 했겠지요.

각설하고, 아름다운 소월의 시를 읽어보시지요.

당신은 무슨 일로
그리합니까?

홀로이 개여울에 주저앉아서

파릇한 풀포기가
돋아나오고
잔물은 봄바람에 헤적일 때에

가도 아주 가지는
않노라시던
그러한 약속이 있었겠지요

날마다 개여울에
나와 앉아서
하염없이 무엇을 생각합니다

가도 아주 가지는
않노라심은
굳이 잊지 말라는 부탁인지요

— 김소월, 「개여울」 전문, 『진달래꽃』, 매문사, 1925

봄날 물가에 앉아서 하염없이 흘러가는 강물을 바라본 적이 있으신지요? 이 강물을 바라본 경험이 있는가의 여부가 곧 혼란스런 사랑의 감정을 경험해봤는가 아닌가를 결정하는 기준이 되지 않을까 생각되기도 하는군요. 개여울의 밑바닥을 흐르는 것은 사랑의 시름이자 깊은 설움의 마음일 것입니다. 개여울의 밑바닥은 심연의 밑바닥일 테니까요. 깊은 슬픔이 개여울의 저 밑바닥으로부터 그러니까 내 마음의 저 가장 깊은 곳에서 꿈틀거리며 수면으로 올라옵니다. 그것은 바닥의 감정이기에 거짓이나 과장을 찾기 어렵습니다. 가짜가 아닌 것이지요.

특이하게도 소월은 먼저, 질문의 형식으로 시작합니다. "당신은 무슨 일로 / 그리합니까?"라고 묻고 있지요. 한국 근대 시사에서 처음부터 다짜고짜 이렇게 질문하는 방식으로 시를 시작하는 경우는 흔치 않았지요. 후일 1930년대 후기쯤에 신진 시인 신석정이 「그 먼 나라를 알으십니까」라는 한 문장으로 된 질문형 제목의 시를 쓰기는 합니다만.

당신은 무슨 일로
그리합니까?
홀로이 개여울에 주저앉아서

"무슨 일로 / 그리합니까?"라는 질문에서 이중의 의문이 드러납니다. '무슨 일'의 '무슨'이 그러하고, '그리'의 구체적 내용도 알 수 없지요. 당신은 '무엇' 때문에 '어떻게 했다'는 것일 텐데, 우리는 이미 시의 출발점부터 이중의 의문을 품게 됩니다. 당시는 한국어를 문장으로 잘 쓰는 것이 익숙지 않아서 유명한 시인들도 한문장체나, 일본식 문장법으로 우리말 시를 쓴 경우가 많았는데, 소월은 참 멋지게 이중의 의문으로 시작하는 우리말 문장을 쓰고 있네요. 말하자면 '언어 영재'입니다. 그런데 이 질문이 "홀로이 개여울에 주저앉아서"와 같은 연에 묶여 있으니, '그리하다'가 바로 '개여울에 주저앉아 있는' 사정을 받고 있다는 짐작을 할 수 있지요. '그리'는 바로 다음 행의 '홀로 개여울에 주저앉아 있습니까'를 가리키고 있다는 것입니다. 요약하면, '화자(나)'가 '당신'을 관찰자처럼 바라보면서 '당신은 무엇 때문에 홀로 개여울에 주저앉아 있는가?' 질문하는 형국이지요.

그런데 시를 계속 읽다보면 개여울에 주저앉아 있는 것은 '당신'이 아닌 '나'임을 알게 됩니다. 더 정확하게 말하면 '당신'은 사실 '나'인 것이지요. '당신'에게 무슨 일이 있었는지, 또 왜 '그리하는지도' '나'는 다 알고 있는 것입니다. '나'의 일이기 때문에, 차마 '나'의 그 일이 너무나 아프고 아픈 탓에 차마 대놓고 말 못할 뿐이지요. 마치 자신의 일이 아니라 '당신'의 일인 듯 거리를 두려는 마음이, '나'와 '당신'을 분리해 둔 것이지요. 시인은 체념하듯, '개여울에 홀로 주저앉아 있는' 자신의 사정을 말하고 싶어 합니다. '당신'에게 향한 질문은 '나'를 향해 있습니다. '타인(당신)'을 빗댄 '나'의 이야기지요. 어떻게 보면, 이별한 모든 '나'의 마음을 이 시의 화자는 대변해줍니다. '사랑하는 그대'를 떠나보내고 시름에 겨워 개여울에 주저앉아 있는 '모든 나들'의 심정을 '당신'이 대변하고 있다고도 할 수 있지요.

다른 관점에서 볼 수도 있습니다. "당신은 무슨 일로 / 그리합니까?"의 '당신'과, "홀로이 개여울에 주저앉아서"의 '나'를 구분해서 보는 것입니다. 앞 문장의 주체는 '당신'이지만 뒤에 오는 문장의 주체는 '나'인 것이지요. '나'는 시름에 겨워 개여울에 나와 주저앉아 있습니다. 그러면서 "당신은 무슨 일로 / 그리합니까?"라고 질문합니다. '그리하다'는 '왜 저를 떠났습니까'라는 뜻이 되겠지요. 한편으로는, 떠나버린 당신을 원망하면서 또 다른 한편으로는 떠나가도 아주 떠나가지는 않겠다고 약속한 당신에 대한 희망을 '놓지 않으면서' 지금 '나'는 홀로 개여울에 주저앉아 있습니다. 어쩌면 당신이 돌아올 것이라는 희망을 '놓지 않고 싶어 하는' 것인지도 모르지요. 그 희망 없는 기다림을 잠깐 품어보면서 나는 체념하듯 개울가에 나와 주저앉아 있는 것이지요. 어떤 경우든, 떠나간 '당신'에 대한 '나'의 미련과 사랑의 절규를 담은 것이 이 시의 전체적인 내용이라 하겠습니다.

2연은 '당신이 그리한 것'에 대한 나름의 원인 혹은 진단이고 그래서 당신을 이해하고자 하는 '나'의 마음이 담겨 있습니다.

> 파릇한 풀포기가
> 돋아나오고
> 잔물은 봄바람에 헤적일 때에

깊은 심연의 슬픔을 만드는 것은 오히려 밝은 생명들, "파릇한 풀포기" 같은 생명들입니다. 봄날이 가져다주는 생명의 움직임, 잔잔하게 움직이면서 새싹을 틔워가는 생명 있는 것들의 밝고 따뜻한 움직임 같은 것들과 '나'의 심정은 얼마나 대조적인지요? 슬픔은 그때 바닥을 치고 올라오지요. 그런데 "파릇한 풀포기가 / 돋아나오고 / 잔물은 봄바람에 헤적일 때"의 시점은 언제일까요. 당신이 나와 '약속한 그날'인지, 혹은 자신의 심정을 읊고 있는 '지금'인지 분명하지는 않은데,

지금이 그렇다면 '그날'도 지금처럼 그랬겠죠. 지금이든 그날이든 그 시점은 봄날의 대낮이었던 것이지요.

어쨌든 그런 대낮의 생명 있는 것들의 밝음과 명랑성, 그것에 대조된 시름 깊은 심연의 바닥에 머물러 있는 시인의 마음 사이에는 큰 '간극'이 있습니다. 이 양자 사이의 간극이, 이 대조가, 이른바 비극적 세계관의 출발이지요. 대낮의 세계에 어둠의 마음이 놓여 있는 격입니다. 내 마음의 어둠은 나 스스로에게서 온 것이기도 하지만 실은 '나'의 그것과는 다른, 형언하기 어려울 정도로 밝은 세계, 타자의 그것으로부터 온 것이기에 더 강렬합니다. 여러분, 대낮 햇빛 한가운데 서 있어본 경험이 있으신지요? 모두들 웃고 떠드는 저 햇빛 속에 서 있으면 나 홀로 더욱 서러워지지요. 그 밝고 희망 있고 환한 세계로부터 나 홀로 단절되고 소외된 서러움을 가누기 힘들지요. '어둠' 때문에 어둔 것이 아니라 '밝음' 때문에 어둔 것이지요.

가도 아주 가지는

않노라시던

그러한 약속이 있었겠지요

(중략)

가도 아주 가지는

않노라심은

굳이 잊지 말라는 부탁인지요

   이 시에서 제일 재미있는 구절은 3연, 5연에 나옵니다. 당신의 약속이 있고 나의 부탁이 있다는 것입니다. '가도 아주 가지는 않고 가더라도 잊지는 않겠다'는 약속이 '당신'과 '나' 사이에 있었다는 것이지요. 그런데 3연은 과거의 회상 같은데 5연은 현재의 말인 듯합니다. 5연은 3연과 달리 '나'의 미련과 회한이 없지는 않지만 일종의 '정신 승리'도 있는 듯합니다. 당신이 나에게 한 '약속'은 당신이 나에게 한 '약속'이기보다는 '부탁'이라는 것이 핵심입니다. 바로 '나를 잊지 말라'는 당신의 부탁이라는 투로 시인은 씁니다. 하지만 그것은 당신이 나에게 한 부탁이라기보다 사실은 내가 당신에게 하고 싶은 말, 나의 부탁이라는 것이 더 진실에 가깝습니다. 당신이 떠났다는 사실을 인정하는 것, '나'의 체념이 깔린 진술이지요. '그래, 가겠다는 당신을 인정하겠다. 하지만 가더라도 나를 잊지는 말라'는 부탁이자 체념 같은 것입니다. '슬픈 서정'의 정도가 아니라 '절규'가 느껴지는지요?

   '가도 아주 가지는 않겠다'는 당신의 약속을 떠올리며 나는 개여울에 주저앉아서 당신의 그 약속을 "굳이 잊지 말라"라는 당부라 해석합니다. 실제로는 '나'가 '당신'에게 '가더라도 아주 가지는 말라, 아니 아주 가더라도 나를 잊지는 말라'는, 당신을 향한 부탁을, 마음의 당부를 하고 있는 것입니다.

가도 아주 가지 않는 것, 떠나도 잊지는 않는 것. 소월 시에는 이런 유의 구절이 많습니다. 이른바 '쿨하게 떠나보내지 못하고', 당신을 향한 너무나 많은 미련과 여지를 남겨두는 말법이지요. 한용운과 비교됩니다. 님이 떠났다는 것을 인정하고 그 '이후'를 정리하는 방식이 한용운의 것입니다. '님은 떠나도 떠나지 않은 것'이라 말합니다. 님의 말소리가 들리지 않은 것은 떠났기 때문이 아니라 오직 침묵하기 때문이며, 침묵이 더 큰 사랑의 말이라 해석하는 식이지요. 불교의 형이상학을 시에 담아냈기 때문일 것입니다. 종교적인 차원이지요.

소월은, 한용운과 비교되게도, 가장 인간적인 마음을 시에 담아냅니다. 허약하기 그지없고 허무하기 그지없어 인간적인 그런 마음을 절규하듯 시에 담아냅니다. 가도 아주 가지는 않는 것, 가더라도 나를 잊지는 말라는 것, 미련덩어리입니다. 멋지게, 쿨하게 보내버리면 될 것을 차마 못 보내는 인간의 마음이 거기 있습니다. 아직도 그리운 당신을 향한 마음을, 떠난 당신 때문에 아픈 마음을, 굳이 숨길 이유는 없다는 듯이 소월은 '약속'과 '부탁'을 오르내리며 실연의 물가에 앉아 있습니다. '강'이 아니라 '개여울'이라 더 큰 슬픔으로 퍼지지는 않을 테니 차라리 다행이라 할까요.

재미있게도 소월을 계승한 시인은 '2AM'이군요. 놀랍지 않습니까. 100년을 뛰어넘어 K-pop 가수가 소월의 심정을 이어받고 있습니다. 사실 말이지, 2AM의 「죽어도 못 보내」가 사랑을 끊지 못한, 미련을 버리지 못한 우리 같은 범인凡人들의 이별의 방정식 아니던가요?

> 죽어도 못 보내 내가 어떻게 널 보내
> 가려거든 떠나려거든 내 가슴 고쳐내
> 아프지 않게 나 살아갈 수라도 있게
> 안 된다면 어차피 못 살 거
> 죽어도 못 보내

한용운, 소월, 2AM의 방식 중 어떤 쪽에 제일 마음이 가시나요? 어느 쪽을 선택하는가가 세대론적인 차이에서 비롯될까요? 한용운→소월→2AM 순으로 나이가 젊다는 것을 증명하나요? 아니면 역순인가요? 또 아니면 나이와 상관없나요? 누구에게나 '죽어도 너 못 보내겠다, 그러니 딴마음 먹지 말라' 이런 다소 협박이 깃든 부탁의 마음을 갖는 것이 진심, 아닌가요? 저로서는 젊은 세대일수록 쿨하게 당신을 보내줄 것 같이 생각되기도 합니다만, 2AM의 노래를 들으니 꼭 그런 것 같지도 않습니다. 젊은 세대일수록 솔직해서 '당신을 보낼 수 없다'는 말을 직접적으로 할 수 있는가요? 아무튼 이렇게 100년 전의 시인과 현재 K-pop 가수가 만나고 있다니 참 흥미롭습니다. 그렇게 보면 K-pop 가수들은 연애와 사랑을 노래하는 한국 음유시인들의 계보에 이어져 있는지도 모르겠습니다.

4연을 볼까요.

날마다 개여울에
나와 앉아서
하염없이 무엇을 생각합니다

'당신'은 아마 영원히 돌아오지 않겠지요. 저는 문득 그런 불길한 생각이 듭니다. 시 뒷부분, 5연이 이미 그것을 알려줍니다. 해후가 불가능해 보입니다. 당신은 돌아오지 않거나 돌아올 수 없을 것입니다. 화자가 개여울에 날마다 나와 주저앉아 있을 수밖에 없는 사정이 이 '불가능성'에 있었던 것입니다. '나'는 "하염없이 무엇을" 생각합니다. 그것이 무엇인지 시인은 정확하게 밝히지 않고 '무엇을'이라는 미지칭 목적어를 사용하고 있습니다. 그 '무엇을'의 '무엇'에 얼마나 많은 말이 숨어 있을지요. '나'는 당신과의 추억을, 당신의 고백을, 당신과 나누었던 숱한 사랑의 속삭임을 고통스럽게 추억하면서 청춘을, 연애를, 삶을, 인생을 생각할 것입니다.

1922년에 발표된 시이니 아마 소월이 스무 살쯤이었을 때의 시겠지요. 스무 살에 인생과 사랑의 모든 것을 알아챈 자의 슬픔과 자신에 대한 연민이 이 시에는 있습니다. 소월은 연애에 대해, 인생에 대해, 한없이 늙어버린 청춘에 대해 말하고 있습니다. 그는 스무 살에 이미 늙어버린 자, 명백하게 '시인詩人'이었던 것이죠. 우리는 이 시를 보면서 삶을 생각합니다. 소월의 맺지 못한 봄날의 사랑을, 이른 나이에 늙어버린 소월의 청춘을, 소월의 이른 죽음을 생각합니다.

앞에서 공부한 한용운의 경우와 소월을 잠깐 비교해볼까요. 한용운은 냉담한데 소월은 끈적합니다. 한용운은 너무나 건조해서 찬데 소월은 너무나 끈끈해서 온기가 있죠. 시적인 설명으로는, 소월의 이 정서를 센티멘털리즘이라 합니다. 시에 센티멘털리즘이 있으면 '하급'으로 취급하기도 하는데요, 꼭 그렇다고 할 수는 없습니다. 소월은 사랑과 이별 사이의 이 미묘하고 섬세한 마음의 무늬를 쉬운 말로 담아냅니다. 그러니 고수입니다. 인간적이어서 황홀하고 끈적해서 공감되고 영원하지 않고 소멸되기에 아름다운 것들이 분명 존재합니다. 그 유명한 「진달래꽃」은 '그래 가라. 가는 당신의 발길에 꽃도 뿌려줄 수 있다. 하지만 죽어도 눈물 흘리지는 않겠다'는 오기가 소월의 센티멘털리즘의 곁을 지킵니다. '정신 승리'를 함으로써 스스로 위안받기도 하니까요. 한용운은 오히려 '울음'에서 사랑의 형이상학을 일구어내지 않았던가요?

1920년대 그 이른 시기에 활동한 두 선배 시인의 사랑의 말법은 참 대조되면서도 공통점이 있습니다. 참 재미있는 장면이지요. 우는데 철학이 있고 울지 않는데 인간이 있습니다. 종교적인 것은 인간적인 것이고 인간적인 것은 또 숭고한 것이네요. 성聖과 속俗이 다르지 않다, 뭐 이런 말도 있지요. 연애시가 재미있는 것은 시에 인간과 종교와 사랑과 미움이 다 들어 있어서입니다.

로버트 프로스트의 유명한 시 「가지 않은 길」에는, 대부분의 사람들이 가는 길을 선택하는 대신 잘 가지 않은 길을 선택한 자신을 돌아보면서, 선택하지 않았던 다른 하나의 길에 대한 미련을 버리지 못하는 심정이 담겨 있습니다. 한 길을 선택하고 나면 가지 않은 다른 하나의 길은 언제나 후회로 남지요. 두 갈래 길은 결국 인생의 길에 대한 메타포일 것인데, 후회나 미련은 인생에 있어 숙명인 것이지요. 초월하거나 달관하지 않는 한 슬픔이든 회한이든 인간에게는 필연적이지요. 그러니 이러지도 저러지도 못하는 것, 아주 쳐내지 못하는 것, 미련을 갖는 것, 이를 좀 부정적으로는 '우유부단'이라 하겠지만 오히려 '인간적'이라 할 수 있겠네요. 이 망설임, 이 결정장애, 이 결정 불가능성은 인간이니 어쩔 수 없는 것이지요.

키르케고르는 이 실존적 상황에 '황홀한 연설'이라는 이름을 턱 붙여놓고는 이 우유부단, 결정장애를 멋지게 해석하고 있답니다.

결혼을 해라. 그러면 그대는 후회할 것이다. 결혼을 하지 마라. 그래도 역시 그대는 후회할 것이다. 결혼을 하든 않든 간에 그대는 후회할 것이다. 세상의 어리석은 일을 보고 웃어라. 그러면 그대는 후회할 것이다. 세상의 어리석은 일을 보고 울라. 그래도 역시 그대는 후회할 것이다. 그대는 세상의 어리석은 일을 보고 웃거나 울거나 할 것이지만, 역시 어느 쪽을 택해도 그대는 후회할 것이다.

— 쇠얀 키르케고르, 『이것이냐 저것이냐 1』, 임춘갑 옮김, 치우, 2012

이 단락 뒤에는 동어 반복의 문장들이 이어집니다. '여자를 믿지 마라', '사랑에 목매지 마라' 등의 내용이 이어지는데 연인들의 사랑의 고백과 맹세의 말들과 그러나 그것의 허무하기 그지없음을 이토록 반복적으로 늘어지게 말할 수 있는 철학자가 또 있을까 생각될 정도로 심장에 딱 붙게 말합니다. 마지막에 이 동어 반복된 내용을 가리켜 '이것이 모든 철학의 총화이자 알맹이고 이것은 순간을 사는 자의 것이 아니라 항상 영원의 형식으로 사는 자의 것이다'라고 규정합니다. 결혼은 결국 사랑을 망친다고 단정하고 약혼녀와의 결혼을 파기한 키르케고르를 생각하면 이 사변적인 담론이 좀 어이없을 정도지요?

키르케고르가 궁극적으로 말한 것은 인간은 미숙하거나 불완전하므로 이래도 후회하고 저래도 후회한다는 것입니다. 이것이 정답이라는 것입니다. 사랑이란 결국 이것도 아니고 저것도 아닌 것, 또 둘 다인 것, 혹은 둘 다 아닌 것, 그러니 이렇게도 못하고 저렇게도 못하는 것이라는 뜻입니다. 말하자면 결정 불가능한 것, 그래서 미련덩어리로 가슴 한편에 남는 것이 사랑의 가장 최종적인 실존이자 사랑의 결말이라는 뜻 아닐까요.

소월은 '당신은 떠났으되 아주 가버린 것은 아닐 것이니 잊을 수 없다'는 마음을 말합니다. '나'만 그런 것이 아니라 '당신'도 그러하리라고 말합니다. "가도 아주 가지는 / 않노라 시던"에서 '라'는 보통 인용할 때 쓰는 말입니다. 그것은 '당신'의 말을 인용했다는 뜻입니다. 당신이 그렇게 말했으니 진실이라고 믿고 싶은 것이지요. '나'에게는 이 가상의 '약속'이자 '부탁'이 희망 고문이 될지도 모르는데 '나'는 굳이 그렇게 믿고 싶어 합니다. 키르케고르가 말했듯, 그렇게 믿든 믿지 않든 후회가 필연적인 것이라면 믿어보는 수밖에 없을 것입니다. 결국 후회하기 마련이라면 일단 믿어보는 편이 적어도 마이너스 게임은 아닐 테니까요.

「개여울」에 나오는 옛날 말들을 좀 살펴볼까요? 좀 고답적인 단어들인데, 그러다 보니 단어 자체에 연애시풍의 맛이 있습니다. '개여울'은 개울의 여울목이라는 뜻인데, 개울이라는 말 자체가 아주 작고 좁은 물줄기를 뜻합니다. 시냇물이기는 한데 집 근처에 있는 작은 시내쯤 되겠죠. 개울의 바닥면이 평평하지는 않을 테고 다소 턱이 져 있으니 여울목을 통과하면서 물길이 빨라지겠지요. 그러니 그곳은 다른 곳보다 물길의 역동적인 움직임이 잘 포착되겠지요. 이 여울목 물길의 마음은 '당신'과의 이별을 절감한 뒤 불안정하게 동요하는 화자의 마음이지요.

'혜적일 때에'에서 '혜적이다'는 '가볍게 살랑거리다', '활개를 벌려 가볍게 젓다' 같은 사전적 정의가 있습니다만, 여기서는 봄의 살랑거리는 바람에 작고 여린 개여울의 물결이 일렁거리는 모습을 묘사한 것입니다. 그것은 사실 '당신'을 기다리는 시인의 가슴에 피는 잔잔한 그리움의 파고이겠지요. 잔잔한 물결을 뜻하는 '잔물'이라는 시어도 참 아름답습니다. 현재는 잘 쓰이지 않는 단어이지만, 잘 쓰지 않으니 오히려 고답적이면서도 숭고한 아름다움이 깃든 시어입니다.

'하염없이'는 '시름에 싸여 아무 생각 없이 멍하니'라는 사전적인 뜻을 가지고 있습니다. 뜻을 풀이하는 구절에 이미 '시름'이라는 고어풍의 단어가 들어 있는데, '시름'이란 말 자체를 현재 한국에서는 잘 쓰지 않습니다. 한국의 옛 시들, 시조나 가사 같은 양식에 잘 나타납니다. 걱정, 근심, 비탄, 절망과 유사한 의미를 갖는데, 그러니 '연애시풍'의 단어라 할 수 있지요. '시름'을 대체할 수 있는 말이 '걱정'인데, '걱정'이라고 쓰니 참 멋이 없지요. 돈 걱정, 성적 걱정, 옷 걱정 같은 좀 더 일상적이고 세속적인 데 쓰이는 것이 더 적절합니다.

그런데 '하염없다'라는 말 참 멋지지 않습니까. 이 단어에는 시간감과 공간감이 같이 겹쳐져 있습니다. '당신'을 기다리는 마음이, '떠나더라도 아주 가지는 않겠다'는 당신의 약속을 생각하는 나의 마음이 영원히 지속될 것임을 의미한다는 점에서는 무한한 시간감이 느껴지고, 마음의 정도라 할까요, 마음의 밀도라 할까요, 당신을 향한 그리움이 끝없이 펼쳐져 있는 듯한 느낌을 준다는 점에서는 무한한 공간감이 살아 있습니다. 사랑의 마음이 화폭처럼 무한히 펼쳐질 것 같은 느낌이 살아 있는 단어인데, 깊이와 넓이와 밀도가 삼중으로 겹쳐져 있는 듯한 아우라가 있지요. 그런데 이 '무한성'이라는 것이 오히려 '사랑의 불가능성'을 확인해준다고 할 수 있습니다. 당신을 더 이상 볼 수 없으니 '나'의 그리움이 무한할 것이고 그러니 하염없이 개여울의 강물을 들여다볼 수밖에 없겠지요. '무한'이 꼭 좋은 뜻은 아니군요.

아무튼 '하염없다'는 연애시에 어울릴 단어입니다. 요즘도 노래 가사에 가끔 쓰이는 것 같습니다. '하염없이 눈물이 흐르다' 이 정도의 용도로 말입니다. 100년 전에 쓰였던 말들은 이제는 잘 쓰이지 않습니다. 말의 속도보다 인간의 문명이 더 빨리 앞으로 나가려 하니 아름답고 시적인 말들이 일상생활에서 점점 잊히고 그러다 보니 우리 마음도 점차 시성을 잃고 급하고 다소 공격적인 성격으로 변하나 봅니다. 보다 느린 걸음으로 보다 평화로운 서정을 누리기 위해서도 연애시를 읽어볼 필요가 있군요.

20세기 최고의 아방가르디스트이자 신고전주의 음악가인 스트라빈스키가 베르디와 브람스의 경구를 인용하고 있군요. 그들이 이렇게 말했답니다. "앞으로 나가자고요? 혁신하자고요? 그럼 뒤를 돌아다보세요."(주세페 베르디) "전통? 그것은 새것을 만들기 위해 회복해야 하는 가치다."(요하네스 브람스) 소월의 시는 세대를 뛰어넘어 사랑을 갈구하는 분들의 영혼에 다가갑니다.

　사랑이 괴로울 때, 가장 단순하고 소박한 서정성에 마음을 깃들여보는 것이 마음을 치유하는 가장 좋은 방법일 수 있습니다. 마음을 꿰뚫고 들어오는 저 소박하고 단순한 것에서 우리의 영혼은 잠시 위안의 자리를 잡고 깊은 정취에 취하게 된다는 헤겔 서정시의 미학을 생각하면 더욱 그렇지요. 연애시의 첫 장은 오직 소월에게 헌사獻詞해야 한다는 것이 새삼 느껴지지요. 디지털 시대에 뜬금없이 무슨 소월 시냐 책망하실 분들이 계실 것 같기는 합니다만, 젊은이들이 왜 그토록 소월 시를 다시 쓰기 하거나 오마주하려 하는지를 보면 이해될 듯도 합니다. 젊은 K-pop 가수들이 선배 노래를 리바이벌하는 것과 유사하겠지요.

사랑의 미련과 이별의 회한이 사무치나요? 그럼에도 떠나간 그대가 돌아올지 모른다는 기대를 버리기 힘든가요? '나'의 우유부단함에 한숨짓고 스스로가 혐오스러울 정도로 낙망하고 계신가요? 소월은 그런 미련, 그런 결정 불가능성, 그런 결정장애가 '인간의 일'이라고 말하고 있습니다. 유튜브에서 아이유든 정미조든 가수들이 부르는 「개여울」에도 귀 기울여보시기를 권합니다. 폐부 저 깊숙이에서 시간이 흘러도 변하지 않는, 무엇인가 품격 있게 우월한 사랑의 말들이 낙망한 '나'의 영혼을 위로할 것입니다.

연애시와 은유

맨 뒷장을 그냥 두기 쓸쓸해서 한마디 덧붙일까 합니다.
'연애시와 은유'에 대해 말하고자 합니다. 앞장보다는 뒷장에
붙여두는 것이 '읽기'의 무게를 좀 가라앉히는 방법이겠지요.

연애시의 대가를 한번 꼽아볼까요? 단연 칠레의 시인 파블
로 네루다입니다. 연애시인이자 정치시인이죠. 네루다가 한
때 정적政敵들 때문에 이탈리아의 작은 섬으로 유배 혹은 망
명했던 시절의 이야기를 다룬 마이클 래드포드 감독의 「일
포스티노」라는 영화가 있습니다. 안토니오 스카르메타의 원
작소설 『네루다의 우편배달부』를 원작으로 한 영화입니다.
1996년 개봉되었으니 좀 오래된 영화이지요. 우리가 좋아하
는 「시네마 천국」의 필립 느와레가 네루다로, 당시 무명이었
던 배우 마시모 트로이시가 네루다로부터 시를, 은유를 배우

는 우편배달부 마리오로 출연합니다. 트로이시가 이 영화를 찍고 안타깝게 세상을 떠나 영화 마지막 장면과 그의 생애가 겹쳐져 관객들의 마음을 아프게 했지요. 특히 저에게는 '은 유'를 가장 쉽고 재미있게, 그러나 날카롭게 보여주었던 영화라 잊을 수 없기도 합니다. 네루다가 이탈리아의 한 한적한 섬에 도착했다는 뉴스를 아나운서가 전하는 장면이 아마 이 영화의 시작이었던 듯한데, 아나운서는 네루다를 '칠레의 연애시인'이라 지칭하더군요. '혁명시인'쯤 돼야 '모양이 나는' 법인데, 영화는 '혁명시인'보다는 '연애시인'에 일단 초점을 맞추더군요.

이 영화가 재미있는 것은 마리오가 네루다에게서 배우는 시라는 것이 대부분 '은유'에 대한 말법, 수사법에 관한 것이라는 점입니다. 파도처럼 밀려갔다 밀려오는 것이 시의 리듬이고, 하늘이 운다고 하면 비가 온다는 뜻이라는군요. 시를 처음 배울 때 맨 처음 듣는 것이 '시는 은유다'라는 정의인데, 그 이론이 참 어렵고 또 지루하기도 했었지요? 그런데 이 영화는 '은유'라는 시의 가장 핵심적인 이론을 그토록 쉽고도 날카롭게 보여줍니다. 일상 천지 바다에 널려 있는 것이 '은 유'라는 것이죠. 일상적인 삶 가운데 얼마나 많은 은유들이 숨 쉬고 있나, 이 말은 우리 곁에 늘 시가 있다는 뜻이죠. 미처 몰랐던 사실이죠.

'은유'는 대체로 '사랑하는 대상을 향해 건네는 말'과 동의어처럼 쓰입니다. 그냥 무심결에 흘려버리듯 이 영화를 보았다면 등장인물들의 대사들을 주의 깊게 다시 보는 것이 좋을 듯하군요. 마리오는 아름다운 여인 베아트리체를 보고 한눈에 반하는데요. '베아트리체'란 가장 아름다운 여인, 절대적인 미의 여신의 닉네임 아니던가요? 단테와 베아트리체의 유명한 사랑 이야기가 있고 단테가 베아트리체를 그리며 쓴 시도 있죠. 베아트리체로부터 받은 영감이 『신곡』의 바탕이 되었다고도 하죠. 스물네 살에 죽은 그녀를 향한 단테의 사랑이 시를, 문학을 탄생하게 한 격이니 이루어지지 않은 사랑, 결국 동경으로 남은 사랑이란 시로 완성되는 것이군요.

피렌체 가보셨는지요? 베키오 다리 아래 사진 몇 장 박는 것은 그곳이 단테와 베아트리체의 사랑이 무르익은 공간이기 때문이지요. 그 수많은 인파가 북적이는 베키오 다리를 무작정 찾아가는 용기는 오직 '영원한 사랑'의 징표를 확인하겠다는 의욕에서 온 것일 따름이지요. 괴테의 유명한 명제, "여성적인 것이 우리를 이끌어 올린다"에서 그 '여성' 그레첸의 모델이 베아트리체가 아닐까 생각되기도 합니다.

어쨌든 마리오는 베아트리체의 사랑을 얻기 위해 이렇게

말합니다.

　　당신의 미소는 나비의 날갯짓, 한 송이 붉은 장미, 솟아오르
　는 불기둥, 저 해변가 백사장의 부서지는 은빛 파도
　　당신이 고요히 있을 때는 당신이 없는 것과 같다.

　재미있지요? 마리오는 베아트리체에 대한 완전하고 완벽
한 자신의 사랑을 전하기 위해 '은유'로 말하고 있습니다. 세
상의 온갖 것들은 다 은유라는 것, 사랑에 허우적대는 순간이
나 시에 빠져 있는 삶은 동일한 것이라는 것(움베르토 에코),
그래서 시는 우리를 미치도록 강렬하게 무엇인가를 향해 나
아가도록 이끈다는 것 등을 이 영화는 말합니다. 베아트리체
의 숙모가 마리오를 베아트리체로부터 격리시키기 위해 '은
유는 백색 무기'라는 투로 규정하는 대목도 참 재미있습니다.
은유는 아름답지만 또 위험합니다. 은유는 세상의 아름다움
뿐 아니라 그것에 반대되는 것들, 추함, 악행 등을 동시에 보
여줍니다. 네루다는 칠레 혁명에 가담했다 이탈리아의 섬으
로 망명을 온 것이고, 마리오는 그 네루다에게서 은유를 배우
고 그 깨우침으로 이탈리아 혁명에 가담하게 되니까요. 숭고
하고 장엄한 기운이 연애시에 존재하는 것이지요.

시는 곧 은유이고 은유가 곧 최고의 대상을 향해 말을 건네는 방식이라면, 이 정의를 완벽하게 실현하는 것이 '연애시'가 되겠지요. 연애시의 말법은 '은유'라는 문장 구성법과 본질적으로 동류라는 것이지요. 연애시는 시의 본질적 수사법인 은유와 등질적으로 접합된다는 점에서 연애시를 읽는 밤은 곧 시를 배우는 밤이지요. 좀 낭만적인 풍경이 시에, 시의 말에, 은유에, 연애시에 있습니다. 멋지지 않습니까? 조금 더 나아가 볼까요?

연애시에는 숭고하고 장엄한 무엇인가가 있고 그것은 '은유'라는 말법 때문이라고 했습니다만, 이제 왜 그러한가를 좀 자세히 말해보겠습니다. '은유'에 대한 가장 쉬운 정의는 'A=B이다'가 '은유법', 'A는 B와 같다'가 '직유법'이라는 것입니다. '○○이다'와 '○○ 같다' 사이에 대단히 큰 차이가 있나요? 자주 인용되는 김동명의 시(「내 마음은 호수요」) 구절이 있지요? '내 마음은 호수다'와 '네 마음은 호수와 같다' 같은, 은유와 직유를 정의하는 이 정도의 공부는 말하자면 '유치원 때 다 배우고 오는 것'이니 이를 여기서 반복할 필요는 없고, 또 이런 방식의 시 공부는 그다지 중요하지 않습니다. 잊어버리셔도 좋습니다. 인유, 상징, 직유, 알레고리 이런 수사법들의 차이에 대해서는 시를 전공하는 분들이 아니라면 굳이 기억할 필요가 없습니다. 본질적으로 '은유'라는 큰 범주에 그것들이 다 포괄되니까요.

다시 '연애시와 은유의 관계'로 되돌아가 봅시다. 우리는 지금 연애시 장르가 왜 사랑 말법의 핵심을 건드리는가를 알아보는 중이니까요. 고전영화 「로미오와 줄리엣」을 잠깐 볼까요? 여러 버전이 있지만 젊은 세대는 레오나르도 디카프리오가 나오는 1996년 판을 기억할 것이고, 연배가 좀 있는 세대는 아마 프랑코 제피렐리가 감독하고 올리비아 핫세가 줄리엣으로 나오는 1968년 판을 좋아할 것 같습니다. '올리비아 핫세'는 적어도 1960년대 전후 출생한 세대에게는 '책받침 여신'의 대명사인데, '책받침 여신'은 누구나 될 수 있지는 않죠. 청소년기의 낭만적 사랑을 꿈꾸던 그 시절, 올리비아 핫세는 우리의 '베아트리체'였던 것이죠.

줄리엣이든, 올리비아 핫세든, 그녀가 태양과 같고 장미와 같을 정도로 아름답고, 그런 순수하고 절대적인 미의 여신을 사랑하기 위해 우리 역시 순수를 잃어서도 안 되었던 것이죠. 그녀를 오염시킬 수는 없었기 때문입니다. 이 허무맹랑하고 추상적인 사랑의 관념이 청소년기의 아노미적 혼란과 일탈의 위험을 다소 진정시켜 주었던 것 같기도 합니다.

로미오가 줄리엣을 향해 이렇게 말합니다.

줄리엣 당신은 저 하늘의 태양과 같아!

줄리엣, 이 세상에서 가장 아름다운 붉은 장미여!

　로미오는 줄리엣을 '태양'과 '장미'에 비유하고 있습니다. '태양'은 이 세상에 단 하나 존재하는 것이니 절대적인 대상입니다. 우리가 보통 절대적이고 숭고한 대상을 가리켜 '태양의 존재'라 하는데, 이집트 왕조시대 절대 군주를 '태양왕'이라 한 것이 좋은 예가 될까요? 태양 가까이에 직접 다가가기 힘들지요. 강렬하게 뜨겁고 눈부신 탓이지요. 다가갔다간 이카로스처럼 흔적도 남지 않겠지요. 지상에서의 '태양'을 접하는 방법도 있습니다. 태양의 지상 버전version, 인간 세상의 태양을 찾는 길이 그것이지요. 바로 지상의 태양꽃, 꽃들 중 최고의 꽃인 '장미'입니다. '장미'는 지상에서 피는 꽃들 중 최고의 꽃이고 형상을 보더라도 '태양'을 닮았지요? '태양'과 말하자면 레벨이 같은 겁니다. 장미는 태양을 상징한다고 말하기도 합니다. 그러니 로미오가 줄리엣을 가리켜 '태양'이라 하고 '장미'라 한 것이죠. 태양을 말하든 장미를 말하든 말하자면 같은 말을 한 것이고, 같은 대상을 지칭한 겁니다. 릴케, 예이츠 등 많은 시인들이 연인을 향해 '장미에 바치는 시' 한 편쯤은 썼다지요?

그러니까 사랑하는 연인을 가리킬 때 우리는 이 세상에서 가장 숭고하고 존엄한 대상을 빌려옵니다. "나는 당신을 정말, 진짜로, 무한히, 무지하게, 어마어마하게, 영원히, 사랑한다"라는 이 길고 상투적이면서 지루한 산문적인 문장으로 말할 참인데, 이렇게 말하자니 숨이 가쁩니다. 멋진 연인이라면, 대신, 짧고, 간결하게, 알뜰하게, 말합니다. "당신은 나의 태양!" "그대, 나의 장미여!" 멋지지 않습니까? 고루하다고요? 이런 고답적인 말은 아니더라도 적어도 행동으로 보여주기는 합니다. 밸런타인데이에 우리는 사랑하는 그대를 위해 장미를 선택하지요.

  어쨌든, 간단한 문장에 연인을 향한 사랑과 정열이 다 들어 있습니다. 이 알뜰한 은유의 말에 나의 모든 말, 숨겨진 사랑의 감정이 다 들어 있습니다. 길게 말한다고 그 사랑이 다 표현되는 것은 아니지요. 지루하고 지루할 뿐이지요. '찌질한 루저'가 되지 않기 위해 간단명료하게 말하는 것, 이것이 '은유'입니다. 결론적으로 '은유'는 사랑의 말에서 온 것이고 또 사랑을 담은 말은 근본적으로 '은유'를 지향합니다. '은유'가 시의 핵심적인 말법이니 그렇다면 연애시는 시의 중심에 있다고 말해도 그다지 틀린 말이 아니겠군요.

  이렇게 말할 수도 있겠습니다. "시를 말하는 것은 은유를 말하는 것이고 은유의 말법은 사랑의 말법이니 연애시에 시의 핵심이 있다. '사랑'을 말하고 싶다면 연애시를 읽어라." '연애시' 읽는 것만으로는 무엇인가 부족하신가요? 각자 연애시를 한번 써보는 것은 어떤지요? 청춘의 세대들은 백석, 기형도, 윤동주, 황동규처럼, 연배 좀 있으신 분들은 황지우, 문정희처럼 써보는 것이지요. 시인들의 버킷 리스트에는 '멋진 연애시 하나 써보고 죽는 것'이라는 연애시 절대론, 연애시 동경론이 자리 잡았다고 했습니다만, '나' 역시 '연애시' 못 쓸 이유가 없지요. 김수영처럼 '마누라(남편)가 질투할 만한' 그런 연애시로 기성 시인들과 한번 겨뤄볼 만하지요.

이제 이 책도 마무리를 지어야 할 것 같습니다. 연애시 공부든, 연애시 쓰기든, 그것들은 하지 않아도 그만인데, '연애의 몽상'은 항상 우리를 즐겁게 하지요. 그것은 '그대'가 영원히 청춘임을 증거하는 것이니, 연애시 못 쓴다고, 나이 들었다고 낙망할 아무런 이유가 없군요.

최선을 다해 만든
이와우의
책들을 소개합니다

어느 누군가의 삶 속에서 얻는 깨달음 ──────────────

리더는 사람을
버리지 않는다

야신 김성근 리더십

누군가는 나를 바보라
말하겠지만

억대연봉 변호사의 길을 포기한
어느 한 시민활동가의 고백

어금니 꽉 깨물고

노점에서 가구회사 사장으로
30대 두 형제의 생존 필살기

안녕, 매튜

식물인간이 된 남동생을 안락사
시키기까지의 8년의 기록

삶의 끝이 오니
보이는 것들

아흔의 세월이 전하는
삶의 진수

차마 하지 못했던 말

'요즘 것'이 요즘 것들과 일하는
이들에게 전하는 속마음

류승완의 자세

영화감독 류승완의
마음을 움직이는 힘

문과생존원정대

문송(문과라서 죄송합니다)시대
문과생 도전기

무슨 애엄마가 이렇습니다

일과 육아 사이 흔들리며
성장한 10년의 기록

누구나 한 번은 엄마와 이별한다

하루하루 미루다 평생을 후회할지
모를 당신에게 전하는 고백

지적인 삶을 위한 교양의 식탁

인문학의 뿌리를 읽다

서울대 서양고전 열풍을 이끈
김헌 교수의 인문학 강의

숙주인간

'나'를 조종하는 내 몸속
미생물 이야기

마흔의 몸공부

동의보감으로 준비하는
또 다른 시작

What Am I

뇌의학자 나흥식 교수의
'생물학적 인간'에 대한 통찰

신의 한 수

절체절명의 위기를 극복한
조선왕들의 초위기 돌파법

난생처음 도전하는 셰익스피어 4대 비극

지적인 삶을 위한
지성의 반올림!

삶의 쉼표가 되는, 옛 그림 한 수저

조선의 3대 천재 화가들과
함께하는 옛 그림 감상법

치열한 삶의 현장 속으로

골목상권 챔피언들

작은 거인들의 승리의 기록

마즈 웨이(Mars Way)

100년의 역사, 세계적 기업
마즈가 일하는 법

심 스틸러

광고인 이현종의 생각의 힘,
감각의 힘, 설득의 힘

**당신만 몰랐던
스마트한 세상들**

스마트한 기업들이 성공한
4가지 방법

폭풍전야 2016

20년 만에 뒤바뀌는
경제 환경에 대비하라

**우리는 일본을
닮아가는가**

LG경제연구원의 저성장 사회
위기 보고서

**손에 잡히는
4차 산업혁명**

CES와 MWC에서 발견한
미래의 상품, 미래의 기술

**어떻게 팔지 답답한
마음에 슬쩍 들춰본
전설의 광고들**

나이키, 애플, 하인즈, 미쉐린의
운명을 바꾼 광고 이야기

우리가 사는 세상과 사회

**그들은 소리 내
울지 않는다**

송호근 교수의 이 시대
50대 인생 보고서

**무엇이 미친 정치를
지배하는가?**

우리 정치가 바뀌지 못하는
진짜 이유

도발하라

서울대 이근 교수가 전하는
'닥치고 따르라'는 세상에
맞서는 방법

어떻게 바꿀 것인가

서울대 강원택 교수가 전하는
개헌의 시작과 끝

들쥐인간

빅데이터로 읽는
한국 사회의 민낯

서울을 떠나는
삶을 권하다

행복에 한 걸음 다가서는
현실적 용기

부패권력은 어떻게
국가를 파괴하는가

어느 한 저널리스트의
부패에 대한 기록과 통찰

크리스천을 위하여

예수

김형석 연세대 명예교수가
전하는 예수

어떻게 믿을 것인가

김형석 연세대 명예교수가
전하는 올바른 신앙의 길

처음으로 기독교인이라
불렸던 사람들

기독교 본연의 모습을 찾아
떠나는 여행

인생의 길, 믿음이 있어
행복했습니다

김형석 연세대 명예교수의
신앙 에세이

시인의 말법

초판 1쇄 발행 2020년 8월 31일
초판 3쇄 발행 2021년 3월 15일

지은이 조영복
펴낸곳 도서출판 이와우
출판등록 2013년 7월 8일 제2013-000115호
주소 경기도 파주시 운정역길 99-18
전화 031-945-9616
이메일 editorwoo@hotmail.com
홈페이지 www.ewawoo.com
인쇄·제본 (주)현문

ISBN 978-89-98933-40-1 (03810)